루시퍼의
심장에
총을 쏘다

LUCIFER

루시퍼의 심장에 총을 쏘다

초판 1쇄 찍은 날 | 2018년 4월 24일
초판 1쇄 펴낸 날 | 2018년 4월 30일

지은이 | 문희
펴낸이 | 예경원

편집 | 주승아

펴낸곳 | 예원북스
등록번호 | 제396-2012-000132호
등록일자 | 2012. 7. 25
YRN | 제1-0215호

주소 | 경기도 고양시 일산동구 호수로 646-24 위너스21-Ⅱ 206A호 (우) 10401
전화 | 031-819-9431 팩스 | 031-817-9432
http://cafe.naver.com/yewonromance
E-mail | yewonbooks@naver.com

ISBN 979-11-6098-923-6 03810

LU CI FER

루시퍼의
심장에
총을 쏘다

문희 장편 소설

YEWONBOOKS
ROMANCE STORY

CONTENTS

루시퍼 하트

　부자들이 종합 선물 세트처럼 모여 있는 비벌리 힐스에는 고급 주택들이 즐비했다. 입이 떡하고 벌어지는 그들의 스케일은 일반인들은 상상하기 힘이 들 정도였다. 아니, 그 무엇을 상상하든 그 이상이라는 말이 딱 어울리는 곳이었다.

　하지만 그들도 나름의 부의 기준이 있었다. 지대가 높을수록 그리고 해안과 가까이 살수록 더 부유한 사람들이었다.

　그중에서도 그들이 지금 가는 저택은 가장 높은 곳에 위치해 있어서 비벌리 힐스의 전경이 한눈에 보이는 아주 전망 좋은 곳이었다.

　"다 왔어?"

마틴이 초조한 목소리로 운전기사에게 물었다. 스타들을 취재하는 전문 기자로서 명성이 자자한 마틴이었지만 오늘은 굉장히 떨리는 날이었다. 인터뷰를 안 하기로 유명한 세계적인 모델 루시퍼가 갑작스럽게 그를 콕 찍어서 인터뷰를 하겠다고 했기 때문이었다.

"다 왔냐고?"

"저기 정문 보이잖아요."

운전하는 조수에게 호통을 치는 그를 보며 사진작가인 조나단이 특유의 부드러운 미소를 지으며 말했다.

"마틴답지 않아요."

"알아."

하지만 오랜 경력의 그라도 루시퍼는 솔직히 부담스럽기도 하고 떨리기도 한 사람이었다.

"마틴이라면 오늘 인터뷰 잘할 거예요."

조나단의 말이 귀에 들어오지 않았다. 오늘은 이상하게 자신이 없었다.

루시퍼 하트, 그 악마의 집으로 인터뷰를 하러 가기 때문이었다. 몇 년 전에 루시퍼의 인터뷰 직전에 그의 비위를 건드려 찍소리도 못하고 쫓겨났었기 때문이었다. 기자로서 처음 겪은 일이었다. 그리고 너무 열이 받아서 루시퍼의 흠집 내기 기사를 썼다가 그의 팬의 총에 맞아 죽다가 살아난 적이 있었다.

그 후로는 감정이 실린 기사를 쓰지 않게 되었지만 그래도 그에게 루시퍼는 트라우마 같은 존재였다. 그때의 루시퍼는 한창 전성기였고 지금은 그때에 비해 모델 활동은 덜 했지만 더 거물이 되어버린 모델계의 넘버원이었다.

33살의 나이에 루시퍼는 모델계의 최고의 부자였고 명예와 돈을 가진 몇 안 되는 사람이었다. 그리고 루시퍼는 무서운 팬덤을 가지고 있었다. 마치 그의 이름처럼 악마를 추종하는 세력같이 루시퍼를 맹목적으로 좋아하는 팬들은 마틴에겐 부담스러운 존재들이었다.

이번 기사를 그가 쓴다고 하니 모두들 그의 게시판에 악의적인 글들을 쏟아냈다. 잘못 썼다가는 이번에는 어깨의 총상으로는 그치지 않을 것 같았다.

"이번엔 제가 더 욕심이 나요. 2년 전에 한번 사진을 찍은 적이 있는데 셔터를 누르기만 하면 다 A컷이에요. B컷이 없는 사람이더라고요."

"어쩌면 사람이 아닐 수도 있지."

조나단의 말처럼 루시퍼는 어느 각도에게 어떤 표정을 지어도 사람을 홀리는 모습이었다. 마치 인간 마약 같은 루시퍼의 모습에 사람들은 빠져들었다. 어느 기자가 모델인 루시퍼를 죄악이라고 표현했을 만큼 루시퍼는 섹시하고 위험하며 퇴폐적인 악마의 모습 그 자체였다.

마틴 역시 남자지만 루시퍼의 섹시함을 인정하지 않을 수가 없었다. 거기다가 동굴에서 말하는 것 같은 베이스 톤의 목소리는 냉철한 성격의 마틴마저도 온몸에 소름이 돋게 만드는 마력이 있었다.

적이지만 미워할 수 없는 이상한 매력을 가진 루시퍼였다. 루시퍼의 매력에 빠져 있지 않았다면 목숨을 걸고 이렇게 루시퍼의 집으로 찾아오지는 않았을 것이다.

철컥!

웅장한 대문이 열리고 요즘 트렌드와는 사뭇 다른 루시퍼의 집 안으로 그들의 차가 들어갔다.

"우후, 이건 뭐 마치 베르사유 궁전을 연상시키는데? 안 그래요?"

"아니, 난 악마의 성에 들어선 기분이야."

베르사유궁전의 축소판 같은 느낌의 집이었다. 프렌치풍의 완벽하게 사치스러운 대저택이었다. 차를 타고 집으로 들어가다니 놀라울 따름이었다. 넓은 정원 중앙에는 멋진 분수가 있었고 그곳에 있는 조각상들은 각종 신들의 모습이었다.

"제우스, 포세이돈, 아프로디테, 아테나……."

마틴은 저도 모르게 신들의 이름을 말하며 정원의 사치스러움과 놀라울 정도의 예술적인 감각에 혀를 내두르고 있었다.

"악마의 집이 맞아."

대저택도 주인처럼 사람을 홀리는 묘한 기운이 흘렀다.

"혹시나 들어가서 그 질문은 안 하는 게 나을 것 같아요."

조나단이 은근히 오늘 인터뷰가 걱정이 되는 모양이었다.

"눈치껏 알아서 할게."

"마틴은 눈치 없이 묻는 질문이 일품인데······."

"나보고 어쩌라고."

"죄송해요."

조나단이 꼬리를 내렸다. 차에서 내려 현관에 들어서려는데 집사로 보이는 남자가 그들을 마중 나와 있었다.

"안녕하십니까? 필립입니다."

"안녕하세요."

"주인님께서 기다리십니다."

필립이라는 남자는 백발의 남자로 영화에서 나오는 중세시대의 집사의 복장이었다. 레이스 블라우스에 무릎까지 오는 타이즈까지 신었다. 프렌치풍의 집도 신기했지만 현관 앞에 있는 머리가 세 개에 날개가 여섯 개가 있는 커다란 동상이 굉장히 인상적이었다.

"무슨 동상이죠?"

"루시퍼, 지옥을 지배하는 자죠."

필립의 말이 소름 끼치게 들리는 건 비단 그뿐만은 아닌 것 같았다. 조나단이 자신의 카메라를 만지작거리며 몸서리를 쳤다. 필립의 안내로 들어간 집 안은 그들을 더 입 벌리게 만들었다.

완벽한 프렌치풍의 엔틱 가구와 인테리어가 그들을 마치 루이 16세 때로 데려간 것 같았다. 그들의 눈에 처음 보이는 풍경은 양쪽으로 내려오는 계단이었다. 마치 부채처럼 펼쳐진 계단과 그 중앙에 그려진 대형 벽화와 샹들리에는 아무리 생각해도 현대적이진 않았다.

그것도 유행을 선도하는 모델의 집이라고는 말하기 곤란했다.

"이쪽으로."

멍한 그들을 필립이 접견실로 안내했다.

"잠깐 기다려 주십시오."

필립이 사라지자 역시 검은색 원피스와 흰색 앞치마를 한 하녀가 들어와 그들에게 차를 주었다.

"타임머신을 탄 것 같아."

"저도 그 말에 동감이에요."

잠시 후에 방 안에 필립이 들어왔다.

"주인님 오십니다."

필립의 말에 모두들 저도 모르게 자리에서 일어났다. 조명과 카메라 그리고 스타일을 봐줄 스텝들까지 모두 10명이 넘었다. 하지만 루시퍼의 등장에 모두가 숨을 죽였다. 대부분 그를 가까운 거리에서 처음 보았기 때문에 그들이 놀라는 건 어쩌면 당연했다.

195㎝가 넘는 장신의 신장에 종마 같은 탄탄한 근육, 구릿빛 피부는 얼굴을 보지 않더라도 상대방을 제압하기에 충분했다. 하지만 불공평한 걸 좋아하는 신은 그에게 잘생긴 얼굴까지 주었다.

헝클어진 그의 탈색된 장발의 금발이 아무렇게 헝클어져 있었고 완벽하다고밖에 할 수 없는 그의 이목구비에 정점을 찍는 초록색 눈동자는 보는 사람의 심장을 강탈하고 있었다.

"오느라고 수고들 하셨습니다."

"아~"

루시퍼의 목소리에 감탄한 나머지 여성 스텝들의 입에서 탄성이 터져 나왔다. 이건 무조건반사와 같았다. 그래서 그를 죄악이라고 부르는 것 같았다. 그를 보고 있으면 침대에서 어떨지부터 연상이 되기 때문이었다.

여자가 남자에게 바라는 모든 걸 다 갖춘 남자였다. 보기만 해도 미칠 정도로 그는 농염한 매력을 가진 마성의 남자였다.

"그럼 시작할까요?"

루시퍼의 말 한마디에 모두가 일사불란하게 움직이고 있었다.

루시퍼는 한숨을 쉬었다. 미카엘이 며칠을 파리가 귀에서 윙윙 거리듯이 조르지 않았다면 인터뷰를 하지 않았을 것이다. 그가 3 개월을 쉬는 동안 그가 자살을 했다는 둥 얼굴을 크게 다쳐서 나올 수 없다는 둥 말이 많았다.

그 정도까지는 괜찮은데 그가 사우디 왕족의 딸에게 납치가 되었다는 말에 팬이 자살시도를 하는 사건이 터지자 그의 이란성쌍둥이이자 에이전시 대표인 미카엘이 수습에 나섰다.

그의 팬들은 정말 목숨 걸고 그를 좋아했다. 그게 너무나 부담스러운 루시퍼였다. 이제는 돈도 벌 만큼 벌어서 조용히 쉬고 싶다는 생각이 강했는데 사람들은 그를 가만히 두지 않았다.

그는 메이크업을 너무 싫어했다. 얼굴에 뭔가를 바르는 게 너무 싫었다. 하지만 무대에 서거나 인터뷰를 하려면 어쩔 수가 없었다.

"안녕하세요."

이름처럼 천사 같은 미카엘이 접견실로 들어왔다. 그리고 주변의 스텝들과도 하나하나 인사했다. 마틴에게 다가와 그의 어깨에 손을 얹으며 친한 척을 하는 미카엘을 루시퍼가 불만 섞인 표정으로 보고 있었지만 미카엘은 신경도 쓰지 않는 것 같았다. 역시 루시퍼의 에이전시 대표는 사교성은 좋았다.

"마틴, 오늘은 살살해요."

미카엘은 쌍둥이 남동생이지만 그와는 달라도 너무나 달랐다. 그보다 머리 하나는 작은 키에, 뼈대도 여자처럼 가늘었고 피부 또한 백옥같이 하얀 피부였다. 러시아인인 아버지와 미국인 어머니 사이에서 태어난 그들은 그는 아버지를 미카엘은 어머니의 판박이였다.

물론 기억에서 지우고 싶은 아버지와 기억조차 나지 않는 어머니였지만 사진에 있는 그분들의 모습은 그랬다.

"루시퍼 너도 성의껏 하고."

그를 조련하는 유일한 사람이 그의 동생 미카엘이었다. 먼저 사진 촬영이 있었다. 그는 지금 송치 소재의 가죽 재킷과 화려한 프린트의 셔츠, 그리고 흰색 데님 팬츠를 입고 있었다. 모두 명품 페라가모 제품이었다.

그가 자세를 잡고 서자 사진기의 셔터가 요란하게 들렸다.

"좋아요. 아주 훌륭해."

사진작가는 미친 듯이 그를 칭찬했지만 루시퍼의 표정은 변화가 없었다. 무표정은 그의 트레이드마크처럼 되어버렸다. 그가 웃고 있는 사진은 거의 없었다. 사진작가들도 그의 편안한 표정보다는 카리스마 넘쳐 보이는 무표정을 더 선호했다. 몇 벌의 옷을 더 입고 사진을 찍은 그는 인터뷰 의상으로는 살바토레 페라가모의 블랙 슈트에 옅은 하늘색 오픈칼라 셔츠, 레이스 업 슈즈를 선택했다.

"안녕하십니까? 오랜만입니다."

그가 싫어하는 마틴을 오늘 굳이 고른 이유는 사람들에게 루시퍼가 멀쩡하다는 걸 가장 빨리 퍼트릴 인물이기 때문이었다. 가벼운 입과 남을 위한 배려 따위는 없이 그냥 닥치는 대로 비판만 하는 멍청한 놈이 언론사에 기사 내용을 아주 잘도 팔아먹었기 때문이었다. 그의 기사는 파급력이 아주 컸다. 그리고 미안한 일도 한 번 있었고 말이다. 그의 팬이 마틴에게 총을 쏠지는 상상도 하지 못했었다.

솔직히 가슴 아픈 일은 아니었지만 미카엘은 그렇게 생각하지 않은 모양이었다.

"그렇군요."

"요즘 모습을 드러내지 않으셔서 걱정하는 사람들이 많이 있습니다."

"보시다시피 전 죽지도 그렇다고 얼굴이 다치지도 납치된 것도 아닙니다."

"그럼 왜?"

"그냥 그동안 너무 열심히 일했으니 제 자신에게 좀 쉬는 시간을 주고 싶었습니다."

지루한 인터뷰가 계속되고 있었다. 이쯤에서 끝을 내고 싶었지만 마틴이란 녀석은 그동안 당한 걸 생각했는지 작정을 하고 덤벼들었다.

"여자 친구에 대해 다들 궁금해합니다. 지금 만나시는 분은 없습니까?"

진부한 질문이었다.

"없습니다."

그런데 그의 눈에 미카엘이 보이지 않았다. 인터뷰 자리를 지키고 앉아 그가 무슨 말을 하나 지켜봐야 하는데 녀석이 사라졌다. 그의 쌍둥이 동생은 루시퍼의 인터뷰가 세상에서 가장 오금이 저리는 일이라고 했다. 어디로 튈지 모르는 루시퍼의 성격 때문이었다.

"진짜요?"

"……."

사라진 미카엘이 밖에 있었다. 접견실에 있는 창문으로 미카엘의 모습이 보였다. 하늘에서 내려온 천사 같은 미소를 그의 골칫덩어리에게 보내고 있었다. 미카엘이 입양해서 키운 건이었다. 뭐가 그리도 좋은지 둘은 만나기만 하면 서로를 바라보며 세상을 다 가진 표정으로 서로를 보고 있었다.

"저런……."

욕을 하려다가 마틴의 얼굴을 보고는 입을 다물었다. 건이 창밖에서 그를 보고는 혀를 내밀었기 때문이었다. 건은 그를 아주 싫어했다. 그도 건이 싫었다. 작은 꼬맹이 때부터 그들은 앙숙이었다.

루시퍼의 시선이 한동안 밖에 머물렀다.

"건 박 아닌가요?"

"……."

건은 요즘 한창 잘나가는 모델이었다. 그에 비하면 새 발의 피긴 했지만 마틴이 알아보는 정도니 잘나가긴 하는 모양이었다. 하긴 건의 양아버지가 모델 에이전시계의 미다스의 손인 미카엘이니 저렇게 못생겼는데도 성공을 했지 라는 생각이 들었다.

미카엘이 아주 편파적인 시선으로 모델을 뽑았다. 건 정도의 여자들은 길거리에 널려 있다고 루시퍼는 생각했다.

질문은 안 하고 마틴이 넋을 놓고 건을 바라보았다.

"질문 안 합니까?"

"네? 네. 건이 너무 예뻐서 그만……."

마틴의 눈이 잘못된 모양이었다. 예쁜 것과 못생긴 것도 구분하지 못하고 있었다.

마틴의 말이 불쾌하게 느껴진 그는 자리에서 일어나고 싶었지만 창밖에서 미카엘이 팔짱을 끼고 그를 보는 바람에 입을 다물고 계속해서 인터뷰를 진행했다. 인터뷰를 무사히 마치고 걸리적거리는 인간들이 다 사라지고 나자 집 안에 평화가 다시 찾아왔다.

"다시는 이런 일 하고 싶지 않아."

루시퍼가 투덜거렸다.

"그럼 쇼에 자주 서던가."

"싫어."

"왜?"

"이제 그냥 쉬고 싶어."

왜인지 모르겠지만 요즘 루시퍼는 의욕이 없었다. 아무래도 우울증인 것 같았다.

"우울증이야?"

역시 그의 마음을 아는 건 미카엘뿐이었다.

"우울증은 무슨, 다 배불러서 그런 거야."

기가 막혔다. 사과를 입에 물고는 얄미운 건이 중얼거리고 있었다.

"건아."

미카엘이 타이르듯이 말하자 건이 또 그가 싫어하는 혀를 쏙 하고 내밀고는 2층으로 올라갔다.

"23살이야. 내쫓아."

"루시퍼."

"키울 만큼 키웠어. 너도 결혼해서 진짜 네 딸을 낳아."

"왜 그래, 어른이?"

미카엘은 다른 건 다 그의 편이면서 이상하게 저 꼬물이와 문제가 생기면 그는 안중에도 없었다.

"서운해."

"네가 애야?"

이럴 때 미카엘은 확실하게 그의 미카엘이 아니었다.

"생각해 봐. 건이 여기서 내보내는 거."

"나 먼저 올라갈게."

미카엘이 밥을 먹다 말고는 자리를 박차고 일어나 2층으로 향했다.

"진짜 마음에 안 들어."

루시퍼도 저녁을 먹은 후에 2층에 있는 그의 침실로 올라갔다. 2층의 거실에선 미카엘과 건이 까르르 넘어가는 소리가 들렸다.

"뭐가 그렇게 좋은 거야?"

툴툴거리며 자신의 방으로 향하던 그의 발에 뭔가 툭 하고 걸렸다.

"뭐야?"

그의 손에 들린 건 아주 오래된 수첩이었다. 처음엔 핑크색이었던 것 같은 표지는 손때가 타서 그런지 회색에 가까운 색이 되어 있었다. 이 집에서 핑크색 다이어리를 쓸 사람은 하나뿐이었다. 건의 것이 분명했다.

"일기장?"

왜 이게 밖에 있는지 모르겠지만 건이에게 주려다가 그는 자신의 방으로 그 일기장을 들고 들어갔다. 그는 일생일대의 일을 저지르고 말았다. 그렇게 일기장을 읽던 루시퍼의 얼굴이 다채롭게 변하고 있었다.

"왜?"

이 일기장에 대한 물음이었다. 그 일기장엔 온통 그를 향한 건이의 마음이 녹아내려 있었다. 날짜를 보니 건이가 20살 때의 일기장이었다. 그가 유명 영화배우를 집으로 데리고 왔을 때 일부러 그녀의 원피스에 커피를 쏟았다는 대목을 읽고는 그는 웃음이 터졌다.

"진짜야?"

놀랄 일이었다. 앙큼하게 마음을 숨긴 모양이었다. 미카엘을 좋아한다고 생각했는데 아주 웃긴 일이었다.

"루시퍼."

미카엘이 그를 부르고 있었다. 루시퍼는 태어나서 이렇게 놀란 적은 한 번도 없었다. 그는 얼른 침대 밑에 그녀의 일기장을 숨겼다. 언제 몰래 가져다 둘 생각이었다.

"왜, 왜?"

"아직도 기분 상해 있는 거야?"

"아, 아니야."

"그래? 그럼 와인 한잔할까?"

"좋지."

"얼른 나와."

그는 일기장이 잘 있는지 몇 번이나 확인을 하고는 미카엘이 있는 2층 거실로 향했다. 기대와는 다르게 건은 없었다.

루시퍼 인생에서 가장 이상한 마음이 드는 날이었다. 건과 같이 산 게 벌써 13년이었다. 10살의 건이 그의 집에 왔을 때 그는 미카엘에게 처음으로 화를 내었다. 동양의 입양아를 도대체 어쩌겠다고 이러는 거냐며 말이다. 그런데 이상하게 건을 데리고 온 후부터 건은 그들에게 행운의 부적 같은 존재가 되어버렸다.

모든 일이 술술 풀렸으니까 말이다. 그리고 오늘 루시퍼는 항상 그를 적대시하던 건의 속마음을 알아버렸다. 도대체 그 일기장은 왜 그곳에 있었던 걸까? 더 이상은 생각하기 싫었다. 지금은 그저 와인에 취하고만 싶었다.

1장

찰칵. 찰칵. 찰칵.

미친 듯이 사진을 찍고 있는 이곳은 수십 명의 스텝들이 명품 브랜드의 화보를 찍기 위해 땀방울을 흘리고 있는 대형 스튜디오였다. 뉴욕에 있는 이 촬영장은 세계적인 사진작가 유이토의 작업실이기도 했다. 섹시한 사진을 찍기로 유명한 그는 남성 모델들만을 선호하는 작가였다.

그런데 이번은 브랜드 측의 요청으로 남자가 아닌 여자가 남성복의 메인 모델이 된 것이었다. 처음엔 유이토가 정중하게 거절을 했지만 그녀의 포트폴리오를 보고 마음을 바꿨다고 했다.

건은 모델이 된 지 3년 만에 세계 최고의 명품 브랜드의 얼굴이 되었다. 모델은 십대에 시작하는 친구들의 많았지만 건의 경우는 처음엔 하고 싶어도 미카엘에게 먼저 하고 싶다고 말하지 못했었다. 자신이 없었기 때문이었다. 하지만 나중에 미카엘이 그녀에게 모델을 해보지 않겠냐고 해서 기쁘게 받아들였었다. 늦게 한 것치고는 가히 놀라운 성장세였다. 그녀 나이 23살에 건은 모델계의 블루칩이 되어 있었다.

이 남성복 브랜드뿐 아니라 세계적인 명품 업체에서 그녀에게 러브콜을 하고 있었다. 거기엔 그녀의 독특한 외모가 한몫을 했다. 동양인인데도 유난히 긴 다리가 9등신의 몸을 갖게 했다. 거기에 하얗다 못해 창백한 피부와 대조가 되는 짙은 흑발은 외국인들이 생각하는 신비로운 아름다움을 가지고 있었다.

하지만 이 정도의 요건은 동양인 모델이라면 누구나 가지고 있는 흔한 조건이었다. 그런데도 불구하고 그녀가 유명 브랜드들과 디자이너에게 콜을 받는 건 그녀의 믿을 수 없는 볼륨감 때문이었다.

한 언론에선 동양의 비너스가 세계 시장을 집어삼켰다는 찬사를 써주기도 했다. 그녀는 모델의 요건인 마른 몸에 볼륨이 넘치는 가슴을 가지고 있었다.

175㎝의 모델로서는 그리 크지 않은 신장이었지만 그녀는 다리길이 때문인지 유독 원래 키보다 더 커 보였다.

블랙 슈트를 입은 그녀는 속 안에 아무것도 입지 않고 있었다. 그녀의 터질 듯한 가슴이 그대로 드러나 있었다.

"좋아."

유이토는 연속해서 셔터를 누르며 그녀를 칭찬하고 있었다.

"이제 다른 옷으로 갈아입고 와요."

첫 번째 의상 촬영을 마치고 다른 옷을 입으러 간 사이에 미카엘이 촬영장에 왔다. 웬만하면 촬영장에 오지 않는데 오늘은 무슨 일인지 미카엘이 아무런 연락도 하지 않고 촬영장에 와 있었다.

그리고는 뭔가 심각하게 유이토와 이야기를 나누고 있었다. 상황을 알 리가 없는 그녀는 다음 옷으로 갈아입고 있었다. 이번은 슈트가 아닌 셔츠였다. 다른 건 없고 그냥 셔츠만 입으면 되는 것이었다.

화보이니만큼 스토리를 담아 연속해서 찍을 모양이었다. 이번엔 검은색 셔츠였다. 이 명품 브랜드의 올해 콘셉트는 블랙 그리고 악마였다. 건은 지금 블랙을 소화하고 있었다. 옷걸이의 옷들을 보니 모두가 블랙이었다.

그리고 의상도 꽤 많았다. 행거에 걸린 옷을 다 입고 찍으려면 며칠은 걸리겠다는 생각이 들었다.

"우리 건이 예쁘다."

미카엘이 그녀의 옆으로 와서 셔츠를 만져 주며 격려해 주었다.

미카엘은 남자지만 엄마 같은 사람이었다. 언제나 따뜻하게 그녀를 품어주었다. 그래서 건은 미카엘이 엄마처럼 좋았다.

"오늘 힘들어도 참고 잘해."

"힘든 것 없어요. 미카엘."

"하다 보면 힘들 수도 있어."

알 수 없는 말을 하며 미카엘이 돌아섰다. 촬영이 시작되었지만 미카엘의 말이 머릿속을 떠나지 않았다.

"좋아, 아주 섹시해. 단추를 다 풀면 좋겠는데······."

그때 갑자기 사방에서 웅성거림이 시작되었다. 단추를 다 푼다고 이러나 하고 생각했지만 그건 순전히 건의 착각이었다. 마치 제왕이 행차하는 것처럼 루시퍼가 촬영장 안으로 들어왔다.

"루시퍼?"

건의 입에서도 그의 이름이 나왔다. 그가 뉴욕에 온 줄은 상상도 하지 못하고 있었다. 건의 심장이 마친 듯이 뛰고 있었다. 한 번도 그의 앞에서 포즈를 취한 적이 없었기 때문이었다. 건이 모델을 동경하게 된 건 다 루시퍼 때문이었다.

그녀의 롤모델이자 모델계의 황제인 그가 지금 무슨 이유에선지 그녀의 촬영장에 와주었다. 건의 어깨에 힘이 들어갔다. 그가 촬영장에 온 것만 가지고도 화제가 될 게 분명했다. 이런 마케팅은 미카엘의 솜씨일 것이다.

하지만 웬일인지 오늘 미카엘의 표정은 그리 밝지 않았다. 게이인 유이토는 루시퍼를 보자마자 입이 귀에 걸려 있었다. 원래 루시퍼의 골수팬이라고 자칭하는 사람이 유이토였지만 저렇게 좋아할 줄은 꿈에도 상상하지 못했었다.

미카엘과 루시퍼 그리고 유이토는 이야기를 하느라 촬영을 할 생각을 잊은 것 같았다. 입을 내밀고 있는 그녀에게 스텝이 다가와서 얼굴의 화장을 고쳐 주었다.

"전 오늘 죽어도 여한이 없어요. 루시퍼를 실제로 봤으니까요."

아주 좋아 죽었다. 비단 메이크업을 하는 스텝뿐 아니라 여자 스텝들의 눈길은 다 루시퍼에게 향해 있었다. 쓸데없이 흘러넘치는 매력의 소유자였다.

"같이 산다면서요? 얼마나 좋아요."

가장 듣기 싫어하는 말을 하는 눈치 없는 스텝이었다.

"별로 좋지 않아요."

"정말요? 오늘 촬영도 하는 것 같던데. 준비하러 가셨어요."

이건 또 무슨 난데없는 말인지 건의 표정이 굳어졌다.

"오늘 촬영한다고요?"

"네."

그런 말은 없었다. 그렇다면 오늘 루시퍼가 촬영하는 모습을 직접 볼 수 있다는 말이었다. 단 한 번도 그의 촬영 현장을 본 적이 없었다. 그건 좀 구미가 당기는 일이었다. 그리고 잠시 후에 그녀의 촬영이 다시 시작되었다.

"좀 더 섹시한 표정을 지어봐요. 아니지!"

이번에는 좀 전과 다르게 주문이 많았다. 그때였다. 루시퍼가 블랙 슈트를 입고 등장했다. 완벽한 슈트발은 저런 것이었다. 그녀가 정신을 다른 곳에 팔자 유이토의 고함 소리가 들렸다.

"정신 차려!"

정신을 가다듬은 건은 촬영에 집중하려고 애를 썼지만 초록색의 눈이 그녀를 바라보고 있는 바람에 첫 촬영을 하는 모델처럼 떨렸다.

"좋아. 다음 준비해."

그가 그녀 쪽으로 걸어 들어왔다. 그녀가 준비하는 동안 루시퍼의 촬영이 있을 모양이었다. 준비를 끝내고 볼 수 있었으면 좋겠다는 생각을 하고 그녀는 대기실로 향했다.

"역시 루시퍼예요. 완전 멋있어요."

여기저기서 루시퍼 얘기뿐이었다. 주인공이 그녀에서 루시퍼로 바뀐 순간이었다. 하지만 그건 어쩔 수 없는 현실이었다. 루시퍼는 세계적인 모델이었고 그에 비하면 그녀는 신참 모델이나 마찬가지였다.

"옷은……."

"다음은 옷이 없어요. 누드라고 들었는데……."

건의 표정을 살피며 스텝이 미안해하며 말했다. 누드야 얼마든지 찍을 수 있지만 사전에 아무런 말도 듣지 못한 상황이었다. 그녀는 가운을 걸치고 미카엘이 있는 촬영장으로 향했다.

"미카엘."

"건, 오늘 촬영에 대해 얘기 못 해서 미안해."

미카엘이 무슨 이유에선지 쩔쩔매는 듯했다. 뭔가 그녀 모르게 진행되는 일이 있는 것 같았다. 정면 누드가 아닌 이상 미리 말하지 않아도 괜찮은데 미카엘의 반응은 다른 때와는 확실히 달랐다.

"왜 그래요?"

"사실 오늘 이 브랜드의 조건이 루시퍼와 촬영을 같이하는 거라서……."

하긴 한창 뜨긴 했지만 이렇게 고급 브랜드의 얼굴을 하기 엔 그녀의 인지도가 그리 높지는 않았다. 거기에 이 브랜드는 남성 의류였다.

"솔직히 난 건이가 잘할 거라고 생각하고 밀어붙이려고 했는데……."

"알았어요."

미카엘의 마음은 누구보다 잘 알았다. 어떻게 해서든지 그녀를 키워주고 싶은 마음이 강해서 그런 계약이라도 한 것 같았다. 이럴수록 그녀가 최선을 다해야 미카엘의 체면이 서는 것이었다.

촬영장에 있는 의자에 마치 지옥의 세계에서 올라온 것 같은 루시퍼가 앉아 있었다. 붉은색의 긴 의자는 마치 피를 뿜어내고 있는 것 같았다. 루시퍼가 그녀를 보고 있었다. 그의 초록색 눈은 아무런 표정도 담고 있지 않았다.

심장이 미친 듯이 뛰는 건 그녀뿐이었다. 하지만 건은 만만치는 않았다. 그와 13년을 살았다. 그가 건을 얼마나 싫어하는지 잘 알고 있었다. 그녀의 이런 마음을 들키지 않을 자신은 있었다.

"지옥의 루시퍼에게 사로잡힌 여자를 표현하면 됩니다."

유이토가 촬영 콘셉트를 빨리도 얘기해 주고 있었다. 사로잡힌 게 아니라 유혹하는 거겠지. 건은 당당하게 그의 앞에서 가운을 벗었다. 검은색 가운이 그녀의 라인을 미끄러지듯이 내려갔다.

스텝들은 그녀의 완벽한 뒤 라인을 보고 있지만 루시퍼는 그녀의 온전한 나체를 앞에서 보고 있었다. 그의 눈동자가 흔들렸다. 아주 짧은 순간이었지만 그의 호흡이 흐트러지는 것을 건은 보았다.

하긴 여자가 벗었는데 게이가 아닌 이상은 동하는 게 정상일 것이다. 그처럼 정력이 남아도는 바람둥이일 경우엔 더욱더 그럴 것이다. 건은 그의 초록색 눈을 응시하며 그의 앞에 섰다. 그리고 사진작가가 시키는 대로 그의 곁에 누웠다.

"좀 더 밀착해서 안아요. 루시퍼."

이제 유이토에게 건은 하나의 소품 같았다. 루시퍼를 돋보이게 하는 소품 말이다. 그녀의 뒤태가 그대로 드러났다. 그의 손이 그녀의 등과 엉덩이를 강하게 잡았다. 그리고 그의 입술이 그녀의 목에 가 있었다.

불에 덴 것 같은 반응에 건은 순간적으로 몸을 일으킬 뻔했지만 간신히 참았다. 처음이었다. 루시퍼와 손도 잡아보지 않은 건이었다. 그의 손이 닿는다면 그 느낌이 어떨까? 라는 생각을 가끔 하긴 했지만 그의 터치가 이렇게 강렬한 느낌일 거란 생각은 해보지 못했다.

"좋아요. 루시퍼, 그 느낌 그대로……."

유이토는 아주 흥분해 있었다. 그의 손이 그녀의 등을 타고 올라오고 있었다.

"흡!"

건이 자신도 모르게 호흡을 들이마셨다.

"왜 떨려?"

그가 빈정거리며 그녀를 보고 있었다.

"웃기지 말아요."

"그럼 안 떨리나 보군."

그의 매력적인 저음이 그녀의 귀를 간질이고 있었다. 그의 숨결이 그대로 그녀에게 느껴졌다.

"좋아요. 다음 옷으로……."

루시퍼가 옷을 입으러 들어간 사이에 미카엘이 얼른 가운을 집어서 건의 어깨에 걸쳐 주었다.

"괜찮아?"

"괜찮아요."

"다행이다."

"전 모델이에요. 너무 걱정하지 마요. 누드를 한두 번 한 것도 아니고."

그래도 미카엘의 얼굴엔 미안함이 가득했다. 그때 루시퍼가 등장했다. 아주 긴 검은 롱코트를 걸친 그는 정말 악마 같았다. 이번엔 그녀를 코트 안에 넣고는 그녀의 가슴을 손으로 감싼 신이었다.

"유이토 이건 너무……."

미카엘이 유이토의 주문을 저지했다.

"아뇨, 좋은 사진만 나온다면 전 괜찮아요."

아무렇지 않게 말은 했지만 솔직히 몸에 오한이 온 것처럼 부르르 떨렸다. 미리 알았다면 건은 분명히 이 일을 포기했을 것이다. 하지만 지금은 미카엘에게 피해를 주고 싶지 않았다. 그리고 그녀는 모델이었다. 개인적으로 이렇게 흔들리는 건 프로답지 못했다.

그의 코트 안으로 그녀가 자연스럽게 들어갔다. 루시퍼도 코트 안에 아무것도 입지 않은 상황이었다. 그녀를 안고 한쪽은 코트로 가리고 한쪽은 그의 손으로 가슴을 가린 상황이 되었다. 그녀의 몸의 반이 누드로 나온 아주 아슬아슬한 그림이 연출이 되었다.

건의 온 신경이 그가 잡고 있는 가슴에 쏠려 있었다. 하지만 그는 아무런 감흥이 없는지 조금의 떨림조차 느껴지지 않았다.

"남자들이 좋아할 만한 가슴이야."

루시퍼가 비꼬듯이 그녀의 귓가에 속삭였다.

"닥쳐요."

둘은 언제나 이런 식이었다. 촬영이 끝이 나자마자 루시퍼는 사진을 확인하지도 않고 그대로 촬영장을 떠나 버렸다. 미카엘과 그녀는 자리에 남아서 오늘 촬영된 사진을 모니터로 확인했다.

"역시 루시퍼야, B컷이 하나도 없어. 마음 같아선 다 쓰고 싶어."

유이토는 흥분해서 혼잣말을 막 쏟아냈다. 건이 보기에도 루시퍼의 컷은 부족함이라고는 찾아볼 수 없는 A컷뿐이었다.

"건도 생각보다 아주 잘했어, 이번 화보는 완전 걸작이 될 것 같아."

여전히 유이토는 흥분한 상황이었다. 가운만 걸친 채 있는 건이 안타까웠는지 미카엘이 건을 데리고 나왔다.

"고생했어."

미카엘은 여전히 미안해하고 있었다.

"아니에요. 공짜로 한 것도 아니고."

"밥 먹고 들어가자. 예약해 뒀어. 옷 입고 나와, 기다릴게."

"알았어요."

미카엘은 건에겐 소중한 사람이었다. 쓰레기 같았던 인생의 구세주였다. 그때를 생각하면 지금도 다리 힘이 빠졌다. 건은 옷을 입었다. 평소에 즐기는 청바지와 회색 후드티를 입은 그녀는 한숨을 쉬고는 거울 속의 자신을 멍하게 보았다.

오늘은 자극적인 촬영이었던 만큼 복장과 어울리지 않는 과한 화장이었다. 클렌징 티슈로 닦아내자 분위기가 확 달라졌다. 섹시한 여자에서 청순한 여자로 바뀐 그녀였다. 화장실에서 대충 세수를 한 그녀는 머리를 하나로 묶었다.

거울 속의 건은 예전의 말라깽이 건이 아니었다. 다섯 살에 한국에서 미국으로 입양이 된 그녀였다. 부모가 누군지도 몰랐다. 5살 때까지 시설에서 지내다가 양부모를 만나 미국으로 오게 된 것이다.

하지만 행복도 잠시 그녀를 잘 키워주겠다던 양부모는 아이들을 입양하는 게 취미인 사람들이었다. 아이를 애완동물처럼 인종

별로 수집해서 집에 가둬두고 학대하는 못된 사람들이었다. 그녀가 마지막으로 입양이 되자 그들은 10명의 아이들을 데리고 산속에서 지냈다.

학교도 갈 수 없었고 먹을 것도 마음대로 먹을 수가 없었다. 옷도 한 벌을 계속해서 입고 살았다. 그렇게 지내던 가운데 그녀와 가장 친했던 로라 언니가 그녀를 데리고 집에서 탈출하는데 성공했다.

그게 그녀가 9살 때의 일이었다. 그 후 1년을 거리에서 살았다. 낮에는 상점에서 뭐든 훔칠 수 있는 건 다 훔쳤고 저녁에는 노숙을 했다. 그러다가 미카엘의 지갑을 훔친 그녀를 미카엘이 돌보게 된 것이었다. 그렇게 몇 년을 그녀를 돌보던 미카엘은 결국 그녀를 정식으로 입양하게 되었다.

로라 언니는 도망을 가서 찾을 수가 없었고 그녀만 미카엘에게 구제를 받을 수 있었다. 그날 미카엘을 못 만났다면 그녀는 아마 길거리에서 죽었을 것이다.

"후."

옛 생각을 지우려 고개를 세차게 흔든 건 미카엘이 기다리는 곳으로 향했다. 그녀가 아는 것이라곤 박건이라는 이름뿐이었다. 나이도 확실하지 않았다. 한두 살 더 먹었을 수도 있었다.

이따금 이렇게 떠올리고 싶지 않은 기억이 떠오를 때면 건은 미칠 것 같았다. 다만 미카엘을 보고 나면 그나마 마음의 안정을 찾을 수 있어서 다행이었다.

"오래 기다렸죠?"

그의 페라리에 오르며 그녀가 말했다.

"난 괜찮은데, 저 뒤에 있는 녀석은 아마 화가 많이 났을 거야."

뒤를 보니 루시퍼의 애마 코닉세그 아제라가 불을 뿜고 있었다. 세계에 단 한 대밖에 없는 슈퍼카는 주인과 너무나 닮아 있었다. 슈퍼카와 루시퍼는 어둡고 신비롭고 쉽게 가질 수 없는 것이었다.

"미카엘은 차 욕심 없어요?"

언제나 루시퍼에 비하면 상대적으로 저렴한 슈퍼카를 타는 미카엘이었다.

"뭐?"

뜬금없는 그녀의 질문에 미카엘은 피식 웃었다.

"차 바꾸고 싶어?"

"아뇨, 전 운전도 잘 안 하는데요. 그냥 루시퍼의 차를 보니……."

"루시퍼에 맞는 차가 있고 내게 맞는 차가 있어."

미카엘은 웃으며 말했지만 쌍둥이라도 너무나 다른 그들의 성향을 말하고 있었다. 루시퍼는 화려함에 집착했고 미카엘은 심플한 걸 좋아했다.

"근처에 건이 좋아하는 식당이 있더라고."

"고마워요. 언제나 절 생각해 줘서……."

건은 육식을 좋아했고 그건 루시퍼도 마찬가지였다. 미카엘은
신선한 해물을 좋아했지만 외식을 할 땐 그들에게 항상 양보하는
눈치였다.

"다음엔 미카엘 좋아하는 걸로 먹어요."

"나도 좋아해."

"거짓말."

이렇게 말을 하는 동안 근처 레스토랑에 도착한 그들이었다. 집
에서 항상 최고의 요리를 먹는 그들이었기 때문에 밖에서의 외식
은 거의 하지 않는 편이었다. 레스토랑에 루시퍼가 들어서자 식당
은 그야 말로 순식간에 아수라장이 되어버렸다.

레스토랑의 배려로 그들은 룸 안으로 들어갈 수밖에 없었다.

"어딜 가나 시끄럽네요."

그녀의 빈정거림에도 루시퍼는 아무런 말을 하지 않았다. 매번
루시퍼만 보면 좋게 말이 나가지 않았다. 왜 그런지 건도 자신을
이해할 수가 없었다. 하지만 루시퍼도 그녀를 막 대하기는 마찬가
지였다.

매번 그녀를 볼 때면 어린애 취급하기 일쑤였다.

"주문해."

"주문은 벌써 했어."

모든 걸 미카엘이 다 해주었다. 먹는 것 입는 것 그리고 루시퍼가 하는 모든 것들을 말이다.

"미카엘 없으면 루시퍼는 못 살 것 같아요."

"시비 걸지 마."

그의 한마디에 분위기가 싸해졌다.

"이쯤 했으면 싶은데⋯⋯."

루시퍼는 건과 사이가 좋지는 않았지만 이렇게 딱 잘라 그녀의 말은 막은 적은 처음이었다. 건은 더 이상 루시퍼에게 시비를 걸지 않았다. 그 후로는 미카엘과 대화를 이어갔다.

"오늘 촬영 멋있었어. 아마 올해 최고의 화보가 나올 것 같다며 유이토가 흥분하더라고. 나도 보기 좋았어."

미카엘이 촬영 이야기를 하는 내내 루시퍼는 그저 스테이크를 먹는데 열중하는 듯했다. 하지만 평소와는 다르게 루시퍼가 자꾸 그녀를 힐끔거리며 쳐다보는 게 느껴진 건 이었다. 그녀가 잘못 느끼는 것이겠지만 이상하게 루시퍼의 시선이 자꾸만 그녀를 향한 것 같았다.

지난번 마틴의 인터뷰가 있고 난 다음부터 루시퍼의 시선은 항상 건에게 향해 있었다. 물론 그녀에게 흑심이 있어서 바라보는 것은 아닐 것이다. 뭔가 이상했다. 그때부터 어색함이 그들 사이에 감돌았다.

내색은 하지 않았지만 건은 숨이 막힐 것 같았다.

"건이 다음 주부터 유럽에서 열리는 D브랜드 무대에 일정이 잡혔어."

"얼마나 있는데요?"

"일주일."

"난 미카엘이 있는 집이 좋은데."

건이 코를 찡긋하며 불만을 표했다. 모델이란 직업상 세계를 돌아다니는 그녀였다. 패션쇼가 열리고 그녀를 찾는 무대가 있다면 어디든 달려갔다. 그렇게 정신없이 3년을 살았다. 일이 없으면 대부분 비벌리 힐스의 집에 머물렀지만 말이다.

"솔직히 나보다 필립과 있는 걸 더 좋아하면서."

은근히 미카엘은 필립과 그녀의 사이를 질투했다. 마치 아빠가 엄마와 딸 사이를 질투하는 것처럼 말이다.

"필립은 천사예요. 정말 뭐든 다 해주는 수호천사 같아요."

그녀가 미소 지으며 미카엘을 보았다.

"돌아오면 좀 쉬어. 일주일 정도 스케줄 잡지 않을게."

미카엘이 선심을 쓰듯 말했지만 과연 일정을 잡지 않을지는 모르는 문제였다.

"감사해요."

"쉬면 뭐 할 거야?"

"아무것도 안 할 거예요."

그냥 쉬면 아무것도 안 하고 집에만 있을 생각이었다. 솔직히 말해서 집엔 모든 게 다 갖춰져 있어서 굳이 밖으로 나가지 않아도 충분히 즐겁게 보낼 수 있는 곳이었다. 그때 미카엘의 핸드폰이 요란하게 울리고 있었다.

"미안."

전화를 받기 위해 미카엘이 밖으로 나가고 루시퍼와 그녀만이 한 공간에 남았다. 그는 여전히 말이 없었고 그녀 또한 그에게 말을 걸지 않았다. 스테이크 자르는 소리만 들렸다.

"내가 뭐 실수했어요?"

답답함을 못 참고 그녀가 루시퍼에게 말했다.

"아니."

그는 건을 쳐다보지도 않고 말했다.

"그런데 왜 자꾸 사람을 그렇게 봐요?"

그가 포크와 나이프를 놓더니 건이를 매서운 눈으로 바라봤다.

"촬영할 때 나에게 안겼다고 친해졌다고 생각하는 거야?"

"뭐요?"

"촬영은 촬영일 뿐이야."

생각지도 못했던 그의 말에 건은 당황했다. 촬영 때 정신이 없어서 그게 얼마나 자극적인 사진이었는지 잠시 잊었었다. 그의 손이 그녀의 아주 은밀한 곳을 제외하고는 다 닿았었다. 갑자기 건은 몸이 뜨거워짐을 느꼈다.

"뭐든 촬영이 끝나면 잊는 게 좋아."

경고였다. 미카엘이 들어오자 그들의 대화는 멈추었지만 분위기는 끝까지 냉랭했다.

일주일간 파리에 머물게 된 건은 정신없는 하루하루를 보내고 있었다. 세계적인 명품인 D브랜드답게 패션쇼에 동원된 모델들은 세계 정상급이었다. 오늘도 백스테이지는 정신이 없었다. 메이크업을 받느라 정신이 없는 모델들 사이에 D브랜드의 수석 디자이너인 엔조가 들어왔다.

"준비하면서 들어요. 오늘은 마지막 날이고 무대가 끝난 뒤에 파티가 있을 거예요."

그의 말에 여기저기서 함성이 터져 나왔다. 엔조는 모델들에게 신경을 많이 써주는 디자이너였다.

"우리의 불같은 저녁을 위해 패션쇼에서 마지막 영혼을 태웁시다."

엔조가 그녀를 보며 윙크를 했다. 원래 밝은 성격의 디자이너인 것 같았다. 뭐든 축 처진 것보다 에너지가 넘치는 사람이 건은 더 좋았다.

"조심해."

옆에 있던 모델이 그녀에게 말했다.

"뭘?"

"엔조는 동양 모델 킬러야. 지난번엔 일본 모델 요미코였어, 물론 한 달을 안 갔지만 말이야. 그전엔 이름도 말하기 어려울 정도로 많아."

건은 날이 갈수록 자신에게 접근하는 남자들이 많음을 알고 있었다. 하지만 언제나 미카엘이 잘 막아주었었다. 하지만 이번 여행은 미카엘이 오지 않았다. 그가 뉴욕에 에이전시를 새로 오픈했기 때문이었다.

이번엔 그녀 스스로 알아서 잘해야 했다.

"그런데 너 진짜 루시퍼랑 같이 살아?"

"응, 정확히 말하자면 루시퍼의 쌍둥이 동생인 미카엘이 날 입양했어."

"그랬구나."

"자자, 이제 의상 갈아입고 마지막 리허설 준비합시다."

스텝이 소리치자 모델들이 일사불란하게 자리에서 일어났다. 드디어 쇼가 시작되었다. 이번 D브랜드의 가을 콘셉트는 연인이었다. 굉장히 러블리한 디자인들이었다. 마치 낙엽 속의 요정들 같은 느낌이었다.

첫 번째 오프닝 모델이 무대로 나가고 그녀는 세 번째로 무대에 섰다. 그녀는 하늘거리는 원피스를 입고 무대를 거닐었다. 그런데 그때 그녀의 눈에 루시퍼가 보였다. 여긴 웬일이지? 잘못 봤겠지 라는 생각을 하고 다시 힐끔 그가 앉아 있는 자리를 보았다.

그녀와 루시퍼의 시선이 공중에서 부딪쳤다. 그가 왜 이곳에 있는지 알 수가 없었다. 셀럽으로 이 자리에 왔다면 분명 미카엘이 그녀에게 말해줬을 텐데 아무런 말도 듣지 못했다. 그 후로 건의 모든 신경은 루시퍼에게 향해 있었다.

"루시퍼 봤어?"

모델들이 흥분하며 이야기하는 게 들렸다.

"한 번만 자봤으면 소원이 없겠다."

루시퍼는 세계에서 가장 섹시한 남성답게 언제나 그의 얘기는 음담패설이었다. 그는 여자들의 침대 속의 상상의 남자였다.

"건, 우리 루시퍼 만나게 해주면 안 돼?"

"……."

그동안 수없이 들었던 말이었기 때문에 건은 오늘도 그들의 말을 무시했다. 그렇게 정신없었던 쇼가 끝이 나고 엔조가 말했던 파티를 위해 모델들은 곧바로 엔조의 집으로 향했다. 파리 외곽의 대저택에 사는 엔조는 조상 때부터 귀족이었다고 했다. 그의 집은 귀족적인 느낌이라기보다는 아주 현대적인 집이었다.

모델들은 엔조의 집에 놀라움을 금치 못했지만 건은 달랐다. 그녀의 집에 비해 한참은 작았기 때문이었다.

"여기 끝내준다."

동료 모델들은 샴페인 잔을 들고 엔조의 집에 감탄사를 보내고 있었다. 오늘 무대에 섰던 대부분의 모델들이 참석했다. 대규모의 무대라서 모델들도 50명이 넘었다. 그런데 진짜 웃긴 건 집 안에 남자들은 별로 없다는 것이었다.

마치 엔조가 여자들에 둘러싸인 파티를 원한 것처럼 모든 게 엔조에게 맞춰진 파티였다. 성공한 디자이너들은 이런 파티를 하는지 몰라도 술과 약 기운이 넘치는 파티가 건에겐 그리 유쾌해 보이지 않았다.

점점 더 질펀해지는 파티가 눈에 거슬리기 시작했지만 동료들과 같은 차로 왔기 때문에 건은 먼저 호텔로 갈 수가 없었다. 건은 그들에게서 빠져나와 조용히 정원을 거닐었다. 그리고 아주 오랜 된 것처럼 보이는 동상 앞에 서 있었다. 루시퍼가 동상을 모으는 게 취미라서 그런지 그녀도 오는 순간부터 조각상들에 관심이 많아졌다.

"그건 루시퍼예요."

어느 사이엔가 엔조가 그녀의 옆으로 다가와서 말했다. 집에 있는 루시퍼는 머리가 세 개에 날개가 여섯 개 달린 괴물인데 여기에 있는 루시퍼는 굉장히 아름다운 모습이었다.

"우리 집의 루시퍼는 이런 모습이 아니에요. 단테의 신곡에 나오는 괴물의 모습이죠."

"난 빛을 가져오는 자라는 말을 더 믿죠. 다른 표현들은 무서우니까. 난 루시퍼가 굉장히 아름다울 거라고 생각해요."

"악마를 숭배하세요?"

"아뇨, 난 아름다움을 숭배하죠. 건처럼 아름다운 동양의 여신들을 난 찬양합니다."

백스테이지에서 들었던 말이 떠올라 건은 피식 웃었다.

"왜 웃죠?"

"아까 들은 말이 생각이 나서요"

"무슨 말이죠?"

"조심하라는 말이요. 동양 모델 킬러라고 하던데……."

그가 화를 낼 줄 알았다. 하지만 엔조의 반응은 조금 달랐다.

"맞아요. 난 동양의 아름다운 여인들을 보면 사랑에 빠지죠."

"단기간이라면서요?"

가까이 있는 그에게서 조금 몸을 멀리하며 그녀가 말했다. 이곳은 집에서 좀 떨어진 곳이었다.

"사랑을 꼭 길게 할 필요는 없어요. 뭐든 영원하지는 않으니까. 그건 사람도 마찬가지죠."

"그래서 짧게 사람을 만나신다는 건가요?"

"만나봐야 사람을 아는 거니까."

"전 좀 생각이 다른 것 같아요."

그때 엔조가 그녀의 곁으로 다가왔다. 천천히 아주 의미심장한 미소를 지으며 싫다는 건의 옆으로 왔다.

"나는 건이 마음에 드는데……."

그의 입에서 술 냄새가 강하게 났다. 그리고 억지로 건을 안았다.

"지금 뭐 하시는 거예요?"

허리에 감긴 그의 손을 치우려고 애를 썼지만 남자의 힘을 당할 수가 없었다.

"모델 생활 제대로 하려면 이러면 곤란해."

건의 귀에 대고 그가 속삭였다.

"그만하라니까요!"

엔조는 덩치가 크지는 않았지만 그래도 남자였다. 건이 당해내기엔 힘에 부쳤다. 엔조의 눈이 풀리더니 그녀의 입을 틀어막고는 정원의 구석으로 건을 끌고 갔다. 당해낼 수가 없는 강한 힘이었다.

"으으읍."

필사적으로 몸부림을 쳤지만 건은 속절없이 안으로 끌려들어 가고 있었다. 그때였다. 건의 몸이 자유로워지고 엔조는 땅바닥에 그대로 내동댕이쳐졌다.

"루시퍼."

건의 입에서 저도 모르게 그 이름이 나와 버렸다. 땅바닥에서 고개만 든 엔조는 루시퍼의 얼굴을 보고는 아주 사색이 되어 있었다.

"오해야. 저년이 날 먼저 유혹한 거라고."

갑자기 루시퍼는 엔조의 멱살을 잡아 일으켜 세우더니 그의 얼굴을 주먹으로 쳤다. 퍽 하는 소리는 마치 두개골이 부서지는 소리처럼 들렸다.

"루시퍼, 오해라고."

다시 그를 세운 루시퍼가 엔조의 얼굴을 쳤다. 두 번의 주먹질로 사람이 죽을 수도 있겠다는 생각이 든 건 처음이었다. 엔조는 마치 개구리처럼 바닥에 뻗어버렸다.

"가자."

루시퍼는 괜찮은지 어떤지 묻지 않았다. 그냥 그녀 앞에 서서 걸을 뿐이었다. 사람들은 루시퍼의 등장을 알지 못하고 아직도 질펀한 파티를 벌이고 있는 중이었다. 그의 차에 오른 건은 운전대를 잡은 루시퍼를 보았지만 눈에 눈물이 차올라 제대로 볼 수가 없었다.

"죄송해요."

목이 메어왔다. 그리고 눈에선 눈물이 흘러내렸다. 어린 시절 길바닥에서 못된 어른들에게 끌려갈 뻔한 이래로 이렇게 놀라본 적은 처음이었다. 부자들은 다 바르게 생활을 하는 줄 알았는데 그게 착각이란 걸 건은 오늘에야 깨달았다.

"건의 잘못이 아니야."

루시퍼가 화를 내며 말했다. 그는 핸들을 주먹으로 치며 다시 차에서 내리려고 했다. 놀란 건이 얼른 그의 팔을 잡았다.

"죽여 버리겠어."

"제발 일을 크게 만들지 말아요."

"널 다치게 했어."

그가 으르렁거렸다. 하지만 건은 그의 팔을 놓을 수가 없었다. 그의 팔에 힘이 들어가자 마치 헐크처럼 힘줄이 툭 튀어나왔다.

"제발……."

건의 말에 그가 다시 자리에 앉아서 차를 출발시켰다.

"그런데 여긴 어떻게⋯⋯."

"그게 중요해?"

"⋯⋯."

화가 많이 난 루시퍼에게 더 이상 말을 시켜서는 안 될 것 같아서 건은 입을 다물었다. 왜 그가 여기에 왔는지보다 지금은 더 이상 그를 화나게 만들고 싶지 않았다. 그의 눈빛에 살기가 돌고 있었기 때문이었다.

그들이 도착한 곳은 그녀가 묵고 있는 호텔이었다.

"오늘 감사했어요."

"⋯⋯."

"루시퍼, 나랑 말 안 할 거예요?"

차를 세운 그가 차에서 내렸다. 그녀를 데려다줄 모양이었다.

"여기서부터는 혼자 가도 돼요."

"⋯⋯."

그는 그녀의 말을 듣는 둥 마는 둥 앞장서서 걷기 시작했다. 건도 이쯤에서 포기를 해버렸다. 루시퍼의 고집을 누가 꺾겠냔 밀이다. 호텔 로비에 그들이 들어서자 사람들의 시선이 일제히 그들을 향해 쏟아졌다.

직원들마저 핸드폰으로 그들을 찍어대느라 정신이 없었다. 그는 모자와 마스크로 가린다고 해서 가려질 사람이 아니었다. 그녀와 같이 엘리베이터에 오른 루시퍼는 말이 없었다. 9층을 누르자 그가 취소를 하고 15층을 눌렀다.

"저 9층이에요."

"알아."

그런데 왜 15층을 눌렀을까? 일단 건은 그가 하는 대로 내버려 두었다. 15층은 이 호텔의 스위트룸이 있는 곳이었다. 그렇다면 루시퍼가 여기 묵고 있다는 말이었다. 15층에 도착하자 그가 카드 키로 문을 열로 스위트룸 안으로 들어갔다.

"언제부터 여기 묵었어요?"

"어제부터."

"왜 말하지 않았어요?"

"그냥 가려고 했으니까."

오늘 패션쇼에 초대를 받아서 온 모양이었다.

"초대받아서 왔어요?"

"어디든 내가 가면 초댄 거야."

하긴 그가 참석하는 것과 안 하는 건 많은 차이가 있었다. 그가 참석을 한다는 건 그 브랜드의 옷이 완판 된다는 의미와 같았다. 아무리 비싼 명품이라도 그를 지지하는 팬들은 아낌없이 그 옷을 사주었다.

"커피?"

그가 그녀에게 뭔가를 권한 건 처음이었다.

"독한 술 있어요?"

"뭐?"

"더러운 기분을 씻어내고 싶어서요."

그녀의 말을 들은 그가 얼음이 든 위스키 잔을 그녀에게 건넸다.

"술을 잘 마셨나?"

"못 마셔요."

솔직하게 술을 잘 마시진 못했다. 그녀가 소파에 앉아서 위스키를 쓴 약을 먹듯이 홀짝거리는 동안 루시퍼는 그녀를 바라보고 있었다.

"진짜 오늘 왜 왔어요?"

그가 왜 쇼장까지 왔는지 궁금한 건이었다.

"미카엘이 부탁했어."

"미카엘이 왜요?"

"한 번도 건을 혼자서 보낸 적이 없다고 하더라고. 미카엘이 에이전시 오픈만 아니었어도 꼭 갔을 거라고 했어. 엔조 그 자식이 디자인 실력은 있어도 동양 모델 킬러거든. 그게 신경이 쓰이는 모양이더라고."

미카엘은 에이전시 때문에 바쁜 와중에도 그녀를 걱정했던 모양이었다.

"어쨌든 바쁜데 저 때문에 이렇게 와준 거 고마워요."

솔직한 마음이었다. 아까 루시퍼가 없었다면 큰일을 당할 뻔했었다.

"아니야."

루시퍼는 위스키를 홀짝거리는 그녀를 말없이 바라보며 앉아 있었다. 루시퍼와 마주 앉아 있으니 심장이 터질 것 같았다. 첫사랑이었다. 겉으로 절대로 내색해서는 안 되는 관계였다. 그러니 자꾸만 퉁명스럽게 대했고 이제는 부드러운 말투가 더 어색한 그들이었다.

"난 신에게 버림받은 아이인 것 같아요."

술기운이 올라오는지 갑자기 신세 한탄 모드가 되어버렸다.

"어릴 땐 부모님이. 그리고는 양부모가, 이제는 이런 일까지. 왜 이렇게 되는 일이 없을까요?"

"……"

혀가 꼬이기 시작했지만 정신은 그 어느 때보다 멀쩡했다. 하지만 너무 피곤했는지 자꾸만 눈꺼풀이 내려앉고 있었다.

"난 많은 걸 바라지 않는데, 참 이상하죠?"

자꾸 졸음이 몰려왔다. 그런 그녀가 마지막으로 기억나는 건 알 수 없는 표정의 루시퍼였다.

루시퍼의 눈은 그에게 정수리를 보이며 쓰러져 있는 건을 향해 있었다. 자신의 불쌍한 처지를 한탄하다가 쓰러져 버린 여자를 루시퍼는 지금 한 시간째 뚫어지게 바라보고 있었다.

아직 그의 머릿속엔 일기장의 내용이 떠나지 않고 괴롭히고 있었다. 그녀의 일기장은 그가 벌써 돌려놓았다. 대신 아주 인상적인 내용의 일기는 핸드폰에 저장해 놓았다.

왜 그런 짓을 했는지 알 수 없었지만, 더 이해할 수 없는 건 지금 그의 앞에 쓰러져 있는 건이 쓴 일기의 내용이었다.

루시퍼의 한쪽 눈썹이 의심스러운 듯 올라갔다가 내려갔다.

"왜?"

매번 통명스럽게 대하면서 처음부터 그를 좋아했다는 게 말이 안 되는 일이었다.

"미카엘이 아니었어?"

루시퍼는 건이 미카엘을 좋아한다고 생각했었다. 미카엘의 수입이 좋아지자 건이 더 미카엘에게 달라붙는다고 생각했었다. 하지만 그는 헛물을 켜고 있었다. 건이 좋아하는 건 미카엘이 아니라 그였다.

하지만 그렇다고 이렇게 사람의 마음이 한순간에 싫었던 마음이 좋은 방향으로 바뀐다는 게 우스웠다.

"난 마피아 같은 걸 하면 안 되겠어."

그는 이 말을 하고는 피식 웃었다. 이렇게 마음이 쉽게 바뀌면 조직은 아주 우습게 배신할 수 있을 것 같았기 때문이었다. 물론 그는 마피아 따위는 하고 싶지 않지만 말이다.

루시퍼는 건이 남긴 위스키를 단숨에 마시고는 쓰러져 있는 건을 안아 들었다. 그녀의 몸은 아주 가벼웠다. 하지만 지난번에 그는 건의 매력적인 가슴을 보고 말았다. 그의 자제력이 무너질 뻔한 가슴이었다.

유이토가 그녀의 가슴을 손으로 감싸라고 했을 때 루시퍼는 처음으로 손끝에서 전기가 오는 걸 느꼈다. 어찌나 그 감촉이 부드럽던지 손 안에서 녹아내릴 것 같았다. 말썽꾸러기에 성질까지 못된 말라깽이가 13년이 지난 후에 그의 심장을 떨리게 하는 여인으로 성장한 것이다.

"웃기는군."

생각은 이렇게 하면서도 여전히 그 일기장의 진실이 아주 궁금했다. 그녀가 그와의 키스를 얼마나 원하고 있는지 그리고 그가 집으로 데려온 수많은 여자들을 얼마나 질투했는지가 모조리 적혀 있었다.

그리고 그는 그 일기를 읽은 후에 자꾸만 건이 신경 쓰이기 시작했다. 그는 일기를 읽은 걸 후회했다. 그날 유이토의 촬영장엔

가는 게 아니었다. 솔직히 그에게 제안이 들어왔을 땐 하지 않겠다고 얘기했다.

하지만 이상하게 건이 촬영하는 모습이 보고 싶었다. 3년의 모델 생활을 하는 동안 그는 건의 일엔 관심이 없었다. 솔직하게 관심을 가질 시간도 없었다. 그만큼 바쁜 루시퍼였다. 그런 그가 건이 일하는 게 궁금해서 직접 연락을 해서 촬영을 하겠다고 했다.

유이토에겐 자신이 함께 촬영한다는 말은 하지 말아달라고 말해놓았다. 그의 말 한마디면 만사가 오케이였다.

건을 자신의 침대 위에 내려놓은 그는 침대 옆에 의자에 앉아 잠든 건의 얼굴을 보고 있었다. 참 많이 컸다는 생각이 들었다. 그만큼 그도 나이를 먹은 것이리라. 건이 미카엘과 그의 집에 온 첫날 건은 울고 또 울다 지쳐 잠이 들었었다. 그런 건의 곁을 미카엘이 지켰고 그는 미카엘에게 불같이 화를 냈다. 하지만 그와는 다른 느낌으로 루시퍼는 오늘 건을 지키고 있었다.

칠흑 같은 건이의 머리카락이 그의 침대에 펼쳐져 있었다. 자는 여자를 한 번도 이렇게 넋을 놓고 본 적이 없는 그였다. 건의 피부가 이렇게 눈처럼 하얀지도 그리고 그녀의 코가 오뚝하다는 것도 그리고 잘 때 속눈썹이 가끔씩 파르르 떨린다는 것도 루시퍼는 오늘 처음 알았다.

그리고 그의 시선을 사로잡은 건 그녀의 붉은 입술이었다. 립스틱을 바른 게 아닌지 손으로 지워보고 싶은 충동이 들 정도로 그녀의 입술은 유혹적인 붉은색이었다. 물기를 머금은 듯 반짝이기까지 했다. 똑같은 입술인데 오늘은 너무나도 아름답게 보였다.

"어이가 없는 일이야."

이렇게 말하면서도 그는 자리에서 일어나지 않았다. 조금 더 그녀의 곁에 있고 싶었다. 하지만 이렇게 더 있다가는 사고를 칠 것 같다는 생각이 들기 시작했다. 그가 몸을 일으키려는 순간이었다.

"나쁜 새끼!"

건이 잠꼬대를 하고 있었다. 루시퍼의 짙은 눈썹이 모아지며 표정이 어두워지기 시작했다.

"놓으라고!"

엔조가 꿈에 나타나서 괴롭히는 모양이었다. 엔조 그 자식을 죽여 버렸어야 했다. 루시퍼는 다시 한 번 분노를 느끼고 있었다. 그는 주먹에 피가 안 통할 정도로 꽉 쥐고 있었다.

"루시퍼!"

건이 미카엘이 아닌 그의 이름을 불렀다. 놀란 루시퍼가 건의 잠든 얼굴을 보고 있었다. 잘못 들은 걸까? 순간적으로 몸을 움찔

한 그였다.

"도와줘요. 루시퍼."

그녀가 분명히 그의 이름을 말했다.

두근. 두근. 두근.

심장이 미친 듯이 나대고 있었다. 건은 한동안 그렇게 뒤척이더니 깊은 잠에 빠져들었다. 건이 깊이 잠이 들 때까지 그는 그 자리에 있었다.

그리고 그는 평생 한 번도 해본 적이 없는 행동을 하고 말았다. 루시퍼가 잠든 건의 손을 잡고 있었다. 그녀가 편안하게 잠이 들 때까지 말이다.

루시퍼는 자신도 모르게 자리에서 일어나 건의 머리를 쓰다듬고 있는 자신을 발견하고는 너무 놀란 나머지 몸을 일으켜 욕실로 들어갔다.

"가지가지 한다."

그리고 세면대에 물을 틀고는 정신없이 세수를 했다.

인정하기 싫었지만 루시퍼는 건이 신경 쓰였다. 이게 다 그놈의 일기장 때문이었다. 왜 하필 그날 그가 일기를 발견해서 이렇게 고통의 시간을 갖게 된 건지 신이 원망스러울 따름이었다. 확실히 그날 이후에 그녀의 모든 게 달라 보였다.

쏴아악!

수돗물이 계속해서 흐르고 있었지만 루시퍼는 멍하게 그 자리에 있었다. 자신의 마음을 도저히 알 수가 없었다.

　"루시퍼 정신 차려."

　그는 거울을 보며 자신에게 조용히 말했다.

2장

유럽을 다녀온 후에 루시퍼의 행동이 조금 이상하다고 느껴지는 미카엘이었다. 안 그래도 적은 말수의 루시퍼였지만 아예 입을 닫아버리고 서재에서 나오지 않고 있었다. 미카엘이나 루시퍼는 학교를 제대로 다니지 못했다.

어릴 때 환경이 그렇게 좋지 않았기 때문이었다.

하지만 둘 다 책을 좋아해서 그들이 집을 처음으로 샀을 때 서재부터 만들었다. 그래서 틈만 나면 루시퍼든 미카엘이든 서재에서 많은 시간을 보내긴 했지만 이 정도는 아니었다. 마치 사람들을 피하고 있는 느낌이었다.

"루시퍼."

서재에 들어서자 창가에 앉아서 멍하게 밖을 보고 있는 루시퍼가 눈에 들어왔다. 창밖의 빛도 루시퍼의 잘생김을 가리지 못하고 있었다. 며칠 동안 수염을 깎지 않았는지 얼굴이 온통 수염으로 가득했다. 물론 그 모습도 멋지긴 했지만 말이다.

미카엘이 부르는 소리도 듣지 못한 모양이었다. 그의 곁에 다가선 미카엘은 루시퍼가 못마땅한 얼굴로 창밖을 보고 있다는 걸 알았다. 창밖엔 필립과 건이 정원에 물을 주다 말고 물장난을 하느라 정신이 없었다.

"시끄럽지?"

미카엘을 그제야 발견한 루시퍼가 얼른 고개를 돌렸다.

"언제 왔어?"

루시퍼는 뭘 훔쳐 먹다가 들킨 사람처럼 허둥대며 물었다.

"조금 전에."

"왜?"

"죽었나 해서. 그리고 스케줄도 알려줄 겸."

무뚝뚝한 성격의 형제들은 오늘도 무덤덤한 대화를 이어갔다.

"죽진 않았고. 스케줄은 조금 더 미루면 안 될까?"

일하기 싫다는 말을 한 적이 없는 루시퍼라서 미카엘은 조금 당황스러웠다.

"아니다. 스케줄 말해봐. 우리가 에이전시를 새로 시작했다는 생각을 못했어."

이번에 새로 만든 에이전시는 새로운 모델들을 발굴하고 키우기 위해 만든 곳이었다. 그동안 미카엘의 에이전시는 오로지 루시퍼만 관리했었다. 왜냐면 그의 스케줄만으로도 벅찼기 때문이었다. 하지만 건이를 모델로 만들고 나서부터는 조금 더 확장할 필요성을 느낀 미카엘이었다.

그의 에이전시가 오픈하자마자 수많은 톱모델들의 문의가 이어졌다. 하지만 미카엘은 신인을 키우고 싶은 마음에 그들을 거절했다. 돈은 이미 벌 만큼 번 상태였다.

"다음 주 월요일부터는 일요일을 제외하고는 풀이야."

"왜 이렇게 잡았는지 물어봐도 될까?"

"너와 나의 초심을 지키려고. 그리고 건이를 조금 더 키워줄 생각이야."

"그래서 세트로 묶은 거야?"

"너에겐 미안하지만 그렇게 했어."

미카엘은 건을 조금 더 키워주고 싶었다. 충분히 자질이 있는 아이였고 디자이너들이 좋아할 스타일이었다. 하지만 어딜 가나 신인 하나 제대로 키우려면, 스타 한 명과 함께하게 만들어야 신인의 인지도가 높아졌다. 그런 의미에서 루시퍼는 건을 위해선 최고의 스타였다. 그래서 건을 위해 루시퍼의 도움이 필요했다.

"상관없어."

루시퍼가 소파 쪽으로 몸을 옮겼다. 미카엘은 항상 루시퍼가 전생에 정말 악마였지 않았을까 라는 생각이 들 때가 있었다. 루시퍼는 사람을 앞도 하는 힘이었고 그의 초록색의 눈은 사람들의 마음을 꿰뚫어 보는 것 같은 신비로움이 있었다.

"커피 마실까?"

"좋지."

미카엘을 위해 루시퍼가 커피를 직접 내리고 있었다.

"우리가 이렇게 멋지게 살게 될 줄은 꿈에도 몰랐어."

커피를 만드는 루시퍼를 보며 미카엘이 말했다.

"하긴, 아무것도 없었으니까."

미카엘은 루시퍼가 건넨 커피를 한 모금 마시며 옛날을 떠올렸다. 그리고는 몸서리를 쳤다.

"어떻게 그렇게 살았을까? 지금 그렇게 살라고 하면 못 살 것 같아."

"나도."

루시퍼가 쓴웃음을 지으며 대답했다.

그들이 어릴 때 어머니가 돌아가셨고 아버지는 술과 약에 찌들어 있어서 그들을 돌보지 않았다. 미카엘은 어릴 때부터 약한 체질이어서 루시퍼가 그들의 생계를 책임지다시피 했었다. 루시퍼는 어릴 때부터 아버지를 닮아서 굉장히 덩치가 좋았다.

그래서 농장에서 가축들 먹이 주는 일도 하고 허드렛일들을 돕기도 했다. 그들이 열다섯 살에 아버지마저 죽고 그들만이 남겨졌다.

18살이 된 루시퍼는 부잣집에서 말을 돌보는 일을 했는데 그집에 초대된 사진작가의 눈에 들어 갑작스럽게 모델 일을 하게 되었다. 루시퍼의 등장은 그야말로 패션계에선 파란을 일으켰다.

그리고 미카엘도 루시퍼의 추천으로 모델 일을 시작했다. 하지만 미카엘은 자신이 모델보다는 모델을 관리하는 게 더 맞다는 걸 알고는 루시퍼의 에이전시가 되었다. 그들이 스무 살 때의 일이었다.

미카엘과 루시퍼는 실패를 모르고 앞만 보고 전진했다. 그의 강렬한 인상은 사람들을 사로잡았고 돈도 셀 수 없이 많이 벌어들였다. 솔직히 지금은 일을 하지 않고 평생을 펑펑 쓰면서 살아도 될만한 부자가 되었다. 하지만 그러면 안 된다는 걸 미카엘이나 루시퍼 둘 다 잘 알고 있었다.

까르르 넘어가는 소리에 미카엘은 상념에서 깨어났다.

"건이 즐거우나 보네."

건의 웃음소리는 남자만 있던 그들의 칙칙한 삶에 햇살같이 밝음을 선물했다.

"루시퍼, 부탁 하나만 하자."

"뭔데?"

"우리 건이 잘 부탁한다."

"뜬금없이 무슨 소리야?"

"네가 있으니까 내가 굳이 따라 다닐 필요는 없을 것 같아서. 새롭게 오픈한 에이전시 문제도 있고."

"매니저들 있잖아."

"네가 신경 써주는 거하고는 다르지. 매니저들은 스케줄 관리만 하니까. 부탁한다."

루시퍼는 대답이 없었지만 미카엘의 부탁을 저버리지 않을 거란 걸 알았다.

"이만 일어나 볼게. 너도 이번 주는 푹 쉬어. 첫 번째 일정은 중국이야. 여기서 전용기로 날아가는데 시간이 꽤 걸리는 곳이니까."

그렇게 말을 하고는 서재를 나온 미카엘은 건이 있는 정원으로 나왔다.

"필립, 완전 생쥐가 다 됐어요. 하하하."

10년 전 이 대저택을 사면서 필립이 집안 살림을 맡아주었다. 그리고 건이도 바쁜 그들을 대신해서 아버지 같은 마음으로 돌봐

주었다. 그래서일까 까칠하기만 했던 아이가 어느 순간부터 조금이나마 부드러워지기 시작했다.

"감기 걸리겠다."

미카엘의 등장에 필립이 동작을 멈추었다.

"괜찮아요. 오늘 더운데요."

머리서부터 발끝까지 물에 젖은 건이 말했다.

"나랑 잠깐 얘기 좀 할까?"

필립이 건에게 수건을 주었다. 건은 머리를 말리며 그를 따라 정원을 거닐었다.

"다음 주부터 일정이 빡빡해."

매니저로서 건에게 일에 대한 설명을 했다. 건도 이제는 프로기 때문에 함부로 그 마음대로 할 수는 없었다. 건과 의견 조율이 필요할 때가 있기 때문에 그는 항상 건에게도 루시퍼에게 하는 것처럼 일정을 상의했다.

"알았어요."

"컨디션 관리해야 하는 거 알지?"

잔소리는 옵션이었다.

"알아요."

"내가 너무 아기 다루듯이 한다고 생각하지 말고. 널 위한 일이니까 진짜 몸 관리 잘해야 해."

말은 이렇게 해도 미카엘의 눈엔 건은 아이였다.

"그리고 이번 스케줄부터 내가 같이 못 다녀."

"알아요, 에이전시 때문에 그런 거. 그럼 뉴욕 집에 계속 있을 거예요?"

"당분간은 그럴 것 같아."

"싫은데……."

"왜?"

건이 답을 하지 않아도 알 것 같았다. 껄끄러운 사이인 루시퍼와 이곳에 있다는 게 쉽지는 않을 것이다. 거기다가 이제부터 일도 같이해야 하는데 건이 스트레스를 많이 받을 것 같았다.

"지난번 화보의 반응이 아주 뜨거운 거 알지."

"알아요, 하지만 그건 루시퍼 때문인 것도 다 알아요. 그 정도로 바보는 아니에요."

"이번 일정부터 루시퍼와 한 팀이라고 생각해."

"네?"

"네가 루시퍼와 친하지 않은 거 알아. 하지만 일이니까 네가 이해해. 그리고 다른 모델들은 루시퍼와 함께 촬영하는 게 꿈이야."

미카엘이 보기에도 안쓰러울 정도로 건의 표정이 어두워졌다.

"전 이번 일정은……."

"건!"

갑자기 필립이 그녀를 불렀다.

"왜요?"

"이리 와봐."

"가봐야겠어요."

건이 필립을 향해 달려갔다. 일단은 이번엔 건에게 먼저 말을 했으니 마음이 덜 무거웠다. 지난번 촬영 때는 진짜 미안했었다. 미카엘은 건과 루시퍼가 친해지길 바라며 분수에 가지고 있던 동전을 던졌다.

퐁당!

"제발 둘이 친해지게 해주세요. 제발……."

루시퍼의 전용기를 탄 건 평생 처음이었다. 그의 전용기는 마치 집을 옮겨놓은 것같이 편안하면서도 화려한 공간이었다. 루시퍼는 이상하게 화려하고 비싼 것들만 좋아했다. 마치 자신이 중세시대의 왕쯤 되는 줄 아는 것 같았다. 루시퍼는 어울리지 않게 독서광이었다. 그녀가 자는 동안에도 그는 쉬지 않고 계속해서 책을 읽었다.

무슨 책인지 궁금하긴 했지만 묻진 않았다. 그와 프랑스에 다녀

온 이후로 건은 더욱더 루시퍼에게 말을 걸 수가 없었다.

엔조에게서 그녀를 구해준 것도 모자라 자신의 침대까지 내준 루시퍼였다. 솔직히 아침에 눈을 떴을 땐 혀를 깨물고 죽고 싶었다. 옷은 그대로 입은 채 머리는 산발을 하고 화장은 베개에 묻어 거의 다 지워져 있었다.

위스키 한 잔에 완전 체면을 구긴 건이었다. 솔직히 고마운 마음이 더 컸지만 아침엔 그런 생각이 들지 않을 정도로 창피해서 소파에서 잠이 든 그를 뒤로하고는 도망치듯이 그의 스위트룸에서 나왔었다.

"여기."

갑작스럽게 스튜어디스를 부르는 바람에 건은 깜짝 놀라 눈을 얼른 감았다.

"저기도 주스 가져다줘."

그녀에게 주스를 가져다주라는 것 같은데 하나도 고맙지 않았다. 지금 건이 원하는 건 무관심이었다.

"드세요."

녹색 주스가 그녀에게 전해졌다.

"건강 주스야."

그녀를 보지도 않고 말했다.

"미카엘이 주라고 한 거니까 먹어."

"네."

뭐든 그녀를 위한 건 다 미카엘의 솜씨였다. 건은 주스를 마시고는 눈을 감았다. 괜히 루시퍼와 말을 섞기 싫었기 때문이었다. 그들이 도착한 곳은 북경이었다. 중국은 뭔가 신비로운 분위기가 있어서 서양 사진작가들이 선호하는 촬영지였다.

이번에도 그들은 유이토와 함께 촬영을 했다. 지난번 촬영이 대박이 난 것 같긴 했다. 이번엔 S브랜드의 사진 광고 촬영이었다. 촬영지는 천단공원과 이화원이었다. 자금성이나 천안문이 아닌 곳은 처음이었다.

지하세계의 이미지인 루시퍼와 반대되는 개념인 제천의식을 하던 천단공원을 선택한 유이토의 감각을 이번엔 높이 샀다. 그리고 그는 이번 촬영을 위해 당국에 허락까지 받아둔 상황이었다.

3시간 동안은 그 넓은 공원에 그들만 있게 되는 것이었다. 중국 당국도 루시퍼를 보고 허락한 것이란 말이 들렸다. 촬영은 내일부터 이루어져서 다행히 시차적응을 할 시간적인 여유는 있었다.

저녁 식사시간에 호텔 식당은 그야말로 북적이고 있었다. 건은 시끄러운 게 싫어서 저녁을 거르고 그냥 굶기로 했다. 어차피 내일 아침 촬영을 하려면 안 먹는 게 더 나았다. 그래서 잠이 들기 전에 건은 호텔 주변을 산책하기로 마음을 먹고 혼자서 호텔 밖으로 나왔다.

호텔 주변의 조경이 생각보다 잘되어 있어서 시원한 바람을 쐬기 참 좋았다. 옷을 가볍게 입고 나왔는데 선선한 바람 때문에 몸에 소름이 돋았다.

"들어가야겠다."

그런데 갑자기 그녀의 어깨에 코트가 걸쳐졌다. 뒤를 돌아보니 루시퍼가 서 있었다.

"루시퍼."

"감동할 필요는 없어."

무뚝뚝한 한마디에 감동하려던 마음이 쏙 들어가 버렸다.

"어쩐 일이에요?"

"답답해서."

"네."

그의 체온이 그대로 느껴지는 코트 때문에 건은 정신을 차릴 수가 없었다. 처음 미카엘의 손을 잡고 그의 집에 들어서던 순간 건은 꿈에서나 보던 왕자님을 본 기분이었었다. 10살 어린 나이에 다른 여자아이들이 꿈꾸는 왕자가 잘생기고 멋진 백마 탄 왕자님이었다면, 건은 자신을 괴롭히는 사람들을 무찔러 줄 검은 말을 타고 칼과 방패를 든 왕자님을 그렸었다.

딱 그런 모습을 한 루시퍼를 본 10살의 건은 마음을 몽땅 빼앗겼다. 하지만 꿈은 어디까지나 꿈이었다. 그는 건을 데리고 들어온 미카엘에게 불같이 화를 냈었다. 그 모습이 너무 무서워 이곳에서도 똑같은 일이 반복되겠구나 라는 생각이 들어 어린 건은 정말 많이 울었었다. 하지만 그날 이후에 특별하게 그는 반응이 없었다. 아니, 아예 그녀를 무시했었다. 어린 건은 그래도 루시퍼가 자신을 지켜줄 왕자님이라고 생각했다.

그렇게 몰래몰래 키워온 마음을 필립에게 들키기 전까지 아직 아무도 그녀의 마음을 알지 못했다. 그건 미카엘도 마찬가지였다.

필립은 루시퍼가 여자를 집으로 데리고 올 때마다 건이 괴로워하는 걸 눈치채고는 어느 날 그녀에게 물었었다. 루시퍼가 좋으냐고 말이다. 건도 그날 자신이 왜 그렇게 솔직하게 필립에게 말했는지 이해할 순 없지만 순순히 루시퍼가 좋다고 말했었다.

그건 필립과 그녀만의 비밀이었다.

건이 눈을 들어 루시퍼를 바라보았다.

"왜 모델이 됐어요?"

"돈이 필요했어."

"지금은요?"

"내가 살아 있다는 느낌이 필요해서."

진심인 것 같았다. 그리고 그는 심하게 우울해 보였다.

"다 가진 자의 여유네요."

"난 다 갖지 못했어. 돈만 조금 번 것뿐이지."

"조금이라고요?"

"조금보다는 많이."

그렇게 말하며 그가 웃었다. 루시퍼가 잡지에서 웃고 있는 화보를 찾기란 하늘의 별 따기였다. 그만큼 그는 웃지 않았다. 그런 그가 웃으니 이상했다. 아니, 굉장히 자극적이었다. 구릿빛 피부의 그가 하얀 이를 드러내고 웃는 게 어찌 보면 비현실적이었다.

"웃지 마요. 너무 매력적이니까."

순간 마음의 소리가 툭 하고 나와 버렸다.

"잊어요."

당황한 건이 말이 안 되는 소리를 또 했다. 다른 때 같으면 철저하게 무시할 루시퍼였지만 오늘 그의 표정은 많은 것을 담고 있었다.

"요즘 나한테 왜 이래요?"

"뭐가?"

"마치 관심이 있는 것처럼 굴잖아요. 헷갈리게."

"그런 적 없어."

단호한 그의 말에 건은 또 한 번 상처를 받았다.

"도대체 날 언제까지 아이로만 볼 거예요?"

"넌 이제 아이가 아니란 거 알아."

"루시퍼, 그런 말이 날 헷갈리게 하는 거예요."

루시퍼의 옷을 벗어 그에게 거의 던지다시피 한 건은 씩씩거리며 호텔을 향했다. 아주 못된 남자였다. 필요할 때 불쑥불쑥 나타나서는 사람을 아주 헷갈리게 만들고 있었다. 그는 아주 성질이 고약한 못된 악마 같은 남자였다.

절대로 그녀가 어릴 때부터 상상하던 그녀를 구해줄 왕자가 돼서는 안 된다. 그렇게 된다면 아마 건은 정말 그의 노예가 되어버릴 것 같았다. 싫은 척하는 것도 이제 한계였다. 그동안은 싸우는 관계가 지속이 됐기 때문에 그나마 본심을 숨길 수 있었지만 이렇게 그가 가끔씩이라도 친절을 베푼다면 그녀는 자신의 마음을 루시퍼에게 들킬 것 같았다.

"안 돼."

호텔로 들어간 건은 욕실로 향했다. 그리고 자신의 몸을 닦고 또 닦았다. 그의 체취가 생각이 나기 때문이었다. 짙은 남자의 향기가 말이다.

찰칵! 찰칵! 찰칵!

야외에서 오랜만에 촬영을 하는 루시퍼의 모습은 마치 천단공원이 마치 그가 지배하는 곳 같은 분위기를 자아냈다. 루시퍼의 특유의 어두운 분위기는 많은 사람들에게 추앙을 받았다. 그가 이렇게 성공을 한 이유는 패션모델로의 활동도 있지만 세계적인 게임의 살아 있는 모델이 되면서부터였다.

사람들은 그와 게임 속의 그를 혼동할 정도로 그 게임의 캐릭터가 그의 모습과 동일했다. 그 후로부터 지금까지 그는 10년이 넘는 세월 동안 승승장구를 하고 있었다.

"루시퍼, 계단에 서봐요. 그리고 반대편에 건이 루시퍼를 응시하며 서 있고요. 마치 이루어질 수 없는 로미오와 줄리엣처럼 건이 손을 들고 루시퍼를 향해 뻗어요. 좋아요. 아주 좋아."

사진을 찍으며 유이토는 목이 터져라 외치고 있었다.

공간이 워낙 넓다 보니 소리가 흩어졌기 때문이었다. 루시퍼의 눈엔 마치 웨딩드레스를 입은 건만 들어왔다. 그는 검은색 슈트를 입고 있었는데 기분이 아주 묘했다. 마치 그들이 결혼을 하는 느낌이 들었다. 웃기는 일이었지만 웃을 수가 없었다.

요즘 자꾸 이상해지는 자신 때문에 루시퍼는 솔직히 머리가 아팠다. 그냥 남의 일에는 전혀 관심이 없던 그때로 돌아가고 싶었다. 이게 다 그 일기장 때문이었다. 그는 우울할 때면 자신도 모르게 핸드폰 안에 저장이 되어 있는 그녀의 일기를 보았다.

유명 여배우를 집으로 초대한 날의 일기는 그를 웃게 했다. 얼마나 질투가 심한지, 건을 다시 한 번 봤다. 하루만 더 그녀를 머물게 했다면 아마 그녀는 건의 눈총에 맞아 죽었을 것이다. 그들이 이동하는 곳마다 건의 감시가 있었다.

20살의 건은 그를 아주 뜨겁게 사랑하고 있었다. 하지만 지금의 건은 어떨까? 그의 시선이 다시 아름다운 건에게 머물렀다. 평소에는 까칠함으로 무장한 건이었다. 그에게 여전히 차가웠고 미카엘에게는 한없이 다정했다.

건이 그와 눈이 마주쳤다. 아름다운 건 솔직하게 인정하기로 했다. 어릴 때 못 먹어서 볼품이 없을 때도 그녀의 검은 눈동자는 빛이 났었다. 그때도 예쁜 얼굴이라는 건 인정했지만 자랄수록 더 아름다워졌다.

"수고하셨어요. 시간이 다 돼서 다음은 점심 먹고 스튜디오에서 합니다."

유이토의 말에 그를 바라보고 있던 건이 얼른 고개를 돌리고 스텝들과 함께 옷을 갈아입기 위해 간이 대기실 안으로 들어갔다.

"루시퍼 너무 멋져요."

오늘도 스텝들의 칭송이 시작되었다. 부담스런 팬심이었다. 팬들이 보이는 반응은 직접적으로 볼 기회가 없지만 옆에 붙어서 분장을 하거나 옷을 봐주는 스텝들의 이런 말은 정말 짜증스러웠다.

"……."

"가끔 난 당신이 사람이 아닌 게 아닌가라는 생각을 하는데, 오늘 제단 옆에 루시퍼는 신 같았어요."

"……."

루시퍼는 사람들이 자신을 향해 이럴 때가 가장 싫었다. 그냥 각자의 일만 하면 되지 굳이 그에게 아부의 말을 하는 건 솔직히 부담스러웠다. 점심시간에 건은 보이지 않았다. 하지만 그는 묻지 않았다.

자꾸 그가 건에 대해 궁금해하면 건은 더 멀리 빠져나가는 느낌이었다. 밥을 먹는 내내 그는 유이토의 수다와 팬들에게 둘러싸여 있었다. 이런 일에 익숙해질 법도 한데 루시퍼는 날이 갈수록 더 힘이 들었다.

스튜디오 안에 도착하자 건이 메이크업을 받고 있었다. 오늘 촬영은 둘만 하는 것이기 때문에 더더욱 신경이 쓰였다.

"시작할게요."

메이크업을 하는 친구의 말에 루시퍼는 눈을 감았다. 하지만 옆에서 수다 떠는 소리에 그의 온 신경이 다 가 있었다.

"요즘 핫한 모델이에요. 멋있죠?"

"네."

그가 있는 줄도 모르고 건과 분장을 하는 스텝의 수다가 이어지고 있었다.

"영국 모델인데요. 지난번에 제가 쇼에서 메이크업을 해줬거든요. 그런데 이 친구가 건을 소개해 달라고 어찌나 조르던지 말이에요. 힘들어 죽는 줄 알았어요. 아주 잘나가는 친구예요."

루시퍼는 몸을 아예 그쪽으로 기울였다.

"어때요?"

어떻긴 뭐가 어떻다는 건지. 루시퍼는 갑자기 온 신경을 곤두세우며 그들의 대화를 듣기 위해 노력하고 있었다.

"아직 남자 친구는 생각할 시간이 없어서요."

건이 모범 답안을 내놓았다. 지금은 연애를 할 때가 아니라 일을 할 때였다.

"한번 만나봐요. 아주 괜찮은 친구예요. 내가 웬만하면 이런 소리 안 하는 거 알죠?"

스텝이 끈질기게 물고 늘어졌다.

"알죠."

"모레 있을 첸 디자이너의 패션쇼에 아마 올 거예요."

"네, 알았어요."

뭘 알았다는 건지 루시퍼는 속에서 불이 났다. 지금 자신을 좋아한다고 일기장에 수를 놓아놓고 딴 놈을 소개받는다니 기분이 그리 좋지 않았다.

"촬영 시작이에요."

스텝의 소리에 그들은 의상을 입고 스튜디오로 향했다.

"웨딩을 먼저 촬영하긴 했지만 이번은 사랑이 막 타오르기 시작하는 연인의 모습을 그릴 겁니다. 그러니까 서로 사랑한다는 느낌으로 아시겠죠? 두근거리는 느낌 말이에요."

유이토의 말에 루시퍼가 건의 허리를 잡았다. 보통 많이 하는 포즌데 오늘은 뭔가 달랐다.

"좋아요. 진짜 좋아요."

유이토의 말은 더 이상 귀에 들어오지 않았다. 건의 수줍은 미소가 그를 두근거리게 만들었다. 예뻤다. 여자에게 이런 떨림을 느낀 적이 한번이라도 있었던가? 루시퍼는 건의 검은 눈동자에 빠져들고 있었다.

"좋아요. 조금 더 가봅시다. 루시퍼 입술을 건의 입술에 가까이 가져가요. 닿지는 말고."

유이토가 그의 애간장을 태우려고 작정을 한 것 같았다. 그의 눈이 건의 입술을 타는 듯이 바라보고 있었다.

찰칵! 찰칵! 찰칵!

카메라 셔터 소리가 루시퍼의 귀에는 들리지 않았다. 지금 이 순간 그녀의 입술에 키스하지 않는다면 루시퍼는 지옥에 떨어지는 기분이 들 것 같았다. 하지만 그가 먼저 할 수는 없었다. 유이토가 말을 하면 시작해야 하는 상황이었다.

그의 입술에 건의 숨결이 느껴지고 있었다. 그녀는 지금 극도로 긴장한 얼굴이었다. 그의 손에 잡힌 허리가 단단히 굳어 있었다.

"자 이제 입술을 대고 가만히……."

유이토에게 상을 줘야 할 것 같았다. 건의 입술이 닿는 순간 그는 생각했다. 그녀의 부드러운 입술이 그의 입술 위에서 파르르 떨리고 있었다. 아니, 그녀의 입술이 아니라 그의 입술이 떨리고 있는 건지도 몰랐다. 루시퍼는 절대로 여자의 입술에 이렇게 만족을 하는 사람이 아니었다.

그는 거친 섹스를 좋아했고 그런 그를 여자들은 미친 듯이 따랐다. 물론 자주 있는 일은 아니지만 루시퍼는 여자를 배려하는 남자는 아니었다. 그는 강렬한 걸 좋아했다. 다정하고 부드러운 건 미카엘이지 그가 아니었다.

하지만 지금 루시퍼는 세상 누구보다 스윗한 남자가 되어 있었다. 그녀의 입술에 자신의 입술을 차분하게 올려놓고 숨도 쉬지 않고 있었다. 건의 입술이 파르르 떨리고 있었지만 루시퍼는 애써

외면했다.

빨리 이 컷이 끝이 나기를 바라면서 말이다. 시간을 끌면 사람들이 있건 없건 건을 먹어 치워 버릴 것 같았다.

"컷!"

이 한마디가 그를 구해주었다.

"다음 의상 준비하고 마지막 촬영 갈게요."

마지막 의상은 루시퍼가 보기에도 약간은 의미심장했다. 왜이게 마지막인지 알 것 같았다. 분장에 시간이 걸리는 신이었다. 그의 머리에 마왕의 뿔이 달리고 그의 입술이 붉게 칠해졌다.

악마의 분장은 처음이 아니었지만 그가 만족한 분장은 이번이 처음이었다. 굉장히 디테일한 뿔이었다. 그가 촬영장에 들어서자 탄성이 여기저기서 터져 나왔다. 그도 그럴 것이 지금 그는 청바지 하나만 입고 상의는 완전 탈의한 상황이었다.

청바지의 마왕은 조금 신선했다. 그럼 건은 어떤 모습일까? 건은 청바지와 같은 소재로 만든 비키니를 입고 등장했다. 그녀의 풍만한 가슴을 다 가리지도 못하는 아슬아슬한 비키니였다.

"이제는 아주 진한 섹시 콘셉트니까, 지난번보다 조금 더 야한 분위기를 연출해 주세요."

유이토가 아주 바람직한 소리를 또 한 번 했다. 볼수록 마음에 드는 작가였다.

건이 그의 앞에 서더니 손을 뻗어 그의 목을 아무렇지 않게 잡았다. 마치 아무런 느낌이 없다는 듯 말이다. 약이 오른 루시퍼였다. 그는 한 손은 건의 배꼽을 그리고 한 손은 그녀의 가슴을 움켜잡았다.

"싸우는 게 아니라 섹스 직전의 모습을 연기하시라고요."

처음으로 유이토의 입에서 불만 섞인 소리가 나왔다.

"섹스 전이라……."

"해요!"

건이 그에게 도전장을 내밀었다. 루시퍼는 건의 턱을 들어 키스를 시작했다. 분명히 그녀가 하자고 한 일이었다. 섹스 전의 그가 어떤지 보여주고 싶었다. 그는 루시퍼였다. 여자들이 침대에서 한 번쯤 그와 정사를 나누는 장면을 상상할 정도로 그는 섹스 심벌이었다.

그런 그가 이렇게 참고 또 참고 있는데 건은 아무렇지 않게 그에게 하자고 말했다. 그의 키스가 점점 더 깊어갔다. 그의 혀는 미친 듯이 그녀의 입안을 헤매고 있었다. 솔직히 이렇게 애가 닳아서 하는 키스는 처음이었다.

사람들이 많은 곳에서 여자와 진한 키스를 하는 것도 처음이었다. 그만 다급한 건 아니었다. 지금 건이 그의 혀를 강하게 빨아대고 있었다. 키스를 수천 번은 해본 여자처럼 건은 너무 강렬한 키스를 그에게 하고 있었다.

"으으음."

그의 입에서 신음이 터져 나왔고 지켜보는 사람들이 입에선 탄성이 터져 나왔다. 그들의 혀는 사람들을 의식하지 않고 서로를 옭아매고 있었다. 키스만으로 부족했다. 그녀의 목선을 따라 입술을 흘리고 그의 손에 잡힌 그녀의 가슴에 유두를 미친 듯이 핥고 싶었다.

그녀를 바닥에 누이고 입고 있는 비키니를 찢어버리고 욕망에 젖어 있을 그녀의 클리토리스 또한 빨고 싶었다. 건의 젖은 질엔 그의 손가락을 넣고 그녀의 질 벽을 자극해서 건이 절정을 맛보게 하고 싶었다.

미칠 것만 같았다. 사람들을 다 내쫓고 싶은 마음이 간절했다. 그래서일까 그는 더 깊이 자신의 혀를 그녀의 입안에 밀어넣었다. 서로의 타액이 오가며 정신없이 키스가 이어지고 있었다.

"컷!"

이번엔 유이토를 죽이고 싶었다. 컷이라니 조금 더 깊이 키스할 수 있었는데 컷이라니! 건이 몸을 빠르게 떼더니 스텝들에게 인사를 하고는 촬영장을 나가 버렸다. 그 모습을 멍하게 보고 있던 루시퍼는 인상을 쓰며 촬영장을 나섰다.

　오늘은 건에게 진 기분이었다. 아니, 루시퍼가 한 방 제대로 먹었다.

3장

쿵쿵쿵.

심장이 터져 버릴 것 같았다. 생애 첫 키스를 루시퍼와 하다니, 건은 지금 미쳐 버릴 것 같았다. 매일매일 상상하고 꿈꿔왔던 일인데 좋다기보다 두려웠다. 루시퍼의 혀가 그녀의 입안으로 들어왔다. 성숙한 어른들이 하는 깊고 진한 키스를 건은 난생처음 해 봤다.

"으으으으."

그 생각을 하자 온몸에 소름이 돋았다. 생각지도 못한데서 오는 짜릿한 흥분이었다.

두근. 두근. 두근.

심장을 꺼내서 진정하라고 말하고 싶었다. 건은 지금 제정신이 아니었다.

"건!"

큰소리가 뒤에서 들리더니 스텝이 그녀의 팔을 잡아 계단에 구를 뻔한 걸 구해주었다. 발까지 헛디딜 정도로 그녀는 정신이 나가 있었다.

"괜찮아요?"

덩치가 좋은 스텝은 그녀가 다치지 않게 잘 잡아주었다.

"고마워요."

스텝에게 인사를 하는 건은 그 자리를 빠르게 피했다. 창피하다는 생각이 들었기 때문이었다. 이렇게까지 넋이 나갈 줄은 몰랐었다. 아닌 척하려고 얼마나 참았는지 손, 발이 저릴 지경이었다.

백스테이지에서 화장을 지우면 루시퍼와 마주칠 것 같아, 화장도 지우지 않고 탈의실에서 옷을 갈아입고는 호텔로 도망치듯이 먼저 간 건이었다. 이렇게 누군가를 의식해 본 적은 처음이었다.

호텔 방에 들어서자마자 욕실로 가서 그대로 샤워기의 물을 틀었다. 차가운 물이 머리서부터 발끝까지 흘러내리고 있었지만 루시퍼의 흔적은 그대로 남아 있는 것 같았다. 건은 자신의 입술을 손으로 쓸어보았다.

"그냥 촬영일 뿐이야."

다른 여자들과도 이렇게 진한 촬영을 한 건가? 루시퍼에게 묻고 싶었다. 루시퍼에겐 흔한 일인데 그녀에게 특별한 일이 되어버린 건 아닌가 하는 생각이 들었다.

"푸!"

세수를 하듯이 얼굴로 쏟아지는 물줄기를 손으로 비벼댔다. 샤워가 끝이 나도 여전히 두근거리는 심장을 가지고 건은 잠을 청했다. 하지만 잠이 쉽사리 오지 않았다. 심장병에 걸린 것처럼 그녀의 가슴이 너무 두근거렸기 때문이었다.

윙~

루시퍼의 전화였다. 샤워를 하는 사이에도 부재중 전화가 왔지만 건은 그에게 전화를 걸지 않았다. 한참을 망설이다가 건이 전화를 받았다.

"여보세요?"

[왜 이렇게 전화를 안 받아?]

그의 목소리는 차분했다.

"샤워 중이었어요."

[그래? 저녁 먹게 나와.]

"아뇨, 그냥 자고 싶어요."

[오늘 하루 종일 먹은 게 없잖아.]

"그냥 쉬고 싶어요."

[알았어.]

루시퍼는 평소와 달라진 게 없이 여전히 차갑게 말했다. 뭔가 달리 느꼈다면 그건 그녀의 착각이었던 것이다. 실망한 마음을 안고 잠을 청했지만 머리만 더 맑아질 뿐이었다.

똑똑!

누군가 그녀를 찾아왔다.

"누구세요?"

[룸서비스입니다.]

"룸서비스요? 전 부르지 않았는데요."

[스위트 손님께서 이리로 주문하신 겁니다.]

건은 그제야 문을 열어주었다. 직원은 수레에 음식을 잔뜩 가지고 와서는 그녀의 테이블 위에 올려놓았다.

"맛있게 드십시오."

그녀의 취향을 모르는지 종류별로 음식이 담겨 있었다. 건은 의자에 앉아서 음식들을 멍하게 보고 있었다.

"헷갈리게 하지 말라고."

이제 화가 나기 시작했다. 왜 그녀에게 이런 일을 하는지 알 수가 없었다. 스테이크 한 조각을 입에 물고는 건은 미카엘에게 전화를 걸었다. 하지만 그는 바쁜지 전화를 받지 않았다. 뒤를 이어 건이 전화를 건 곳은 필립이었다.

지금은 수다라도 떨어야 마음이 진정될 것 같았다. 그렇지 않고서는 루시퍼 때문에 미칠 것 같았다.

[여보세요?]

다행히 필립이 전화를 받았다. 갑자기 체한 게 내려가는 기분이었다.

"건이에요. 바빠요?"

[우리 공주님께서 전화를 주셨는데 바쁘긴요.]

필립은 그녀에게 정말 좋은 삼촌 같은 사람이었다.

[무슨 일인데 그래요? 루시퍼 주인님 때문에 그래요?]

루시퍼란 이름에 건은 또다시 심장이 두근거리기 시작했다.

"아니, 그냥요."

[제가 볼 땐 미카엘 님이 이번엔 잘못 생각하신 것 같아요. 루시퍼 님이랑 두 분만 보내면 안 되는데 말이에요. 이건 고문이죠.]

필립은 그녀가 루시퍼를 좋아한다는 걸 알고 있는 유일한 사람이었다. 그래서 건을 걱정하는 것이었다.

"루시퍼 때문이 아니에요."

[거짓말 못하는 거 알아요. 루시퍼 님이 여전히 차갑게 구나요?]

"아뇨."

필립에겐 언제나 마음을 들키는 건이었다. 필립은 그녀의 속을 훤히 들여다보는 것 같았다. 그래서 필립에게 거짓말을 한다는 게 쉽지 않았다.

[솔직히 말해요. 둘만 있을 때 구박이라도 한 거예요? 아니면 둘이 있으니까 심장이 막 두근거려요?]

"필립!"

[짝사랑이 그렇게 쉬운 게 아니죠. 하루 이틀도 아니고 힘들어서…….]

"그런 건 이제 적응이 돼서 괜찮은데……."

[그런데요?]

"그게……."

[괜찮으니까 말해요.]

오늘따라 필립이 집요하게 물었다.

"촬영 때 스킨십이 너무 진해서 매번 다른 모델들하고 이러는 게 아닌지 하는 생각이 들어서요."

[루시퍼 주인님의 스타일을 모르세요? 초창기야 작가가 원하면 찍기 싫어도 그런 야한 사진을 찍었지만, 지금은 루시퍼 님이 싫은데 그런 사진을 찍게 할 사람이 있을까요?]

하긴 필립의 말이 맞았다. 아무도 루시퍼에게 명령하지 못했다. 그는 거물이었다. 그런 거물이 그녀와 파격적인 화보를 찍었다. 왜?

[그런데 건과는 두말 않고 찍은 거예요? 그렇게 구박하면서? 이상하네.]

필립이 의아해했다.

"저도 그 점이 이상해요. 거기다가 적극적이기까지⋯⋯. 아, 아니에요."

얼른 말을 멈춘 건이었다.

[어쨌든 구박해서 그런 것보다 나으니까, 괜찮아요. 그리고 밥은 잘 챙겨 먹고 있죠?]

잔소리가 시작되었다.

"잘 먹고 있어요."

[잘 먹어야 안 아파요.]

"알았어요."

전화를 끊은 건 루시퍼가 시켜준 음식을 먹었다. 물론 입으로 들어가는지 코로 들어가는지 알 수 없었지만 말이다. 정신을 차려야 할 것 같은데 그에게 자꾸만 더 빠져들고 있었다. 그는 끝도 없이 빠지는 늪 같았다.

중국에서의 일정은 그야말로 타이트했다. 루시퍼는 이런 일정을 모델 초기에만 소화했지, 어느 정도 유명해지고 난 다음부터는 하지 않았다. 너무 흔하게 얼굴을 보이는 것보다는 가끔씩 보이므로 해서 사람들에게 궁금증을 유발하는 마케팅을 선택했기 때문이었다.

하지만 지금은 그가 처음 모델을 할 때보다 더 타이트한 일정을 소화하고 있었다. 이게 다 미카엘 때문이었다.

건을 위해서 그는 조금도 고려하지 않고 일정을 조율했기 때문이었다.

"끼워 팔기라……."

첸의 무대에 선다는 건 신참 모델들에겐 꿈같은 일이었다. 첸은 유명한 모델을 쓰기로 유명한 디자이너였다. 그런데 건이 이 무대에 선다는 건 루시퍼를 놓고 거래를 한 게 분명했다.

"루시퍼."

첸이 그의 대기실로 들어왔다. 그리고 그를 보자마자 달려들어 안았다. 비정상적으로 마른 첸은 안기만 해도 부서질 것 같은 남자였다. 첸은 다자이너 중에서도 최고였다. 첸과 일을 하기 위해 콧대 높기로 소문이 난 명품 브랜드들이 줄을 서서 첸을 기다렸다.

첸의 디자인은 개성과 파격 그리고 묘하게 대중성이 있어서 더더욱 인기였다. 너무 개성과 파격만 추구하게 되면 시장성이 없기 때문이었다. 디자이너의 인지도는 시장성이 큰 비중을 차지했다. 그만큼 많이 팔리는 게 최고였다.

"오, 나의 루시퍼."

다 좋은데 첸은 이게 문제였다. 그를 너무 필요 이상으로 좋아했다. 루시퍼는 그의 가슴밖에 안 오는 작은 신장의 첸을 내려다보았다.

"내가 이 쇼를 하는 유일한 이유는 루시퍼를 볼 수 있기 때문이에요."

"감사합니다."

"이거."

첸이 비서에게 붉은 장미 바구니를 받아 그에게 건넸다.

"오, 나의 루시퍼."

소름이 끼쳤지만 루시퍼는 예전처럼 화를 내진 않았다. 왜냐면 이번 쇼는 그뿐만이 아니라 건도 참여를 했기 때문이었다. 최대한 첸의 부담스러운 찬사를 받아주는 게 여러모로 그들에게 도움이 되기 때문이었다.

"많이 부드러워졌어요."

"그런가요?"

"예전 같으면 저 바구니는 땅바닥에 처박혔겠죠."

옛일을 기억하는 첸이었다.

"그땐 제가 뭘 몰랐을 때죠."

"이번엔 인형을 데리고 왔다고요?"

첸의 얼굴에 질투의 빛이 감돌았다. 아이가 넷이나 되는 아빠인 첸인데 그를 대할 땐 마치 동성애자 같은 느낌이었다. 가끔은 첸이 양성애자가 아닌가 하는 생각이 들 때도 있었다.

"인형이 아니라 건 박입니다. 같은 에이전시이자 미카엘이 입양한 아이죠."

"오, 그랬군요."

이제야 첸의 얼굴에 웃음이 돌아왔다.

"난 또 루시퍼의 연인인 줄 알고……."

"연인이든 아니든 실력이 있는 모델이니까 잘 부탁합니다."

"……."

첸의 얼굴에 놀라움이 가득했다. 루시퍼가 다른 사람을 부탁하다니 놀라운 일이었다.

"첸?"

루시퍼가 첸을 불렀지만 첸은 한동안 말이 없었다.

"그 아이를 진짜 아끼는군요. 화보를 보고 루시퍼의 눈빛이 심상치 않다고 느꼈어요. 이건 내 직감이에요."

"뭐라고 해도 상관없지만 건을 쓸데없이 건드리지 말아요. 그땐 내가 가만히 있지 않을 테니까."

첸은 루시퍼의 비위를 더 이상 건드리지 않았다. 왜냐면 첸은 철저하게 프로니까 말이다.

"농담인데 우리 루시퍼가 너무 진지하게 받아들였어요. 난 루시퍼의 눈빛이 너무 매력적이어서 말한 거니까 오해 말아요. 이제 무대로 갈까요?"

첸의 말에 루시퍼는 몸을 움직였다. 첸의 패션쇼의 오프닝은 루시퍼였다. 그 누구도 그 자리를 대신할 수 없었다. 신비로우면서 강하고 섹시한 루시퍼만이 첸의 메인 모델이 될 수 있었다.

오프닝 의상은 레드 슈트였다. 루시퍼는 블랙과 레드가 특히나 잘 어울렸다. 레드 슈트는 피에 젖은 사탄을 연상케 했다. 오늘 그는 레드 칼라의 렌즈에 드라큘라처럼 긴 송곳니를 끼고 무대를 맨발로 걸어야 했다.

그가 리허설을 위해 무대 뒤에 서자 그를 보기 위해 모델들이 쭉 나와 있었다. 하지만 그의 눈에 보이는 건 건과 그 옆에서 아름답게 웃고 있는 남자 모델이었다. 그와는 정반대의 모습이었다.

남자지만 백옥같이 하얀 피부에 마른 몸을 가지고 얼굴은 완벽하게 베이비 페이스였다.

"그 영국 놈이군."

그가 옆을 지나가는 스텝을 잡아 녀석의 이름을 물었다. 조쉬라는 남자 모델로 요즘 떠오르는 모델이라고 했다. 하긴 첸이 선택한 모델인데 잘나가는 건 당연했다. 루시퍼가 못마땅한 표정으로 한쪽 눈썹을 올렸다.

"한 번 웃을 때마다 넌 다음 무대에 못 서는 거야."

그는 조쉬가 건을 향해 수없이 많은 미소를 짓자 쓴웃음을 지었다.

"넌 이제 무대에 못 서는 걸로."

이렇게 루시퍼가 중얼거리자 바로 음악이 나오고 오프닝 리허설이 시작되었다. 루시퍼는 그 어느 때보다도 악마 같은 표정을 지으며 무대 위를 걸었다.

쇼를 하는 동안은 잠시 건을 잊은 채로 무대 위의 모델로서 열정을 보여주었다. 첸은 만족했고 루시퍼도 괜찮은 무대였다는 생각이 들었다. 무대가 마무리되고 첸이 파티를 여니까 참석하라는 말을 했지만 루시퍼는 호텔로 향했다.

그리고 그의 옆자리엔 건이 앉아 있었다.

"남들이 이상하게 생각해요."

"그 영국 녀석이 이상하게 생각하겠지."

"영국 녀석이라뇨?"

건이 오리발을 내밀었다.

"같이 시시덕거리던 그놈."

"조쉬요? 봤어요?"

"왜, 조쉬가 우리 관계를 이상하게 생각하기라도 할까 봐 겁이나?"

"조쉬는 그런 사람이 아니에요."

그녀가 이름을 자연스럽게 부르자 더 열이 받았다.

"언제부터 그렇게 친했지? 편하게 이름까지 부를 정도로 그렇게 가까운 사이였나?"

"루시퍼!"

건이 눈에 힘을 주며 그를 쳐다봤다. 세상에서 그를 이렇게 쳐다볼 수 있는 사람은 아무도 없었다.

"왜 찔리나 보지?"

"조쉬는 그냥 오늘 인사만 한 거예요."

"그게 인사만 한 건가?"

"보고 있었군요."

"보고 싶어서 본 게 아니라 하도 꿀이 떨어지게 서로를 보며 시시덕거리는 커플이 있어서 본 것뿐이야."

"시시덕거려요?"

"그래."

건이 달려들 기세로 그를 쏘아보았다. 첸이 그를 위해 준비해 준 리무진의 기사가 룸미러로 그들을 힐끔거리자 루시퍼는 말을 멈추었다.

"왜 말을 하다가 말아요."

"그만해."

"아뇨."

그때 차가 호텔 앞에 멈추었다. 루시퍼는 차에서 내려 자신의 스위트룸에 가기 위해 엘리베이터 쪽으로 향했다.

"난 말 안 끝났어요. 도대체 나한테 왜 이러는 거예요?"

"피곤해."

"난 더 피곤해요. 매일 일정에 시달리는 것도 모자라서 루시퍼의 헷갈리는 행동에 정신까지 산만하다고요. 알겠어요!"

그녀가 먼저 엘리베이터를 탔다. 루시퍼도 그녀의 뒤를 따라 엘리베이터에 몸을 싣고는 각자의 층을 눌렀다. 둘 사이에 어색한 침묵이 흘렀고 건이 누른 층에서 엘리베이터가 멈추었다.

"내 일에 상관하지 말라고요. 알겠어요?"

불같이 화를 내며 내리려는 건의 팔을 잡은 루시퍼가 그녀를 다시 엘리베이터 안으로 끌어들였다.

"뭐 하는 거예요!"

도저히 정신을 차릴 수가 없었다. 예전처럼 악을 쓰며 덤비는 건이 짜증이 나거나 싫지가 않았다. 건은 똑같이 구는 것 같은데 받아들이는 그가 달라졌다. 뭔지 모를 기분 나쁜 변화가 그에게 일어나고 있었다.

달갑지 않았다.

"루시퍼, 이거 안 놔요?"

건이 그의 손에서 벗어나기 위해 몸부림을 치며 말했지만 그녀를 도와줄 사람은 아무도 없었다. 엘리베이터가 열리고 그의 스위트룸에 도착한 그는 건을 자신의 룸으로 데리고 들어갔다.

"왜 이러는 거냐고요!"

"왜 이러는 것 같아? 나도 내가 왜 이러는지 아직 잘 모르겠어. 그래서 지금부터 알아보려고."

루시퍼는 여전히 건의 손목을 잡고 있었다. 그녀의 손목에서 거칠게 뛰는 맥박이 느껴졌다. 그 맥박이 자신의 것인지 건의 것인지 헷갈리긴 했지만 말이다.

여자를 수없이 안아봤지만 키스만으로 그렇게 그를 흥분하게 만든 여자는 건이 처음이었다. 촬영 중에 상대방 모델에게 감정을 느낀 적도 건이 처음이었다. 왜일까? 13년을 같은 집에서 거의 원수처럼 지낸 사이였다.

그런데 그놈의 일기장이 그를 이렇게 만들었다. 그저 호기심일 뿐이라고 생각했지만 건과 키스를 하고 난 후부터 그는 잠을 이루기 힘이 들었다. 건에 대한 야릇한 상상 때문이었다. 사춘기도 아니고 이건 정말 고문이었다.

다시 한 번 정확하게 확인해야 했다. 그냥 그때 잠깐 정신이 어떻게 돼서 그런 건지 아니면 진짜 건이 가지고 싶은지 말이다.

"확인해야겠어."

"뭘 확인하겠다는 거죠?"

건의 목소리도 갈라져 있었다. 그만 고민이 되는 건 아닌 듯했다.

"이거."

그의 손이 건의 아름다운 턱을 잡고는 가까이 끌어당겼다. 그리고는 놀랄 틈도 없이 그녀의 입술을 삼켜 버렸다.

"으읍."

놀란 건이 숨을 삼키긴 했지만 루시퍼는 물러나지 않았다. 그날의 키스는 유이토가 만들어낸 환상 같은 것이라고 믿고 싶었지만 입술이 부딪치는 순간 루시퍼는 극심한 갈증을 느꼈다.

건의 타액을 모조리 빨아들여도 갈증을 해소하기엔 부족할 것 같았다. 입을 굳게 다물며 그를 거부하고 있는 건을 벌하듯이 그가 건의 턱을 강하게 누르자 건이 입을 벌렸다. 그의 혀를 문다고 해도 지금 루시퍼는 이 키스를 하지 않을 수가 없었다.

하지만 막상 그의 혀가 건의 입안으로 들어가자 건의 저항이 멈췄다. 당황해서 그런 건지 그의 키스에 응한 건지 알 수 없었지만 루시퍼는 지금 사춘기 소년처럼 건과의 키스가 설 ㄹ ㅖ ㅆ 다.

아직 건은 뻣뻣하게 굳어 있었다. 촬영장에서보다 더 긴장을 한 것 같았다. 그가 최대한 자제력을 끌어 모아서 건을 잠시 그의 품에서 떼어놓았다.

"싫으면 지금 말해."

"……."

"내 자제력의 한계는 여기까지야."

그의 말에 건은 그 자리에 굳은 사람처럼 가만히 있었다. 그의 눈에 건의 흔들리는 눈빛이 보였다.

"읍."

루시퍼의 자제력은 무너졌다. 한 번도 이성을 잃을 정도로 여자를 원한 적은 없었다. 하지만 지금 그는 이전의 그가 아니었다. 그의 혀가 미친 듯이 건의 입안을 휘젓고 있었다. 사람들이 보는 앞에서의 키스는 지금의 키스와는 달랐다.

아무도 그들의 은밀한 장면을 보지 않으니 더 깊고 진한 키스를 건에게 할 수가 있었다. 진짜 루시퍼의 키스를 말이다.

루시퍼는 건의 혀를 자신의 입술 안에 넣고는 빨기 시작했다. 이 세상에서 가장 맛이 있는 걸 먹을 때처럼 그는 아주 게걸스럽게 건의 혀를 탐하고 있었다. 키스가 깊어질수록 루시퍼는 느끼고 있었다.

오늘은 절대로 키스만으로는 끝나지 않을 거란 사실을 말이다. 그의 손이 건의 옷 속으로 들어가 밤마다 그의 꿈속에서 그를 괴롭히던 풍만한 가슴을 단번에 잡았다.

"아아앙."

건의 신음이 그의 귀를 사로잡았다. 가슴을 잡으니 조금 더한 것을 원했다. 건의 몸매는 잘 알고 있었다.

커가는 걸 봤기 때문이다. 하지만 여자로서의 건은 한 번도 생각한 적이 없었는데 아무래도 정신이 어떻게 된 것 같았다. 루시퍼는 건의 티셔츠를 머리 위로 올리고 브래지어 안에 터질 것 같은 모습으로 숨겨진 그녀의 가슴을 내려다보았다.

"위험해."

그의 호흡이 점점 더 거칠어지고 있었다. 건은 가슴을 가릴 생각이 없는지 두 팔을 떨군 채 그를 올려다보고 있었다.

"어떻게 그동안은 몰랐을까?"

루시퍼는 자꾸만 뭐라고 중얼거리는 자신의 입을 꿰매 버리고 싶은 심정이었다. 하지만 저도 모르게 나오는 걸 어찌할 방법이 없었다. 그의 손이 둥글고 커다란 가슴을 감쌌다. 어찌나 따뜻하고 부드러운지 조금 더 힘을 주면 터질 것 같았다.

그의 커다란 손에 차고 넘칠 만한 크기의 가슴은 그의 페니스를 흥분시키기에 충분했다. 그가 손을 뒤로 해 브래지어의 후크를 풀자 그녀의 가슴이 온전히 그의 눈에 들어왔다. 얼마 전 유이토의 스튜디오에서 보았던 가슴인데 지금은 그의 호흡마저 내쉬지 못하게 만드는 위험한 가슴이 되어 있었다.

"섹시한 가슴이야."

저도 모르게 본심이 나와 버렸다. 그녀가 손으로 자신의 가슴을 가리려고 하자 그가 건의 가는 허리를 잡고는 깊은 키스를 했다. 그녀가 중심을 잡기 위해 처음으로 그의 목에 팔을 감았다. 그녀의 가슴이 그의 가슴에 닿자 미칠 것 같은 욕망이 드디어 고삐를 놓아버렸다.

루시퍼의 혀는 건의 입안 깊숙이 들어가 그녀의 영혼까지 빨아들일 것처럼 맹렬하게 움직이고 있었고 그의 한 손은 건의 가슴을 움켜쥐며 주무르기 시작했다.

이것만으로 만족할 수가 없었다. 그는 입술을 움직여 그녀의 가는 목에서 쇄골 라인을 따라 내려오다가 가슴에서 멈추었다. 그리고 그 어떤 때보다 흥분해서 그녀의 유두를 빨기 시작했다.

"아아앙."

건이 허리를 활처럼 휘자 그가 건의 가는 허리를 팔로 받치며 더욱더 그녀의 자극하기 시작했다. 눈처럼 하얀 피부에 그의 입술이 지날 때마다 붉은 반점이 피어나기 시작했다. 너무 흥분한 나머지 힘이 조절되지 않았다.

진짜 미칠 것 같았다. 빨리 건의 안에 들어가고 싶은 마음뿐이었다. 그가 손을 더 과감하게 움직여 건의 청바지 아래로 넣었다. 쑥 들어온 그의 손 때문에 건이 화들짝 놀랐지만 그의 힘이 너무 강해 건은 꼼짝할 수가 없었다. 청바지와 팬티가 무릎까지 내려지고 그의 손이 건의 검은 숲을 감싸자 건이 그의 손을 잡았다.

익숙하지 않은 느낌인 모양이었다. 23살의 건이 처녀일 리는 없었다. 다만 경험이 그처럼 많지는 않은 듯했다. 그는 다리에 힘을 주고 있는 건의 귓가를 혀로 핥았다.

"더 거친 걸 좋아하지 않는다면 다리 벌려."

"루시퍼, 난……."

"미칠 것 같아."

루시퍼는 건의 다리를 더 벌리고 이미 젖어 있는 그녀의 질 안으로 자신의 손가락을 넣었다. 질척이는 소리가 그를 더 자극하고 있었다.

"꼬마인 줄 알았는데 여자, 아니, 마녀였어."

루시퍼의 손가락이 건의 질 안으로 더 깊이 들어갔다.

"흐읏, 아파."

"이건 아픈 게 아니라 쾌감인 거야."

더 이상 참기 힘든 그는 건을 안아 들고는 침대 위에 눕혔다. 여전히 청바지와 팬티가 그녀의 무릎에 걸려 있자 루시퍼는 신경질적으로 벗겨냈다. 침대 위에 누워 있는 건은 사람이 아니라 마녀 같았다.

남자를 유혹해서 영혼까지 죽여 버리는 아주 사악한, 그러나 너무나 섹시한 아름다운 마녀였다. 그녀의 긴 생머리가 커튼처럼 드리워져 몸을 아슬아슬하게 덮고 있었다.

"이렇게 가리는 건 반칙이야."

루시퍼가 자신의 옷을 빠르게 벗었다. 모델로서 잔뼈가 굵은 그였다. 어떻게 하면 섹시하게 옷을 벗는지 정도는 알고 있었다. 그가 옷을 벗기 시작하자 건이 마른침을 삼켰다. 그 모습에 루시퍼는 웃음이 나왔지만 참았다.

그 역시 그녀를 보며 마른침을 삼켰기 때문이었다. 순간 루시퍼는 키스와 애무가 이렇게 좋은데, 건과의 본격적인 섹스는 얼마나 황홀할까 라는 생각이 들었다. 그러자 어김없이 그의 페니스가 강한 반응을 보였다.

그가 건에게 옷을 벗으며 한 걸음씩 다가갈 때마다 건은 팔꿈치를 움직여 침대 헤드 쪽으로 조금씩 피했다. 그들은 서로를 잡아먹을 듯이 바라보고 있었지만 이렇게 섹스가 시작이 되면 영원이 이 구렁텅이에서 빠져나오지 못한다는 두려움도 가지고 있었다.

루시퍼가 침대 위로 올라와 건의 가는 발목을 잡았다. 그리고 발에 입을 맞추자 건이 몸을 부르르 떨었다.

"난 분명히 갈 기회를 줬어."

"알아요."

"안다? 그런데 왜 안 갔지?"

"……."

"말해!"

그가 건의 말에 다시 한 번 입을 맞추고는 물었다.

"하고 싶었어요."

그녀의 말에 그가 으르렁거리며 그녀를 덮쳐 버렸다. 그의 삶에서 가장 위험한 여자가 그와 같이 있었다. 어쩌면 그의 영혼까지 사로잡을 여자를 지금 루시퍼는 만난 것이었다. 아니 그동안 알아보지 못하고 있었던 것이었다.

그가 잡아먹을 듯이 강한 키스를 건에게 하고 있었다.

츄읍. 츄읍.

미친 듯이 그들이 서로의 입술을 빨아대는 소리가 방 안을 울리고 있었다. 그의 혀가 그녀의 입안 깊숙이 들어가 모든 타액을 빨아들이고 있었다. 서로의 혀가 미친 듯이 엉키고 손이 서로의 몸을 더듬고 있었다.

이렇게 거칠고 강렬한 키스는 루시퍼도 처음이었다. 입안에서 피 맛이 났다. 하지만 상관없었다. 건의 이빨이 그의 혀를 살짝 물었다가 놓았다. 그리고 다시 그의 혀를 자신의 혀로 건드렸다가 놓기를 반복하고 있었다.

건이 그의 목에 팔을 두르고 더 깊은 키스를 원한다는 듯이 팔에 힘을 주고 있었다. 루시퍼가 건을 떼어내서는 침대에 눕혔다.

"이제부터는 널 남김없이 먹어 치울 거야."

그는 이렇게 말하고는 건의 가슴을 게걸스럽게 빨기 시작했다.

"으으응."

건은 여전히 신음을 내뱉고 있었고 손은 가슴을 빨고 있는 그의 머리카락 속에 박고 있었다.

"아, 미치겠어."

"여기를 빨아주니까 좋아?"

"으으응."

건은 확실하게 반응하는 여자였다. 그녀가 활처럼 몸을 휘기도 하고 옆으로 몸을 비틀기도 했다. 루시퍼는 그녀의 풍만한 가슴 사이의 가슴골에 얼굴을 묻고는 비볐다. 너무나 포근하면서 자극적인 느낌이었다.

더 이상은 참을 수가 없었던 그는 그녀의 여성을 바로 삼켜 버렸다.

"아아악, 안 돼."

건이 당황했는지 그의 머리를 치우려 했다.

"가만히 있어. 널 모두 빨아줄 테니까."

루시퍼의 입술이 그녀의 여성을 입술 전체를 사용해서 강하게 빨았다. 건이 정신을 차리지 못할 정도로 그는 그가 아는 모든 기교를 사용해서 건을 유혹하고 있었다. 그의 혀가 건의 여성을 거의 샅샅이 훑어 내리고 있었다. 이렇게 꼼꼼하고 열정적인 애무는 그의 평생 처음이었다. 하지만 자꾸 건에겐 이런 수고롭고 번거로운 행동을 하고 싶어졌다.

루시퍼는 스스로 미쳤다고 생각했다. 여자들은 언제나 같다고 생각했는데 지금 건은 너무나도 달랐다.

"아, 웃."

그녀의 입에서 그가 좋아하는 신음이 연속해서 흘러나오고 있었다. 처음엔 당황해서 그의 머리카락을 강하게 쥐더니 지금은 손의 힘이 많이 풀린 상황이었다. 루시퍼는 건의 다리를 벌려 그녀의 여성을 바라보았다.

아직 피지 않은 꽃처럼 그녀의 여성은 핑크색에 물기를 머금은 상태였다. 참을 수 없었던 그는 다시 그녀의 여성에 자신의 혀를 담갔다. 그리고 그녀의 클리토리스와 꽃잎을 다시 한 번 핥아준 후에 혀를 단단히 세워 그녀의 질 안으로 밀어 넣었다.

건은 극도의 흥분 상태가 되어 몸을 비틀기 시작했다. 루시퍼만큼이나 건도 흥분을 한 모양이었다. 섹스를 하면서 단 한 번도 여성을 애무한 적이 없는 루시퍼였다. 하지만 이게 서로에게 얼마나 자극적인 일인지 오늘에야 알게 되었다.

더 이상은 페니스가 터질 것 같아 참을 수가 없는 그가 몸을 세워 그녀의 세워진 무릎을 잡았다. 건의 눈길이 그의 거대한 페니스를 바라보고 있었다. 진짜 겁을 잔뜩 집어먹은 눈이었다.

"괜찮아. 내가 쾌락의 끝이 뭔지 보여주지."

그가 그의 페니스의 끝을 그녀의 질에서부터 클리토리스까지 문지르기 시작했다. 건을 조금이나마 긴장에서 풀어주기 위함이었다. 루시퍼는 건의 얼굴을 살피며 자신의 페니스를 그녀의 질 안으로 밀어 넣기 시작했다.

"아아악!"

건이 비명에 가까운 소리를 지르며 그의 가슴을 밀어냈다. 그리고 그도 너무나 타이트한 건의 질 안으로 밀고 들어가는 게 힘이 들어 이를 악물었다. 루시퍼는 이렇게 타이트하게 조여오는 질은 처음이었다.

"아아아악!"

그녀가 다시 한 번 비명을 질렀다. 하지만 그의 페니스는 겨우 끝부분만 들어갔을 뿐이었다.

"힘 빼!"

그녀가 너무 긴장을 한 나머지 힘을 주고 있어서 들어가는 게 더더욱 힘이 들었다.

"아악, 루시퍼!"

그녀가 그의 이름을 부르며 비명을 질렀고 그와 동시에 그의 페니스가 그녀의 질 안으로 들어갔다. 루시퍼의 페니스를 꽉 조이는 건의 질은 정말 끝내줬다. 그는 천천히 피스톤 운동을 하고 싶었지만 그 황홀한 쾌감에 거의 이성을 잃은 상황이었다.

"아아~ 아, 흐."

그가 움직일 때마다 건은 침대 시트를 잡으며 거친 호흡과 함께 신음을 내뱉었다. 하지만 루시퍼가 갑자기 동작을 멈추고 건을 내려다보았다.

"처음이었어?"

"……."

"어떻게 처음일 수가 있지?"

"왜 난 처음이면 안 되나요?"

평소의 건의 모습이 나오자 루시퍼는 웃음이 터질 뻔했다. 이런 상황에서도 그에게 말대답을 하는 걸 보니 지금 건은 정신 줄을 놓은 것 같지 않았다.

하지만 점점 더 강하게 조여오는 질 때문에 루시퍼는 정신을 놓을 것 같았다.

"윽, 더 이상 조이면 거칠게 할지도 몰라."

"아웃, 뭘 조여요?"

건이 처녀가 아니라면 여우 짓을 한다고 생각했을 것이다. 하지만 지금 건은 자신이 무슨 일을 하고 있는지 모르는 것 같았다. 루시퍼는 건의 입술에 다시 한 번 키스했다.

"마녀가 따로 없어."

건의 입술에 이렇게 말을 하고 다시 몸을 일으켜 움직이기 시작했다. 더 이상 정신을 차리고 건을 위해 부드럽게 해줄 수가 없었다. 그의 몸에 불이 붙은 듯 온몸에 열이 오르기 시작했다.

미칠 것 같았다. 그의 페니스가 그녀의 안으로 들어가 뿌리 깊은 곳까지 들어가고 있었다. 젖은 그녀의 질은 마치 그의 페니스를 놓지 않겠다는 듯 꽉 물고 있었다.

"으으윽, 건아!"

그의 입에서 건의 이름이 흘러나왔다. 이렇게 빠르게 극한의 쾌락에 도달한 적은 없었다. 건을 위해 조금 더 참아야 하는데 오늘은 쉽지 않을 것 같았다. 건이 갑자기 그의 얼굴을 쓰다듬었다.

"땀……."

그의 얼굴에 땀이 흘러내린 모양이었다. 건의 눈이 욕망에 의해 더욱더 짙은 검은 빛을 내고 있었다. 건이 지금 쾌락을 그와 함께 느끼고 있다는 생각이 들자 루시퍼는 건의 손을 잡아 자신의 입술에 가져다 댔다.

"처음 하는 섹스는 좋았어?"

"네."

건은 떨리는 목소리로 답했다. 그녀의 매력에 루시퍼는 한없이
빠져들어 가고 있었다. 건을 가둬두고 그만 바라봤으면 좋겠다는
생각이 들었다. 그는 다시 한 번 그녀의 질 안에 자신의 페니스를
깊숙이 박아 넣고는 움직이기 시작했다.

그의 근육질 몸 전체에서 욕망의 땀방울이 맺히기 시작했다. 그
들은 그렇게 잠들지 않는 밤을 보내고 있었다.

베르사유 궁전을 연상시키는 넓은 정원에 수많은 인부들이 모
처럼 잔디 정리와 나무들의 가지치기를 하고 있었다. 이를 멀리
서 지켜보고 있던 필립의 얼굴에 인상이 써졌다. 주인님이 오실
때가 다 되었는데 집 안이 이렇게 어수선하다니 마음에 들지 않
았다.

필립의 성격상 루시퍼가 만족스러워하지 않으면 며칠을 혼자
서 자책하며 보낼 것이다. 그렇게 하고 싶진 않았다. 열심히 일하
고 돌아온 주인님이 편안하게 쉴 수 있는 공간을 만들어놓고 싶
었다.

그는 아주 어린 시절부터 부잣집의 집사로 일을 해왔다. 처음은
하인부터 시작했지만 루마니아에서 이민을 온 그의 집은 아주 가
난했기 때문에 그는 어릴 때부터 어머니가 가정부로 일하는 저택

에서 하인 생활을 했었다.

10년 전 갑자기 망해 버린 전 주인 때문에 실업자가 되어버린 그를 미카엘이 집사로 고용해 주었다. 처음엔 루시퍼가 적응이 안 돼서 힘이 들었지만 시간이 지나면서 루시퍼가 아주 좋은 사람이란 걸 알게 되었다.

그게 다 이 집의 천사인 건 때문이었다. 그가 이 집에 왔을 때 건은 한참 사춘기 소녀였다. 건과 친하게 지내기 위해 노력하던 중에 그는 건이 루시퍼를 아주 좋아하고 있다는 사실을 알게 되었다.

그래서 그에 대한 이야기를 둘이 나눌 시간이 많았고 자연스럽게 건과 필립은 둘도 없는 친구가 되었다. 미카엘은 원래 좋은 사람이었다. 착하고 부드러운 사람이라 친해지긴 쉬웠지만 아랫사람의 입장에선 굉장히 꼼꼼한 사업가의 성격이라 일하는 건 힘이 들었다. 하지만 루시퍼는 조금 달랐다.

그냥 안 건드리면 되는 사람이었다. 그리고 그가 루시퍼에게 놀란 건 그의 어머니가 5년 전에 돌아가셨을 때 장례 비용을 루시퍼가 다 지불해 주었었다. 건이 말한 대로 루시퍼는 마음이 따뜻한 사람이었다.

"집사님."

하인 하나가 헐레벌떡 뛰어왔다.

"건의 방에 배관이 터져서……."

"뭐?"

놀란 필립이 건의 방이 있는 2층으로 달려갔다. 아주 일이 꼬이고 있었다. 2층으로 올라가 보니 욕실의 배수관이 터져서 그녀의 침실 쪽으로 물이 새고 있었다.

"일단 물 잠그고 와."

"그러면 정원에도 물이 공급되지 않을 텐데요."

"지금 정원이 문제야?"

"네."

물이 넘실거리며 점점 더 건의 침실 쪽으로 흐르고 있었다. 대리석 바닥이라서 그나마 다행이란 생각이 들었다. 일단 필립은 젖을 만한 건의 물건들을 치우기 시작했다. 화장대 밑에 있는 건의 보물 상자부터 꺼낸 필립은 테이블 위에 건의 물건을 올려놓기 시작했다.

이 보물 상자를 알게 된 날도 이렇게 배관이 말썽을 부린 날이었다. 아파트가 아닌 저택에선 이런 고장은 흔한 일이었다. 그때 이 상자에 뭐가 들었는지 알았다면 그는 절대로 열어보지 않았을 것이다.

그 상자 안에는 미카엘과 살기 시작하면서부터의 건의 일기장이 여러 권 있었다. 사실 건의 일기장이라기보다는 거의 루시퍼를 향한 고백의 글이었다. 그 글을 읽고 얼마나 놀랐는지 모른다. 그리고 건이 안쓰럽게 생각되었다.

루시퍼는 전혀 그런 사실도 모르고 집으로 그의 여자 친구들을 가끔 데려오기도 했었다.

그때의 일기들은 질투심으로 가득 차 있었다. 필립은 이런 사실을 루시퍼가 알아야 한다고 생각했다. 그러면 최소한 건을 좋아하지는 않더라도 집으로 여자들을 데려오는 짓은 안 할 거란 생각이 들었기 때문이었다.

그래서 얼마 전에 그는 상자 안의 일기장 중에 하나를 몰래 가지고 나와서 루시퍼가 볼 수 있게 복도 바닥에 두었었다.

건이 루시퍼를 좋아하는 마음을 알게 된 건 오래전이지만 그는 더 이상 모른 척하지 않고 건을 위해 작은 용기를 냈다.

아직은 효과가 있는지 없는지 모르겠지만 말이다.

"집사님, 물 잠갔습니다."

"여기 물부터 퍼내고 배관 전부 살펴봐."

"네."

그는 한숨을 쉬며 일꾼들이 일하는 모습을 꼼꼼하게 살폈다.

해가 뜨는 게 침실 옆 창가로 보이고 있었다. 커튼도 치지 않아서 그 빛이 그대로 루시퍼의 침대로 들어오고 있었다. 오늘은 쉬는 날이었다. 내일 오전에 런던으로 넘어가서 화보 촬영하고 나면 바로 미국으로 가서 국제 패션쇼 무대에 참석할 예정이었다.

내일부터는 2주 가까이 쉬는 날이 없었다. 오늘은 침대에 콕 처박혀서 잠이나 자려고 했는데, 침대에 있는 건 맞지만 그녀의 침실이 아닌 루시퍼의 침실이었다.

"아아아앙."

그들은 어제저녁부터 지금까지 잠도 자지 않은 채 서로의 육체를 탐하고 있었다. 건은 지금 뒤로 누워 있었고 루시퍼는 건의 엉덩이에 입술을 대고 있었다. 첫 경험과 동시에 다양한 체위를 배운 건이었다. 루시퍼는 짐승이었고 그녀를 끊임없이 원했다. 지칠 법도 한데 그는 지치지 않았다.

"으으음, 이래서 여자들이 그렇게 끝도 없이 많았군요."

건이 나른하게 몸을 쭉 펴며 말했다.

"아니라곤 못하겠어."

"나도 스쳐 지나가는 여자 중에 하난가요?"

건은 지난밤부터 지금 이 순간까지 가장 궁금했던 이야기를 물었다.

"아니."

그는 단호하게 답했다.

"뭐라고 말할 수는 없지만 확실하게 달라."

그의 입술이 거친 숨소리와 함께 점점 더 아래로 내려갔다.

"뭐가 다른지 궁금해요."

건이 집요하게 그에게 차이점을 물었다. 왠지 자꾸만 확인받고 싶었다. 그저 그런 여자들처럼 하룻밤의 상대가 아님을 말이다.

"난 그 누구에게도 이렇게 애무해 주지 않았어. 오럴도 당연히 없었지."

"……."

그의 말에 건이 놀랐는지 몸이 굳었다.

"신기한 일이야. 내가 이렇게 건의 이곳을 빨고 또 빨게 될지는 몰랐으니까."

"……."

"내가 이곳을 애무해 주는 게 싫어?"

그가 엉덩이 뒤쪽에서 손가락을 비집고 들어와 그녀의 질을 건드렸다.

"그렇진 않아요."

"솔직히 짜릿하지 않아?"

"……네."

건은 솔직하게 답했다. 밤을 지새우면서도 지금까지 그 짜릿함은 계속되고 있었다.

"오늘 쉬는 날이라서 다행이에요."

"맞아, 지금 일터로 나간다면 아마 모르긴 몰라도 죽을 거야."

"그런데 우리들이 이런 거 미카엘이 알면 어쩌죠?"

그녀의 말에 갑자기 루시퍼의 얼굴이 굳었다.

"왜 미카엘을 신경 쓰지?"

"그는 내 보호자니까요."

루시퍼는 미카엘이 걸리는 모양이었지만 건은 미카엘 같은 스타일의 남자는 남자로 보이지 않았다. 건은 강한 사람이 남자로 보였고 부드러운 미카엘은 건이 인간으로서 좋아하는 사람이었다.

"미카엘 같은 남자는 제 취향이 아니에요."

건은 단호하게 말했다.

"그럼 나는 건의 취향인가?"

그의 직선적인 질문에 건은 뭐라고 답할 말이 없었다.

"그, 그러니까……."

"대답 안 해도 돼."

그의 말에 조금은 당황한 건이었다. 보통 남자라면 답을 듣기 좋은 타이밍이라 생각했을 텐데 그는 그녀의 답을 듣고 싶지 않은 모양이었다.

"루시퍼는 내가 여자로 보이나요?"

"그래."

그의 답은 아주 간결했지만 건의 심장을 뛰게 하기에 충분했다.

"언제부턴가 꼬맹이가 여자로 보이기 시작했어, 얼마 되지 않긴 했지만 말이야. 루시퍼 인생에 가장 골치 아픈 일이 생긴 거지."

루시퍼는 아주 담담하게 지금 자신이 어떤 상황에 처했는지 말하고 있었다.

"뭐가요?"

"여자로서 건을 지켜보기로 했으니까."

"절요?"

"그래, 난 한 번 이상의 섹스를 하지 않아. 그리고 애무하는데 공을 들이지도 않고, 여자와 침대에서 눈을 뜨지도 않아. 그런데 그 모든 걸 어제 다 깨버렸어."

"그래서 싫은가요?"

"싫은 게 아니라 신경 쓰여."

루시퍼와의 섹스가 그녀에게만 충격적인 일이 아니었던 모양이었다. 그가 갑자기 뒤에서 허리를 잡아 일으켰다. 무릎을 꿇고

엎드린 자세가 된 건은 루시퍼의 그칠 줄 모르는 욕구에 감탄했다.

"안 힘들어요?"

"응, 건은?"

"저는 힘들어요."

"이번만."

루시퍼는 굴하지 않고 한 번 더 하겠다는 말을 했다. 건은 루시퍼의 말에 따를 수밖에 없었다. 그녀도 원했기 때문이었다.

"그렇지 않을 것 같은데요?"

건은 그가 이번으로 그치지 않을 거란 걸 알았다. 멈출 줄 아는 사람이었다면 벌써 그만했을 것이다.

"아웃."

그의 페니스가 뒤에서 공격을 해왔다. 어젯밤에 한 번 후배위를 했었는데 그는 그게 좋았던 모양이었다. 그녀의 허리를 잡고는 가차 없이 공격을 하는 루시퍼였다.

"아아아앙."

그의 페니스가 더 깊이 들어와 그녀의 끝까지 닿는 기분이었다.

"미치겠어요."

"헉헉, 나도."

건은 루시퍼의 모든 것이 좋았지만 그들의 섹스가 이렇게 잘 맞을 줄은 꿈에도 상상하지 못했었다. 또 한 번의 질펀한 섹스가 끝이 나고 지친 그들은 서로의 품에 안겨 깊은 잠에 빠져들었다.

꼬르륵.

배꼽시계가 울리고 있었다. 그녀를 뒤에서 안고 있는 루시퍼 때문에 건은 한참이나 그렇게 배고픔을 참고 있었다.

"배고파?"

졸음이 가득한 목소리로 그가 말했다.

"죽을 것 같아요."

"그런 것 같아."

루시퍼의 커다란 손이 그녀의 배 위에 머물렀다가 가슴으로 올라왔다.

"살이 다 여기에 몰려 있는 것 같아."

"우리 룸서비스 부를까요?"

"그래."

그가 자리에서 일어나 전화를 하는 동안 건은 침대에서 빠져나왔다.

"앗!"

바닥에 발을 딛고 서자마자 건은 그 자리에 주저앉고 말았다.

"건!"

"괜찮아요."

침대를 붙잡고 일어난 건은 욕실로 향했다. 다리에 힘이 풀리고 온몸이 뻐근해서 미칠 것 같았다. 따뜻한 물에 샤워를 하면 좀 나아질 것 같았다. 그녀가 욕실로 들어오자마자 그가 따라 들어왔다.

"괜찮은 거 맞아?"

"아뇨, 다리에 힘이 풀렸나 봐요. 몸도 뻐근하고."

"처음이라 그럴 거야."

루시퍼가 이렇게 부드럽게 말하자 너무 이상한 느낌이었다.

"안 어울려요."

"뭐가?"

"다정하게 말하는 거."

"미카엘처럼 다정하면 좋은 거 아니야?"

"루시퍼는 루시퍼다울 때가 가장 좋아요."

남들이 들으면 변태 같다고 말할지 모르지만 솔직하게 건은 까칠한 루시퍼가 더 좋았다. 부드러운 루시퍼는 너무 어색했다.

"어색해도 참아."

이렇게 말하더니 그가 욕조에 물을 받기 시작했다. 그리고 욕조 끝에 그녀를 앉히더니 다리를 주무르기 시작했다.

"안 어울린다니까요."

"어울리라고 하는 거 아니야."

그가 주물러 주자 다리가 풀리기 시작했다. 하지만 다리가 풀린 것보다 다시 그를 원하게 된 게 더 컸다. 그녀의 다리 사이가 다시 촉촉하게 젖어들고 있었다. 욕실 바닥에 나체로 아무렇게나 앉아 그녀를 마사지하고 있는 루시퍼가 그 어느 때보다도 섹시해 보였다.

그녀가 루시퍼의 얼굴을 잡아서 키스하기 시작했다. 이건 다 루시퍼가 너무나 섹시하기 때문이었다.

"위험해."

그가 입술이 떨어진 잠깐 사이에 허스키한 목소리로 말했다.

"키스해 줘요."

"이러면 멈출 수가 없어."

"멈추지 말아요."

그의 목을 끌어안으며 건은 진한 키스를 했다. 그녀의 혀가 그의 입안 구석구석을 헤매고 다녔다.

"룸서비스입니다."

"눈치가 없군."

그가 투덜대며 자리에서 일어나 욕실을 나갔다. 그사이에 물이 어느 정도 채워져 있었다. 건은 따뜻한 물에 들어가서 욱신거리는 몸을 진정시켰다.

"후, 섹스는 중노동인 것 같아."

그녀가 욕조 안에 몸을 담그고 있는데 루시퍼가 룸서비스 음식을 가지고 욕실 안으로 들어왔다.

"금방 나갈 텐데……."

"배고프잖아."

다정한 게 어색하다고 말했음에도 불구하고 그는 또 다정하게 그녀에게 음식을 가져다주었다. 그리고 시키지도 않았는데 스테이크를 썰더니 그녀의 입안에 넣어주기까지 했다.

"맛있어?"

"네? 네."

놀랐지만 건은 내색하지 않기 위해 노력하고 있었다. 그가 하나씩 넣어줄 때마다 어떻게 반응해야 할지 건은 잘 알지 못했다.

"이제 혼자 먹을게요."

"아니, 건은 편하게 있어."

편하게 있을 수가 없었다. 그가 어떤 사람인데 그녀가 편할 수 있겠는가?

"오늘 이러고 있는 거예요?"

"난 호텔에서 쉬었으면 싶지만 답답하면 저녁엔 밖에 나가서 식사할까?"

"저도 호텔에서 쉬는 게 좋겠어요. 단, 전 제 방에 갈 거예요."

"왜?"

"여기서 어떻게 쉬어요."

루시퍼와 있다가는 하루 종일 섹스만 하다가 끝날 것 같았다.

"섹스하자는 소리 안 할 테니까 여기 있어. 여기가 쉬기엔 더 좋아."

괜히 낚이는 기분이었지만 솔직히 그의 스위트룸은 정말 좋았다.

"나도 열심히 하면 언젠가는 이런 대우를 받는 모델이 될 수 있을까요?"

"그럼."

루시퍼가 그녀에게 희망을 주었다. 스테이크를 다 먹고 나자 그가 와인 잔을 그녀에게 주었다.

"고마워요."

그리고는 가운을 벗고는 욕조 안으로 들어왔다. 루시퍼도 와인을 마시며 그녀를 마주 보고 앉아 있었다.

"이상해요."

"뭐가?"

"이렇게 마주 보고 있다는 게."

그는 여유로운 모습이었지만 건은 그와는 다르게 떨려서 제대로 말도 못할 지경이었다.

"나도 조금 이상하단 생각은 들어 항상 잡아먹을 것처럼 굴었으니까."

그는 그녀를 미워했고 그녀는 그를 미워하는 척했다. 그래야 조금이나마 그녀의 자존심이 지켜질 것 같았다.

"내가 좋은가요?"

나에게 왜 갑자기 이런 관심이 생겼냐고 묻고 싶었지만, 참고 그보다는 약한 질문을 했다.

"건은 내가 좋은가?"

그의 반문에 건은 조금도 망설이지 않았다.

"네, 좋아해요."

건이 자연스럽게 답했다.

"언제부터?"

"……."

그 물음에 답을 하진 않았지만 그녀는 속으로 말했다. 처음 본 순간부터라고 말이다. 그들은 그렇게 하루 종일 같이 있었다. 잠을 자기도 했고 책을 읽기도 했다. 모든 건 룸서비스로 해결을 했다.

이렇게 하루 종일 빈둥거린 적은 정말 오랜만의 일이었다. 그리고 루시퍼는 약속을 지켰다. 그들은 그날 더 이상의 섹스는 하지 않았다.

4장

　새로 오픈한 에이전시에 하루에도 수십 명의 모델들이 찾아오고 있었다. 루시퍼 에이전시라는 이름만으로도 모델 지망생들을 불러 모을 수 있었다. 뉴욕의 가장 번화한 곳에 미카엘은 2개의 에이전시 사무실을 가지고 있었다.

　하나는 뉴욕에서 가장 비싼 건물의 한 층을 다 쓰고 있었고 지금 이곳은 20층 건물의 반 이상을 쓰고 있었다. 단순하게 에이전시만 하는 게 아니라 아카데미도 같이 운영을 했기 때문이었다.

　루시퍼 에이전시 2관은 굉장히 심플한 현대적인 디자인의 인테리어를 했다. 뉴욕의 신인 작가들의 작품들을 마치 전시관처럼 꾸며놓아서 현대 미술관 같은 느낌의 공간이었다. 루시퍼가 가장 싫어하는 인테리어긴 했지만 미카엘은 이런 분위기가 더 좋았다.

미카엘은 사무실에 앉아 신인 모델들의 포트폴리오를 검토 중이었다.

똑똑.

노크 소리에 고개를 든 미카엘의 얼굴에 미소가 활짝 피어올랐다. 모델 아카데미의 강사인 에반이었다.

"바빠요?"

"아니."

"오늘 저녁에 시간 좀 내줘요. 제가 차인지 딱 3일 되는데 괴롭습니다."

미카엘을 웃게 만드는 에반이었다.

"알았어."

그의 대답을 들은 에반은 윙크를 하고는 사라졌다. 그보다 2살이 어린 에반은 모델 겸 그의 에이전시 강사였다. 아주 유명한 모델은 아니었지만 아이들을 잘 가르치기로 유명한 강사였다. 에반의 지도를 받고 유명하게 된 모델들이 많았다.

에반의 워킹은 남자 모델들이 꼭 따라 하고 싶어하는 최고의 워킹이었다. 미카엘은 에반을 아꼈다. 재능에 비해 인정받지 못한 에반이 안타까웠기 때문이었다.

퇴근을 하고 근처 작은 식당에 간 그들은 저녁과 함께 맥주를 마시기로 했다. 규모가 크지는 않았지만 사람들이 많은 걸로 봐서 음식이 아주 맛있는 집인 것 같았다. 70년대 미국의 식당 같은 곳이었다.

"근처에서 요즘 여기가 제일 핫해요."

에반이 그에게 자신 있게 말했다.

"그래?"

"여긴 음식도 맛있고 웨이트리스들도 모델 뺨치죠."

안 그래도 들어오면서부터 그와 자꾸 눈이 마주 치는 웨이트리스가 있긴 했다. 미카엘이 생각해도 모델을 해도 될 만한 몸매와 얼굴이었다.

"미카엘, 여기서 가장 예쁜 로라예요."

에반이 손가락으로 가리키는 곳엔 그와 눈이 마주치던 여자가 서 있었다.

"이름도 알아?"

"몇 번 왔거든요. 제가 루시퍼 에이전시에 있다고 하니까. 굉장히 관심 있어 하면서 미카엘을 한번 보고 싶다고 했어요."

"루시퍼가 아니고?"

"네, 모델에 관심이 있대요."

그 말에 미카엘의 눈길이 한 번 더 로라라는 여자에게로 향했다.

"그럼 아카데미로 오면 되지."

"여기서 일하는데 돈이 있겠어요?"

"그래도 할 마음이 있으면 방법이야 얼마든지 있지. 애는 괜찮아 보이네."

로라라는 아가씨는 굉장히 마른 체구에 큰 신장을 자랑했다. 그냥 보기에도 모델 하면 좋겠다는 생각이 드는 모습이었다.

"새로운 느낌이라서 좋은 것 같아."

그때 로라가 그들에게 미소 지으며 다가왔다.

"안녕하세요? 미카엘. 사인 좀 부탁해도 될까요?"

로라는 앞치마 주머니에서 작은 수첩과 펜을 꺼냈다. 보기에 성격도 좋아 보였다. 모델 일을 하려면 루시퍼처럼 완벽하게 자신만의 특별함이 있든지 아니면 주위 사람들과 잘 어울리는 사교성이 있든지, 둘 중에 하나가 있어야 잘 견딜 수 있었다.

"모델에 관심이 많은가 봐요?"

"그렇게 보여요?"

로라가 예쁜 미소를 지으며 그에게 말했다.

"에반의 얘기로는 모델에 관심이 많다고 하던데?"

"맞아요. 언젠가 미카엘을 만나고 싶다고 말했거든요. 미카엘이 에이전시하는 거 알아요."

"모델을 하고 싶어요?"

"네, 동생이 모델이거든요."

로라가 아주 자랑스럽게 말했다.

"동생이?"

"네, 건 박이 제 동생이에요."

순간 미카엘의 입에서 실소가 터져 나왔다. 이 아가씨는 금발에 푸른 눈의 아가씨였고 건은 동양인이었다.

"건 박을 알기는 해요?"

에반도 미카엘과 생각이 같은지 피식 웃으며 말했다.

"그럼요, 어릴 때 같이 입양돼서 자랐는걸요. 양아버지 때문에 도망쳤고 1년 동안 우리는 같이 노숙 생활을 했죠. 건이는 운이 좋아서 미카엘 씨 지갑을 훔친 덕에 인연이 되어서 지금 공주처럼 살고 있잖아요."

"……."

"사실 그거 제가 시킨 거예요. 두 사람의 인연은 제가 만들어준 거죠. 아 참, 저도 두목의 말을 따랐어요. 우린 배가 고파서 시키는 대로 다 했거든요."

가슴 아픈 얘기를 로라는 웃으며 아무렇지 않게 했다. 그게 그녀가 자존심을 지키는 방법인 것 같았다.

건이 그에게 입양이 된 입양이라는 건 세상이 다 알았지만 그의 지갑을 훔친 건 아무도 모르는 일이었다. 건에게 상처가 될까 봐 그는 그 일을 입 밖으로 낸 적이 없었기 때문이었다.

"로라?"

언젠가 건에게 같이 양부모의 집에서 도망친 언니가 있다는 말을 들었었다.

"왜 찾아오지 않았지?"

"찾아가지 못한 거죠. 전 양부모의 집으로 다시 붙잡혀 들어갔거든요."

"그들은 어떻게 됐지?"

"그러고 얼마 안 있다가 동네 주민의 신고로 지금은 교도소에 있고 우린 뿔뿔이 흩어졌어요. 그래도 건이가 그렇게 예쁘게 자라서 성공한 걸 보니 좋아요."

그녀의 눈이 슬퍼 보였다. 미카엘이 주머니에서 명함을 꺼냈다.

"언제 쉬지?"

"내일모레요."

"잘됐군, 그날 별일 없으면 나한테 찾아와."

"전 아직 건이를 보고 싶지 않아요. 지금 만나면 건이에게 부담이 될 거예요. 성공한 후에 만나고 싶어요."

로라는 아주 당당하게 말했다. 건에게 부담을 주고 싶지 않다는 그녀의 말이 아주 마음에 들었다. 친척 중에 누군가 성공한 사람이 있다면 그의 도움을 받고 싶어하는 게 일반적인 사람인데 로라는 그렇지 않았다.

"어쨌든 와."

"네."

그녀가 명함을 받았다. 그리고 그 명함을 미카엘의 사인을 받은 수첩에 소중하게 넣는 걸 보았다.

"그전에 주문부터 하세요."

그녀의 말에 에반과 미카엘이 웃었다. 기분 좋은 저녁이었다. 로라도 건과 같은 입양아였다. 그녀는 러시아계였다. 아버지가 러시아계인 그의 입장에선 이래저래 로라와 공통점이 많아서 좋았다. 미카엘은 로라의 부탁대로 그녀와의 만남을 건에게 알리지 않았다.

며칠 후에 로라가 그의 사무실을 찾았다. 로라는 정말 매력적인 아가씨였다. 아카데미 강사들의 칭찬이 줄을 이었고 그와 함께 일을 하는 에이전시 담당자들도 로라를 탐냈다.

"오랜만에 괜찮은 물건 하나 찾은 것 같아요."

"나도 그렇게 생각해."

미카엘은 로라를 지원해 주기로 결정을 내렸다. 3개월 정도 워킹만 잡아준다면 큰 무대는 아니더라도 작은 무대에는 세울 수 있을 것 같았다. 그러면 생활이 가능할 정도의 돈은 벌 수 있을 것 같았다.

그리고 생활 자금을 당분간은 에이전시에서 지원하기로 했다. 오로지 모델 일에 전념을 시키기 위해서였다.

"정말 감사해요. 하지만 당분간 건에겐 비밀로 해주세요. 놀라게 해주고 싶어요."

로라가 다시 한 번 그에게 부탁을 했다. 미카엘은 로라가 아주 마음에 들었다.

뉴욕의 집은 비벌리 힐스의 루시퍼 대저택과는 다른 느낌의 공간이었다. 비벌리 힐스가 루시퍼 취향이라면 이곳은 철저하게 미카엘의 취향이었다. 100평이 넘는 아파트는 현대적인 감각이 물씬 풍기는 뉴요커의 집이었다.

최첨단 전자 기기에 최소한의 가구만 배치되어 있었다. 그게 언제나 불만인 루시퍼였다.

"여긴 집이 아니야."

건을 무릎에 앉힌 루시퍼가 책 한 권을 손에 들고는 구시렁거리고 있었다. 그런 루시퍼의 목을 팔로 감은 건이 그의 목에 입을 맞추었다.

"졸려요."

나른한 고양이처럼 건이 기지개를 켰다.

"피곤해?"

그녀가 고개를 끄덕이자 루시퍼가 책을 옆으로 놓고는 그녀의 머리를 그의 어깨에 기대게 한 후에 머리를 쓰다듬었다.

"자."

"음, 향기가 좋아요."

건은 루시퍼의 짙은 향이 좋았다. 보통 남자들은 상쾌한 향수를 쓰는데 그는 섹시한 향수를 선호했다.

"향수 바꿨어."

"다음부터는 이 향만 써요."

"알았어."

그들은 조용하게 둘만의 시간을 즐기고 있었다.

디리릭.

갑자기 문이 열리는 소리가 들렸다. 그러자 건이 빛의 속도로 루시퍼에게서 떨어졌다.

"미카엘 왔어요?"

건의 목소리가 그녀가 듣기에도 떨렸다.

"왜 그렇게 놀라?"

미카엘이 한쪽 눈썹을 들어 올리며 그녀를 의심하는 목소리로 물었다.

"제가요? 그럴 리가요?"

"알 것 같아. 혹시……."

"혹시…… 뭐요?"

자신이 느끼기에도 목소리가 점점 더 떨리고 있었다. 힐끗 보니 루시퍼는 웃음을 참느라 정신이 없어 보였다.

"혹시 초콜릿 시럽에 빵 먹었어?"

"……."

"내가 그렇게 먹지 말라고 했잖아. 체중 관리해야 한다니까. 안 찌는 체질은 없어. 노력해야지."

"안 먹었어요."

건은 다행이라는 생각에 가슴을 쓸어내렸다.

"맞다. 건이 양부모한테서 도망칠 때 언니가 있다고 했었지?"

뜬금없이 미카엘이 옛일을 물었다.

"네, 로라 언니요."

"몇 살이야? 동양인이야?"

미카엘이 갑자기 왜 이러는지 건은 이상하다는 생각이 들었다.

"저보다 한 살 많고 러시아 사람이에요. 금발에 푸른 눈을 가진 언니예요."

"로라?"

루시퍼도 궁금했는지 물었다.

"언니는 강한 사람이에요. 그러니까 절 데리고 도망쳤죠. 보고 싶어요. 지금 어떻게 사는지도 궁금하고요. 그런데 혹시……."

"아니야. 그냥 생각이 나서."

"혹시나 언니에게 연락이라도 오면 말해주세요. 한번 찾으러 그곳 경찰에 물어봤는데 양부모는 아동학대로 종신형을 받아서 지금 교도소에 있고 아이들은 다 뿔뿔이 흩어졌다는 말만 들었어요."

"알았어. 로라에 대해 알아볼게."

"사진 한 장 없어서 찾긴 힘들 거예요."

그녀의 표정을 루시퍼가 유심히 보고 있었다. 둘이 만난다는 걸 그렇게 티 내지 말라고 했는데도 루시퍼는 다 티를 내고 있었다.

"그런데 오늘 왜 이렇게 일찍 오셨어요?"

건은 미카엘에게 계속해서 말을 걸었다. 루시퍼가 이상한 말이라도 할까 겁이 났기 때문이었다.

"어? 약속이 있어서 옷 갈아입으려고."

"수상해요."

"수상할 것도 많다. 아카데미 학생들이랑 센트럴 파크에서 모이기로 했거든."

"지금요?"

"좀 늦을 수도 있어. 둘이 먼저 밥 먹어. 아니면 같이……."

"아뇨."

"아니."

둘이 거의 동시에 말을 했다. 건은 얼굴이 빨개졌다.

"알았어."

미카엘이 옷을 갈아입고 외출을 하자 건은 다시 루시퍼의 다리 위에 앉았다.

"간 떨어지는 줄 알았어요."

"미카엘이 눈치가 없긴 하지."

루시퍼는 아무렇지 않게 미카엘에게 뒤집어씌우려고 했다.

"아뇨, 루시퍼가 더 눈치가 없어요."

"내가?"

"네."

다시 루시퍼의 목에 팔을 두르며 건이 말했다. 루시퍼의 손은 어느새 건의 가슴에 올라와 있었다.

"우리 들키면 어쩌죠?"

"그냥 만난다고 속 시원하게 말할까?"

"안 돼요."

"왜?"

"미카엘이 실망할 거예요."

"뭘?"

"열심히 모델 하라고 가르쳐 놨는데 이렇게 연애나 하고 있다고 실망할 거라고요."

건은 미카엘을 실망시킬 수 없었다. 그리고 루시퍼에게도 당당한 여자 친구가 되고 싶었다.

"그래서 우리의 관계를 비밀로 한다?"

"결혼할 사이도 아니고, 혹시 우리 사이가 나빠진다고 해도 우린 미카엘 때문에 떨어질 수 없는 관계니까. 지금처럼 미카엘이 모르는 게 나중을 위해 나아요."

"헤어질 생각까지 한 거야?"

"그게 아니고요."

루시퍼의 표정이 어두워지자 건이 그의 입술에 입을 맞추었다.

"화내지 말아요. 당신 극성팬에게 협박도 받잖아요. 만약에 나와 사귄다는 보도가 나가면 더 힘들어져요."

루시퍼에겐 아주 악질인 스토커가 있었다. 아직 잡히지는 않았지만, 그와 열애설이 난 여자들은 모두 그 스토커에게 호되게 당했다. 루시퍼의 팬덤은 거의 광신도 같았다. 마틴이라는 기자도 기사 한번 잘못 썼다가 총에 맞아 죽을 뻔했다.

그러니 마음 놓고 공개 연애를 할 수 있는 입장이 아니었다.

"난 오래 살고 싶어요."

농담처럼 말했지만 루시퍼는 그렇게 편하게만 받아들일 수는 없는 것 같았다.

"알았어."

그녀가 차분하게 말하자 그가 알아들었는지 얼굴 표정을 풀었다.

"내가 악마적인 이미지니까 팬들 중에도 그런 사람들이 있는 것 같아."

"그치만 이렇게 은밀한 게 좋지 않아요?"

건이 그의 잘생긴 얼굴을 쓰다듬었다.

"진짜 너무 잘생긴 거 알아요?"

"건도 너무 큰 거 알아?"

그의 손이 그녀의 티셔츠 안으로 들어와 가슴을 주무르고 있었다. 루시퍼의 손가락이 건의 유두를 건드리자 건이 몸을 그에게 더 가까이 밀착시켰다. 유혹의 몸짓이었다.

"싫어요?"

"그럴 리가?"

건이 그의 입술을 따라 혀로 핥기 시작하자 루시퍼가 으르렁거렸다.

"이건 반칙이야."

"이건 유혹이에요."

그녀의 발칙한 유혹에 그가 건을 안아 들었다.

"배고파요."

건이 앙탈을 부리자 그가 빠르게 침실로 그녀를 안고 갔다.

"뭐 하는 거예요?"

"미카엘이 오기 전에 끝내려고. 안 그러면 어제처럼 아무것도 못하고 자잖아."

"루시퍼."

"건에게 이미 중독이 된 것 같아."

확실하게 루시퍼는 그녀와 하는 섹스에 중독이 된 것 같았다. 하지만 그는 그녀를 사랑하진 않았다. 그런 현실이 건을 슬프게 만들었다.

센트럴 파크의 야경은 아름다웠다. 야외 식당에 예약하고 이렇게 식사를 하러 나온 건 아주 오랜만의 일이었다. 로라는 미카엘에게 오늘 저녁을 사달라고 했다. 아카데미가 끝나고 슬쩍 운을 뗐는데 운 좋게도 그가 넘어왔다.

보기에도 순진하게 생겼는데 하는 짓도 순진했다. 로라의 인생에서 가장 중요한 순간이었다. 미카엘을 어떻게든 잘 꼬셔야 했다. 그래야 그녀의 인생이 달라질 수 있었다. 그녀의 눈에 미카엘이 보였다.

센트럴 파크 근처에 살았기 때문에 그녀나 그나 차가 필요치 않았다.

"미카엘."

그녀가 손을 크게 흔들었다. 그가 환하게 웃으며 그녀에게로 왔다. 천사같이 순진한 미소를 짓는 그였다.

"웃는 게 천사 같아요."

로라가 먼저 말을 걸자 그가 부끄러운 듯 웃었다.

"그래서 내 이름이 미카엘이지."

"그래요?"

처음보다는 확실하게 그녀를 편하게 대하는 미카엘이었다. 그들은 식당으로 발을 옮겼다. 예약조차 힘이 든 최고급 레스토랑을 그는 몇 시간 만에 예약을 했다.

"이탈리안 음식 좋아해?"

"네, 아주요."

"다행이야."

그는 이 집에서 가장 비싸고 맛있는 음식을 주문했다. 로라도 이곳을 잘 알았다. 이곳에서 몇 년 전에 설거지를 했기 때문이었다. 다행히 서빙을 보는 사람 중에는 아는 얼굴이 없었다. 팔고 남은 음식을 먹어봤기 때문에 이곳의 음식 맛은 그 누구보다 잘 알았다.

음식이 나오자 자신도 모르게 로라의 눈가가 촉촉하게 젖어들었다.

"왜 그래?"

미카엘이 걱정스러운 듯 물었다.

"이런 음식은 처음이라서요."

"난 또, 편하게 마음껏 먹어. 다음엔 더 맛있는 거 사줄게."

그가 은근슬쩍 애프터를 했다.

"고마워요."

그녀 또한 이 기회를 놓칠 리가 없었다. 로라는 미카엘같이 착하고 매너 있는 남자가 부담스러웠다. 그녀의 옆에는 언제나 카리스마 넘치는 나쁜 녀석들만 있었다.

하지만 그녀는 남자를 유혹하는 데 탁월한 능력을 가지고 있었다. 그녀가 험한 세상을 홀로 버틸 수 있는데 필요한 재주 중에 하나가 남자를 잘 유혹하는 것이었다.

"미카엘은 여자들에게 인기가 많겠어요?"

"아니, 그렇지 않아. 시간도 없고."

"이렇게 잘생기고 매너 좋은데 왜요?"

그녀가 미카엘에게 조금씩 추파를 던지고 있었다.

"난 아직은 여자가 그렇게 필요하지 않아. 벌려놓은 일도 많고."

하지만 말과는 다르게 그가 로라를 보는 눈에는 관심이 가득했다.

"루시퍼와는 많이 다르게 느껴져요."

"우리가 알려지지 않았다면 쌍둥이인지 아무도 모를걸? 달라도 너무 다르니까. 하지만 루시퍼와 난 사이가 좋아. 한 번도 싸우지 않았거든. 난 나에게 없는 부분이 많은 루시퍼가 좋아. 그건 루시 퍼도 마찬가지고."

"그런가요?"

"응, 우리는 떨어질 수 없는 관계야."

"만약에 두 분이 한 여자를 좋아하게 된다면요?"

"그런 일은 없겠지만 내가 물러설 것 같아."

"와우, 대단한데요."

"난 평화주의자야."

미카엘은 웃으며 말했고 로라는 그런 미카엘을 속으로 비웃었 다. 앞으로 두 형제는 그녀 때문에 싸울 것이기 때문이었다. 로라 는 특유의 언변으로 미카엘을 사로잡기에 성공했다. 그는 로라에 게 관심을 보이고 있었다. 그가 구해준 아파트 앞까지 데려다준 미카엘의 입술에 로라는 살짝 입을 맞추었다.

"오늘 정말 감사했어요."

"응."

그의 얼굴이 붉어졌다.

"내일 봐."

"네."

집 안으로 들어온 로라는 자신의 방을 정리하기 시작했다. 다음엔 그가 집 안으로 들어올 것 같다는 생각이 들었기 때문이었다. 그녀의 방 안엔 루시퍼의 사진이 도배되어 있었다. 태어나서 이렇게 사랑한 사람은 없었다.

로라가 루시퍼를 알게 된 건 공교롭게도 건 때문이었다. 그녀가 소매치기 소굴에 들어가서 건과 생활을 할 때 우연히 루시퍼와 미카엘이 소매치기의 타깃이 되었었다. 두목은 그녀에겐 루시퍼를 건에게는 미카엘을 맡도록 했다. 둘은 어렸지만 손이 아주 빨랐다. 건은 미카엘의 지갑을 훔치는 데 실패를 했고 그녀는 루시퍼의 지갑을 소매치기하는 데 성공을 했었다. 서랍 속에서 그때 그에게 훔친 지갑을 손으로 잡았다.

"루시퍼."

그 후로 그녀는 루시퍼의 팬이 되었다. 어린 나이에 루시퍼를 본 순간 그녀는 영화 속에 나오는 잘생긴 악마의 현신을 보는 느낌이었다. 미카엘에겐 거짓말을 했다. 그녀는 양부모의 품으로 돌아가지 않았다. 그렇게 어리석은 로라가 아니었다.

로라는 두목과 살림을 차리기도 했지만, 지금은 그와 헤어진 상황이었다. 두목과 살 때도 그녀는 루시퍼의 열정적인 팬이었다. 마틴이 루시퍼에 대해 악의적인 글을 썼을 때 그녀가 두목을 졸라서 그에게 총을 쏘게 만들었었다.

그리고 그와 열애설이 난 여배우들은 차례로 그녀의 타깃이 되었다. 루시퍼는 그녀의 것이었다. 그래서 이제는 조금 더 적극적인 방법을 쓰기로 했다. 그의 곁으로 가는 것이었다. 미카엘같이 순진한 인간은 얼마든지 유혹할 수 있었다.

그다음에 루시퍼를 유혹하면 되는 것이었다. 그에게 다가가기가 어려운 일이지, 일단 그의 곁으로 가면 유혹하는 건 식은 죽 먹기였다. 건이 걸림돌이 될지 도움이 될지는 모르지만, 걸림돌이된다면 가차 없이 제거해 버릴 것이다.

13년이란 세월을 건은 편하게 보냈겠지만, 로라는 아니었다. 양부모를 교도소로 보낸 것도 그녀가 신고했기 때문이었다. 그녀는힘들었던 삶을 루시퍼 하나를 보며 살았다. 고지가 얼마 남지 않았다.

그녀는 벽에 붙은 사진 하나하나를 아주 소중하게 상자 속에 넣기 시작했다.

뉴욕에서 열리는 세계적인 패션쇼에 오프닝을 장식하게 될 루시퍼는 한창 분장 중이었다. 오늘은 규모가 규모니만큼 스텝들이정신없이 움직이고 있었다.

"루시퍼."

미카엘이 그에게 다가왔다. 미카엘의 옆에는 낯선 여자가 서 있었다. 그가 아무리 다른 사람들에게 관심이 없다고 해도 에이전시의 직원들은 다 알고 있는데 처음 보는 여자였다.

"미카엘."

여자가 그를 넋을 놓고 보고 있었다. 그런데 묘하게 낯이 익었다.

"컨디션은 어때?"

"아주 좋아. 그런데……."

"어, 우리 아카데미 학생이야. 오늘 지원 나온 거야."

"지원?"

미카엘은 혼자서 일을 처리했지 누구를 데리고 다니지 않았다. 왜냐하면 미카엘의 꼼꼼함을 다른 사람들이 따라가지 못했기 때문이었다. 그런 미카엘은 관심 있는 여자를 이런 자리에 데리고 올 사람이 아니었다. 처음 있는 상황이었다.

"무대 끝나고 보자."

"알았어."

여자는 여전히 묘한 눈빛으로 그를 보며 미카엘을 따라나섰다.

"이상하군."

오늘은 건이 없었다. 건은 광고 촬영 때문에 이번 패션쇼에는 참석하지 않았다. 어찌나 악바리처럼 일을 하는지 몰랐다. 필요한 돈은 얼마든지 그가 줄 수 있는데도 건은 그의 돈을 바라지 않았다.

"자존심은······."

그런 건이 마음에 들지 않았다. 조금은 편하게 일을 했으면 하는 바람이었다. 그건 미카엘의 바람이기도 했다. 루시퍼는 건의 연인이지만 동시에 보호자이기도 했다. 물론 양부는 미카엘이지만 말이다.

"리허설 준비요."

스텝이 소리를 질렀다. 오늘 또다시 흥분되는 무대가 시작되었다. 그는 시작 전의 이런 떨림이 좋았다. 그래서 오랜 시간 동안 모델 일을 한 건지도 몰랐다. 그의 숨 막히게 섹시한 무대가 끝이 나고 오늘도 루시퍼는 허무함을 느끼며 집으로 돌아갔다.

오늘은 건이도 없는데 아주 쓸쓸할 것 같았다. 건과의 관계가 깊어지기 전엔 집으로 들어가는 길이 이렇게 외롭고 쓸쓸하지는 않았었다. 건의 자리가 점점 커지고 있었다.

컴컴한 집은 오늘따라 횅해 보이기까지 했다.

"내일이나 돼야지 좀 좋아지겠군."

건이 내일 돌아오기 때문이었다. 샤워를 하고 잠이나 자야 되겠다는 생각에 그는 냉장고에서 맥주 하나를 꺼내 그 자리에서 원샷을 하고는 욕실로 들어갔다. 차가운 물로 샤워를 하고 나자 건에 대한 생각이 조금은 덜해진 것 같았다.

루시퍼는 침대에 들어가 양을 세며 잠을 청했다.

"한 마리, 두 마리, 세 마리……."

그가 생각해도 웃긴 상황이었다. 하지만 오늘 피곤했는지 그의
눈꺼풀이 무거워지고 있었다. 깜빡 잠이 든 그는 뭔가 침대 속으
로 들어오자 깜짝 놀라 잠에서 깼다.

"나 때문에 깼어요?"

건이었다.

"꿈이야?"

"아닐걸요?"

"내일 오는 거 아니었어?"

"음, 빨리 오고 싶어서……."

그녀가 그의 입술에 입술을 비비며 말했다. 여우도 이런 여우가
없었다.

"이건 아주 위험한 일이야."

"음, 뭐가요?"

여전히 그의 입술 위에 입술을 댄 채로 그녀가 말했다.

"아무리 피곤하다고 해도 내가 가만히 두지 않을 테니까."

"나도 하고 싶어요."

"미쳤군."

"빙고!"

아주 저돌적인 건이었다. 그가 건을 침대에 눕혔다. 그리고 그 위에 몸을 올렸다.

"보고 싶어 죽는 줄 알았어요."

예쁜 말만 하는 건이었다. 그는 건의 입술에 짙은 키스를 했다. 너무나 그리운 맛이었다. 어떻게 이렇게 여자에게 깊게 빠졌는지 모르겠지만 지금 그는 건이라는 늪에 완벽하게 빠져 있었다.

"으으음."

그녀의 모든 게 그를 사로잡았다. 신음마저도. 루시퍼가 건의 옷을 순식간에 벗겨 버렸다. 그리고 그녀의 유두를 찾아 빨기 시작했다. 혀로 유두를 치기도 하고 핥기도 했다. 모든 게 꿈같았다.

"미카엘은요?"

"오늘 안 와."

"다행이다."

"왜?"

"안 그러면 내 방으로 돌아가야 하니까 싫어서요."

솔직하게 말하는 건이 좋은 루시퍼였다.

"오늘 잠은 못 잘 거야."

"누가 잔다고 했어요?"

나른하게 기지개를 켜는 건을 루시퍼는 웃으며 바라보았다. 그리고 그녀의 가슴을 다시 탐하기 시작했다. 풍만한 가슴골에 얼굴을 묻은 그는 세상에서 가장 행복하다는 생각을 했다. 그의 손이 그녀의 배를 타고 내려가 벌써 젖어 있는 그녀의 여성을 어루만졌다.

"샤워하고 싶어요."

"괜찮아."

"그래도."

"난 건의 향이 좋아."

그렇게 말하며 그녀의 질 안으로 손가락을 밀어 넣었다. 건은 몸을 활처럼 휘었다. 그녀의 자극적인 몸이 그를 더없이 크게 자극했다.

"아 흐."

미카엘이 없기 때문에 그들은 마음 놓고 섹스를 할 수 있었다. 뉴욕에서는 조심스러웠다. 비벌리 힐스에서는 미카엘이 뉴욕의 에이전시 때문에 집에 오지 않았기 때문에 편하게 서로를 탐했지만 뉴욕에서는 아니었다.

"오늘은 진짜 운이 좋은 날인 것 같아."

"그래서 행복해요?"

"응."

누군가에게 이렇게 행복한 선물을 받아본 적이 없는 루시퍼였다.

"더 행복해도 될까?"

"물론이죠."

그가 그녀의 다리를 벌리고 그 안에 자리를 잡았다.

"녀석이 너무 오래 참았어."

"호호호, 진짜 그러네요."

건이 놀렸지만 그 놀림도 잠시였다.

"아아악."

처음엔 여전히 아파하는 건이었다. 하지만 그다음 그가 페니스
를 넣을 때면 쾌감에 사로잡힌 모습으로 금방 바뀌었다.

"조금만 참아."

그는 이렇게 말하며 어느 때보다도 강하게 허리를 움직이기 시
작했다. 오늘은 건을 배려할 수가 없었다. 너무 흥분했기 때문이
었다. 예상하지 못한 일이었기에 더 흥분한 것 같았다. 루시퍼는
요즘 건에 대해서 진지하게 생각하게 되었다.

한 번도 여자에 대해서 진지하게 생각한 적이 없는 그였다. 조
금 더 고민해야겠지만, 루시퍼는 건을 진심으로 좋아하게 된 것
같다는 생각이 들었다.

"아아아앙."

그녀의 신음에 루시퍼는 다시 섹스에 집중하기 시작했다. 아주

여우 같은 여자에게 홀린 기분이 들었다.

건은 모든 남자들의 로망 같은 여자였다. 아름다운 데다가 섹시하기까지 하고, 거기다가 섹스를 즐길 줄도 아는 여자였다. 루시퍼의 얼굴에 미소가 가득해지고 있었다.

5장

크리스마스는 매년 비벌리 힐스의 저택에서 보냈다. 하지만 이번 크리스마스는 조금 달랐다. 항상 루시퍼와 미카엘 그리고 그녀만이 쓸쓸하게 보냈는데 이번엔 아는 지인들을 초대해서 화려하게 보낼 거라고 미카엘이 선포를 했기 때문이었다.

루시퍼는 싫다고 말했으나 미카엘의 고집은 꺾을 수가 없었다. 아마 그녀와 단둘이 있는 시간을 빼앗긴다고 생각한 모양이었다. 그런 루시퍼를 설득하느라 건은 아주 힘이 들었다.

크리스마스트리를 장식하고 손님 맞을 준비가 한창인 저택은 아주 어수선했다. 손님들이 당장 내일이면 도착하는데 아직 정돈되지 않아서 걱정인 건이었다.

"이거 언제 다 해요."

필립에게 투덜거려 보지만 필립은 그저 웃을 뿐이었다.

"미카엘 님이 오셨나 봐요."

밖에서 차 소리가 들렸다.

"미카엘에게 이거 하라고 말해야겠어요."

건은 이렇게 말을 하며 자리에서 일어섰다.

"루시퍼! 미카엘 왔어요."

"알았어. 태어나서 오늘처럼 미카엘이 반가운 적은 없었어."

루시퍼는 지금 건의 부탁으로 생전 해보지도 않은 거실 장식을 하고 있었다. 힘들었던 모양이었다.

미카엘이 들어오고 그가 혼자가 아님을 알았다. 그리고 건은 단번에 미카엘의 뒤에 들어온 여자가 로라임을 알아봤다.

"로라 언니?"

어릴 때의 모습이 남아 있었다. 특히 카리스마 넘치고 강했던 모습이 그대로 있었다. 물론 더 예뻐지고 분위기도 여성스럽게 변했지만 말이다. 그런데 깜짝 놀란 그녀와는 다르게 로라는 아주 담담해 보였다.

"건아!"

차분하던 로라가 갑자기 달려와서 그녀를 안았다.

갑작스런 상황에 놀란 루시퍼는 거실 장식품 하나를 깨고 말았다.

"언니!"

"건아."

서로를 부르며 끌어안았다. 로라도 반가운지 건의 얼굴 이곳저곳을 살피며 눈물을 흘리고 있었다. 어린 시절의 로라 언니가 지금 그녀 앞에 있었다. 생각지도 못한 꿈같은 일이 벌어졌다. 세월이 흘러선지 로라 언니도 많은 것이 변해 있었다. 특히 굉장히 부드러워진 것 같았다. 그때는 어린 나이에도 카리스마가 있었는데 말이다.

"어떻게 된 거예요?"

건이 미카엘에게 물었다.

"건이 놀래주려고. 그동안 비밀로 했어."

"진짜 놀랐어요."

건은 로라를 안고는 놓지 않았다. 그녀가 입양되어 가장 의지하던 언니였다. 그리고 마음의 짐 같은 언니였다. 맛있는 거 먹을 때나 좋은 옷을 선물로 받을 때 건은 언제나 로라가 생각이 났다.

"얼마나 보고 싶었는지 알아."

건이 다시 로라를 안았다. 이젠 건은 로라에게 그동안 로라가 받지 못했던 것들을 자신의 능력이 되는 한 해주고 싶었다.

"밥은 먹었어? 우리 이거 다 끝나고 밥 먹기로 했는데 먼저 먹어야겠다."

건은 너무 들떠 있었다.

"난 괜찮아, 이거 같이하면 빨리 끝나겠다. 얼른 하고 밥 먹자."

로라가 적극적으로 말했다.

"아니, 언니는 안 해도 돼."

"그래, 로라는 짐이나 정리해."

미카엘의 말에 건은 좀 놀랐다. 이런 말을 할 사람이 아니었기 때문이었다.

"아니에요."

세월이 많이 흘러서 그런지 로라의 분위기가 많이 여성스러워져 있었다. 건은 어쨌든 진짜 가족을 만난 것처럼 좋았다.

그때 루시퍼가 그들에게 다가왔다.

"안녕하세요, 루시퍼입니다."

"아, 안녕하세요."

로라의 목소리가 건이 느낄 정도로 흔들리고 있었다. 하긴 누구든 루시퍼를 만나면 보이는 반응이었다.

"누군지 많이 궁금했어요. 지난번 패션쇼장에서도 봤죠?"

둘은 구면인 것 같았다. 루시퍼가 다른 사람에게 이렇게 친절한 적이 있었나 하는 생각이 들었다.

"기억해 주셔서 감사해요."

로라가 정말 많이 떨리는 모양이었다.

"뭘요, 이제 가족인데……."

그의 말에 미카엘이 놀란 반응을 보였다. 건은 자꾸만 주책없이 감정을 표현하는 루시퍼가 걱정되기 시작했다. 내일부터는 손님들이 오기 시작하는데 어쩌지 하는 생각이 들었다.

로라가 고집을 부려서 그 후로 크리스마스 장식을 다 같이 하게 되었다. 로라는 마치 인테리어 전문 업체의 사람처럼 아주 척척 잘했다.

로라는 뭐든 잘하는 것 같았다. 아는 것도 많았다. 루시퍼에 대한 건 거의 다 꿰고 있었다.

"그때 A브랜드에서의 오프닝 무대는 정말 놀라웠어요. 그 무대 때문에 게임 회사와 계약하셨죠?"

"네, 오래전 일인데 기억하시네요."

상대방의 말에 대꾸 안 하기로 유명한 루시퍼가 로라 언니에게 대답을 했다. 그것도 아주 친절하게 말이다.

"로라가 루시퍼 광팬이야."

미카엘까지 거들었다. 그사이 로라는 트리 밑에 놓을 선물들의 포장과 트리에 장식까지 다 달았다

"로라 덕분에 잘 끝낸 것 같아."

"진짜 언니가 이런 쪽을 이렇게 잘하는지 몰랐어."

"저도 놀랐습니다."

언니가 루시퍼를 보며 수줍게 웃었다. 루시퍼의 팬인 모양이었다. 건은 대수롭지 않게 생각했지만 자꾸 루시퍼에게 애정 공세를 보내는 언니에게 자신과 루시퍼가 사귄다고 말을 해야 할 것 같았다.

저녁 식사를 하는 내내 로라의 시선은 루시퍼에게 향해 있었고 미카엘의 시선은 로라에게 향해 있었다. 미카엘은 부담스러울 정도로 그녀를 보고 있었다. 아주 묘한 관계도였다. 아니, 그녀가 민감한 것일 수 있었다.

밥을 먹은 후에 그녀는 게스트룸으로 로라를 안내했다.

"언니 잘 지냈어?"

"응."

둘만 있자 언니의 대답은 아주 간결했다. 다시 카리스마 넘치는 로라 언니가 등장한 기분이었다.

"지금 어디 있어?"

"뉴욕."

짐을 풀면서 그녀는 아주 귀찮은 듯 말했다. 피곤했던 모양이었다.

"뉴욕에 있었으면 진작 연락하지 그랬어?"

"미안."

"그래도 이렇게 만나서 너무 좋다."

"나도."

"많이 피곤한 것 같은데 우리 얘기는 내일 할까?"

"응, 그런데 여기 루시퍼는 어디서 자?"

갑작스런 그녀의 질문에 건이 멍하게 로라를 바라보자 그동안은 무표정했던 로라의 얼굴에 웃음이 퍼졌다.

"미카엘 방으로 가려다가 잘못 갈까 봐."

아주 의미심장한 말이었다. 늦은 시간 로라가 미카엘의 방에 갈 이유는 하나였다. 둘은 연인인 것이었다.

"아, 그래? 이 옆에 옆방이야."

"땡큐."

역시 로라의 답은 짧았다.

"미카엘이랑 사귀는 중이야?"

"아니, 내가 왜?"

전혀 아니라는 말투였다.

"그런데 왜 미카엘의 방은 물었어?"

"아, 그거? 내가 미카엘에게 줄 게 있거든. 오해했구나?"

로라가 아무 일도 아니란 듯이 말하고 있었지만 기분이 이상했다. 뭔가 속고 있는 기분이 들었다.

"모델 하는 거야?"

"응, 아직은 피라미 단계야."

"내가 언니 도와줄게."

"네가 왜? 루시퍼가 있는데."

"어? 미카엘이 아니고?"

뜻밖의 말이었다.

"미카엘이랑 친한 거 아니었어?"

"아니, 난 루시퍼가 좋아서 온 거야. 그러니까 네가 도와줘."

갑작스러운 말에 건은 깜짝 놀라고 말았다. 어쩌면 저렇게 당당하게 말할 수 있는지는 몰랐지만 어릴 때부터 로라의 당찬 성격을 아는 건인지라 충분히 있을 수 있는 일이라고 생각했다. 바로잡으면 되는 것이었다.

"언니, 사실은……."

똑똑똑.

"네."

미카엘이었다. 그가 방문을 살짝 열고는 그녀와 로라를 바라보았다.

"얘기 많이 했어?"

"네, 건이가 이렇게 예쁘게 자란 건 다 미카엘 덕분이에요. 감사해요."

무뚝뚝하던 언니의 변화에 건은 깜짝 놀랐다. 오늘 여러모로 로라는 그녀를 놀라게 만들었다.

"들어와요."

"그럴까?"

"건이는 간다고 했어요."

로라의 말에 건은 쫓겨나듯이 그 방을 나왔다. 로라가 많이 이상하다는 생각이 들었다. 어릴 때 언니는 이렇지 않았는데 지금은 좀 달라 보였다.

자신의 방으로 돌아가는 길목에서 그녀는 루시퍼에게 잡혀 그의 방 안으로 끌려들어 갔다.

"누가 보면 어쩌려고 이래요?"

"스릴 있고 좋잖아."

"루시퍼……."

그녀의 다음 말은 그의 입속에서 사라졌다.

"으으음."

"이렇게 좋아하면서."

"잔말 말고 키스나 해요."

더욱 대담해진 건이었다. 건은 지금 키스를 하고 있었지만, 로라의 말이 귓가에 맴맴 돌고 있었다.

루시퍼와 만나면서 이렇게 불안한 적은 없었다. 그런데 오늘은 왠지 불안했다.

그래서 그의 키스에 더더욱 매달리게 되었다. 그가 멀어질까 봐 두려웠다. 그녀가 그의 목에 두른 팔에 힘을 주자 루시퍼는 더더욱 강하게 입술을 밀어붙였다.

"으으음, 건아."

그녀의 이름을 불러주는 그의 목소리가 너무나 좋았다. 키스가 깊어지자 흥분한 그가 그녀를 안아서 자신의 침대에 눕혔다. 집 안에 사람들이 많아서 안 되는 줄 알면서도 건은 지금 너무나 다급하게 루시퍼를 원했다.

그래서 그의 페니스를 손으로 잡은 건이었다. 평소의 그녀라면 상상을 할 수 없는 일이었지만 지금 그만큼 루시퍼를 원하고 있었다.

"넣어줘요."

"뭐?"

"빨리 들어와 줘요. 시간이 없어요."

그녀의 말에 루시퍼는 그녀의 트레이닝 바지를 찢듯이 벗겨 버렸다. 그리고는 자신도 바지만 내리고 그녀 안으로 단번에 들어왔다. 이런 식의 다급한 섹스는 처음이었다.

"좋아요."

그가 움직이기 시작하자 오늘따라 건은 미칠 것 같았다.

"헉헉, 오늘 이상해."

"흐읏."

방 안에 신음이 울려 퍼지기 시작하자 그가 급하게 자신의 입술로 그녀의 입을 막았다. 오늘은 특별히 조심해야 하는 날이었다. 사람들이 많이 있었기 때문이었다. 그도 들키기는 싫은 모양이었다.

그의 움직임은 점점 더 빨라지고 있었다. 그를 통해 건은 섹스의 맛을 알아버린 것 같았다. 그가 아니면 이런 행동은 상상할 수 없었다.

"으으읍."

또다시 그의 입안에 그녀의 신음 소리가 사라졌다. 그들의 다급한 섹스는 생각보다 빨리 끝이 났다. 아쉬움이 남았지만 건은 조용히 자신의 방으로 향했다. 그리고 터져 나오는 눈물을 참았다.

루시퍼에게 확신을 가질 수가 없었다. 그에겐 너무나 많은 여자들이 우글거렸다. 그런데 이렇게 로라의 고백을 듣고 상처를 받는다면 앞으로 많은 여자들을 감당할 자신이 없었다. 그리고 그의 마음이 변하지 않으리란 법이 없었다.

"어쩌면 좋지."

생각이 많아지는 밤이었다. 오늘 루시퍼도 그녀의 행동에 조금은 당황한 것 같았다. 그는 섹스를 하면서 당황한 표정을 숨기지 않았다.

"미치겠다."

건은 베개에 얼굴을 묻고는 그렇게 밤새워 펑펑 울었다.

로라는 이른 아침에 눈을 떴다. 아니, 잠을 거의 자지 않았다. 당장이라도 루시퍼의 방으로 들어가고 싶은 충동을 참아내느라 힘이 들었다. 제대로 알지도 못하는데 빠르게 접근하면 남자들이 싫어한다는 걸 로라는 알았지만 루시퍼는 상황이 조금 달랐다.

그는 여자들로 하여금 망설임 없이 저돌적이게 만드는 무언가가 있었다. 창밖을 보니 루시퍼가 아침 운동을 하고 있었다.

로라는 트레이닝복으로 갈아입고는 루시퍼가 있는 곳으로 향했다.

"안녕하세요?"

"네, 잘 잤어요?"

"네."

루시퍼의 다정한 인사에 로라는 미칠 것만 같았다. 그가 그녀를 향해 웃어주었다.

"건이 아주 기뻐하더라고요."

"네, 저도 건을 봐서 좋았어요."

건은 그녀 때문에 인생이 바뀐 것이었다. 그녀가 만약 루시퍼 대신에 미카엘의 지갑을 소매치기했다면 어땠을까?

그랬다면 그녀는 루시퍼와의 운명적인 만남을 가지지 못했을 것이다.

"왜 그때 지갑을 훔쳐간 저를 가만히 두셨어요?"

지금까지 살아오면서 가장 궁금한 일이었다.

"아, 왜 낯이 익은지 이제야 알겠군요."

루시퍼는 그날 지갑을 뻔히 그녀가 훔쳤다는 걸 알면서도 아무런 말을 하지 않았다. 오히려 그녀에게 지갑을 준 것 같은 느낌이 들 정도였었다.

"그냥 한 번만 눈감아주면 다시는 안 그럴 것 같다는 생각이 들었어요."

"왜요?"

"그 파란 눈에 뭔가 힘이 있었거든요. 그래서 그때 손을 털었나요?"

"네."

"다행이군요."

그녀는 그 당시엔 손을 털진 못했다. 먹고살아야 하니까 말이다. 하지만 결과적으론 그 때문에 손을 턴 건 맞았다. 왜냐면 그의 여자가 되려면 그런 짓은 하지 않아야 된다는 생각이 들었기 때문이었다.

"운동 좋아하시나 봐요?"

"모델들의 숙명이죠."

"전 운동을 안 해도 이렇게 타고나신 줄 알았죠."

"하하하, 부모님 덕분에 어느 정도는 그렇다고 볼 수 있죠."

"전 러시아 사람이에요. 미카엘이 아버님이 러시아분이시라고 하더라고요."

로라는 계속해서 그에게 말을 걸었고 그는 잘 답해주었다. 꿈같은 시간이었다. 하지만 미카엘이 어느 순간 눈치 없이 튀어나와 그들을 방해했다.

"루시퍼, 로라 커피 마셔."

죽여 버리고 싶을 만큼 미카엘이 싫었다.

"커피 마시러 가죠."

"네."

하지만 루시퍼가 말을 걸어줘서 기분이 금방 풀렸다.

"건아, 앉아."

건이 얼굴이 퉁퉁 부은 채로 내려왔다.

"잘 잤어?"

"어, 언니도 잘 잤어?"

"아주 잘 잤어. 너 울었니?"

"아니."

로라는 건이 무슨 이유 때문인지는 몰라도 울었다고 확신했다.

"내가 온 게 그렇게 감격스러웠어?"

"으, 응."

"처음엔 미카엘에게 비밀로 해달라고 했어. 너처럼 당당한 모델이 된 다음에 네 앞에 나타나고 싶었거든. 그런데 내가 널 보고 싶어서 참을 수가 있어야지. 그런데 나 내년부턴 너처럼은 아니어도 무대에 설 것 같아."

"잘됐다."

로라는 건이 지금 말하는 게 진심이 아니라는 생각이 들었다.

"어디 안 좋아?"

"감기 기운이 있어서……."

"병원 가봐. 내일부터는 쉴 텐데……."

로라는 걱정하는 척 말했다.

"고마워. 알아서 할게."

커피 타임이 끝이 나고 그들은 아침 식사를 했다. 식사를 하는 내내 건은 말이 없었다. 하지만 말이 없건 말건 로라는 상관이 없었다. 그와 루시퍼가 쉴 새 없이 대화를 나누었기 때문이었다. 꿈 같은 일이었다.

건의 시선은 지금 거실에 앉아 있는 사람들이 아닌 창밖을 향하고 있었다. 이야기를 끌고 가고 있는 건 로라였다. 거기에 미카엘과 루시퍼가 장단을 잘 맞춰주고 있었다. 건은 자신만을 위해주던 사람들이 이렇게 다른 사람의 말에 장단을 맞추는 게 어색하게 생각이 되었다.

"건은 아프니까 먼저 올라가서 쉬는 게 낫지 않아?"

역시 그녀를 쫓아버리고 싶은 마음이 강한 로라였다.

"먼저 올라갈게요."

싫은 장면을 보느니 가는 게 더 나을 것 같았다. 건이 일어서자 루시퍼가 반사적으로 일어날 거라 생각했는데 루시퍼는 대화가 즐거운지 자리를 지키고 있었다. 방으로 들어간 건은 그대로 잠이 들어버렸다.

그녀가 깨어났을 땐 미카엘의 지인들이 집을 점령한 상황이었다.

내일이 크리스마스이브라서 뉴욕에서 온 친구들이었다.

다들 패션 관계자로 로라에게 많은 관심을 가졌다. 어차피 건이야 이제 얼굴을 다 알렸으니 미카엘은 로라를 소개시키느라 바빴다.

이런 자리를 마련하고자 미카엘이 크리스마스에 친구들을 초대한 모양이었다. 모두들 집의 규모에 놀란 눈치들이었다. 말로만 들었지 이렇게 궁정 같은 곳에서 살 줄 몰랐던 것이다. 미카엘은 로라에게 모델로서뿐만 아니라 개인적으로 좋은 감정을 가지고 있는 것 같았다.

"건아."

사람들과 인사를 나누던 로라가 건을 불렀다.

"내가 부탁할게 있어서 말이야."

"뭔데요?"

건이 억지로 그녀의 곁으로 가자 단번에 로라는 그녀를 붙들고 부탁을 했다.

"네가 미카엘을 맡아줘. 난 루시퍼에게 할 얘기가 있거든.

"그건 좀⋯⋯."

"왜?"

로라의 표정이 눈에 띄게 달라졌다.

"건아 너 그거 알아? 내가 널 그 야만적인 집구석에서 데리고 나온 걸. 그리고 열 살밖에 안 된 내가 아홉 살인 널 지키기 위해 얼마나 애썼는지 다 잊었어? 이 정도의 일도 못해주는 거야?"

"언니 그게 아니라……."

"아니긴 뭐가 아니야? 해도 해도 너무한다. 진짜 양심도 없어."

로라의 말은 사실이었고 그녀는 반박할 수가 없었다.

"그날 내가 널 데리고 나오지 않았다면 넌 미카엘을 만날 수 없었고 이렇게 호의호식하며 살 수 없었을 거라고."

"알아."

"그러면 해. 뭐가 그렇게 말이 많니? 혹시 내가 너보다 못 산다고 무시하는 거야?"

"언니!"

"난 목숨 걸고 널 데리고 나온 거야. 내가 다른 아이들을 데리고 나왔다면 그 아이들 중에 하나가 네 자리를 대신했겠지."

머리가 아팠다.

"내가 루시퍼랑 잘되면 너도 밀어줄게."

로라의 말에 기가 막혔다. 이 기막힌 상황을 어떻게 모면해야 할지 걱정이 되었다.

"빨리."

로라가 그녀의 등을 살짝 밀었다. 빨리 가라는 표시를 노골적으로 하고 있었다.

"미카엘."

그녀는 할 수 없이 미카엘에게 향했다. 그리고 미카엘을 사람들로부터 조금 떨어진 곳으로 데리고 갔다.

"왜?"

"한 가지 묻고 싶은 게 있어요."

"뭔데?"

"혹시 로라 언니에게 마음 있어요?"

"로라가 물어보라고 그래?"

미카엘의 눈이 반짝이고 있었다. 안 물어봐도 답은 정해진 듯했다.

"좋은 사람이라고 생각해. 건은 어때?"

"저도 그렇게 생각해요."

"제 말은 여자로서 어떻게 생각하는지 묻는 거예요."

"알아, 아직은 생각 중이야. 그런데 깊은 마음이 있는 건 아니니 걱정 마."

"알겠어요."

"그런데 왜 기운이 없어?"

"몸살 기운이 아직 남아 있어요."

"약은 먹었지?"

"네."

건은 눈을 살짝 들어 루시퍼를 보았다. 저녁을 먹은 후에 티타

임이었는데 로라는 루시퍼의 옆에 거머리처럼 붙어 있었고 루시
퍼도 싫은 내색은 아니었다. 아니, 좋아 죽었다. 그는 이제 서서히
건이 질리는 모양이었다. 그렇지 않고서는 저렇게 즐거울 순 없었
다.

진지하게 만나자면서도 본인은 진지한 구석이 없어 보였다.

"질린 건가?"

마음 한쪽에 싸한 기운이 불었다.

"건, 오랜만이야."

유명 사진작가이자 미카엘의 친구인 숀이 그녀에게 다가왔
다.

"잘 지내셨죠?"

"응, 우리 건은 더 예뻐진 것 같아."

숀은 흑인 혼혈이었지만 상당히 세련되고 멋진 사람이었다. 사
진작가를 하기 전에 루시퍼보단 못했지만 아주 유명한 모델이었
다.

그는 루시퍼와 가까이 지내는 몇 안 되는 사람이라서 건도 그를
잘 알았다.

"식사는 잘 하셨어요?"

"그럼, 너무 그렇게 존대하지 마. 서운하니까. 그냥 숀이라고
하고 편하게 말해."

"알았어요. 숀."

그가 못 말린다는 듯이 고개를 가로저었다.

"저기 저 못되게 생겼지만 예쁜 여자는 누구야?"

숀의 눈에도 로라가 예쁘게 보이는 것 같았다.

"언니요."

"언니?"

"같은 가정에 입양이 된 사이예요. 하지만 13년 만에 만나서 아직은 얼떨떨해요."

솔직한 건의 심정이었다. 그리고 아주 부담스러운 느낌이었다. 그리고 루시퍼에 대한 로라의 감정도 신경이 쓰였다. 로라가 루시퍼의 팔에 팔짱을 끼었다. 이건 거의 있을 수 없는 일이었다. 우려가 현실이 되어버렸다.

"오호, 언니라는 사람 보통은 아닌데 루시퍼의 팔에 팔짱을 다 끼고 말이야. 루시퍼는 마음에 드는 모양이지? 가만히 있게."

숀의 말이 귀에 거슬렸다. 건의 표정은 점점 굳어졌고 나쁜 기분을 감출 수가 없었다.

"건은 루시퍼 좋아해?"

머리가 복잡한데 뜬금없는 질문을 하는 숀이 얄미웠다.

"제가요? 아뇨."

"다행이다."

"네?"

"내가 건과 좀 잘해보려고."

이건 또 무슨 말인지 하여튼 지금은 건도 뚜껑이 열린 상황이었다.

"숀, 미안한데 난 아직 사람을 만날 때는 아니에요. 일도 해야하고요."

"로라를 봐. 일도 사랑도 다 잡고 있는 것 같은데?"

숀이 또 한 번 천불이 나는 소리를 하고 있었다.

"너무 그렇게 화내지 말고 생각해 봐. 나도 쉽게 꺼낸 말은 아니니까."

그 후로 숀은 건의 옆에서 떠날 줄을 몰랐다. 때론 은근슬쩍 스킨십을 하기도 했다. 하지만 그런 숀의 행동을 루시퍼는 가만히 보고만 있었다. 기분이 아주 나빠진 건이었다.

"뭐지?"

그는 왜 저렇게 하루 사이에 달라진 걸까? 새로운 섹스 파트너를 만나서 이제 그녀에겐 흥미를 잃은 걸까? 자꾸만 비관적인 생각이 드는 건이었다. 이렇게 힘든 크리스마스 연휴는 처음인 것 같았다.

몸도 마음도 점점 지쳐 가고 있었다. 순간순간이 피를 말리는 고문과도 같은 시간이었다.

연휴 내내 사람들이 집에 북적이는 관계로 루시퍼와 그녀는 제대로 말 한마디조차 나누기가 힘이 들었다. 아니, 그녀가 루시퍼를 피해 일부러 사람들이 있는 곳에 있었다. 로라가 그녀에게 눈치를 주었기 때문이었다.

"불편해."

빨리 연휴가 가고 첫 일정이 시작되었으면 좋겠다는 생각이 든 건이었다. 그래서 될 수 있으면 사람들에게서 멀리 떨어진 곳에 있는 건이었다.

"공주님, 왜 이렇게 힘이 없어요?"

필립이 주방을 찾은 그녀에게 다가와 물었다.

"손님이 많아서 힘드시죠?"

"전 괜찮습니다만, 건이 힘들어 보이는군요."

"……."

건은 한숨만 쉴 뿐 답은 하지 않았다.

"로라라는 사람은 어떤가요?"

"언니요?"

필립이 다른 사람에 대해 물은 건 처음이었다.

그는 집안 식구들을 잘 보살피는 것 이외에는 아무런 관심이 없는 사람이었다. 설사 관심이 있더라도 입 밖으로 내는 사람이 아니었다.

"왜요?"

"방금 전에 갑자기 저를 찾으시더니 음식이 너무 부족하다고 말씀하셔서 좀 당황했습니다. 때가 되면 저희가 다시 세팅하는데 이상한 기분이었습니다."

"무슨……."

"마치 이 집의 안주인이라도 되는 듯 행동하셔서 말입니다."

"언니가 조금 과했네요. 대신 사과할게요."

"그렇게 약하게 구시면 사랑을 쟁취하기 쉽지 않아요. 우리 공주님은 그게 문젭니다."

필립의 말이 사실이었기 때문에 그녀는 아무런 대꾸도 하지 못했다.

주방을 나와서 답답한 마음에 정원을 홀로 거닐던 그녀는 보지 말아야 할 것을 보고 말았다. 루시퍼와 로라가 조명이 들지 않은 어두운 곳에서 키스를 하고 있었다.

너무 놀라 그대로 얼어붙어 있는 그녀와 로라의 눈이 마주쳤다. 로라는 그녀를 의식하지도 않고 그냥 루시퍼와 키스를 하고 있었다. 건은 더 이상 참을 수가 없었다. 그래서 눈물을 삼키며 자신의 방으로 향했다. 로라는 그녀를 보았고 루시퍼는 등을 돌리고 있었기 때문에 그녀를 보지 못했다. 하지만 그게 문제가 아니었다.

그녀의 체온이 그의 침대에서 식기도 전에 그는 바람을 피우고 있었다. 이젠 정말 끝이었다. 건은 새벽에 아무도 모르게 집을 빠져나왔다. 당장 필요한 것들만 챙겨서 나왔다. 다행히 화이트 크리스마스가 아니라서 그녀는 차를 몰고 무작정 달리기 시작했다. 가다 보면 어딘가가 나오겠지 라는 생각이 들었다.

끝없이 차를 몰고 가다가 보니 결국 그녀가 도착한 곳은 뉴욕이었다. 서부에서 동부로 차를 몰고 몇 날 며칠에 걸쳐서 천천히 이동했다. 필립에게만 걱정하지 말라고 문자를 보내놓았다. 필립이 보면 다른 사람도 다 알게 되기 때문이었다.

머리를 식히러 나온다고 미안하다고 보냈다. 모든 게 지금 너무 복잡하게 돌아가고 있었다. 그녀 평생에 처음 한 사랑이 이렇게 허망하게 끝이 날 줄은 몰랐었다. 뉴욕에 도착한 건은 호텔에서 당분간 묵기로 했다. 어차피 그녀는 해외로 돌아다니는 날이 많기 때문에 급하게 집을 구할 필요는 없었다.

새해를 혼자서 맞아보기는 처음이었다. 첫 일정은 1월 4일이라서 아직 시간적인 여유가 있었다. 내일 아침에 미카엘과 통화를 하면 될 것 같았다. 침대에 붙어 있은 지 이틀째였다. 아무것도 안 하고 누워만 있으니 허리가 아파왔다.

하지만 지금 제일 아픈 건 그녀의 마음이었다.

똑똑똑!

누가 노크를 했지만 건은 아무것도 시킨 게 없었기 때문에 노크 소리를 무시했다.

쾅! 쾅! 쾅!

문을 부술 듯이 소리에 건은 무거운 몸을 일으켜 방문을 조금 열었다.

"룸서비스 안 시켰……."

밖에 서 있는 사람을 확인하고 나서 건은 입을 다물어 버렸다.

"루시퍼……."

그가 그녀의 앞에 화가 난 표정으로 서 있었다. 아무리 집을 나왔다고 해도 이런 표정으로 서 있을 이유는 없었다. 정신을 차린 건은 차가운 표정으로 그를 보았다.

"무슨 일이죠?"

"무슨 일?"

"네."

예전처럼 그에 대한 감정을 철저히 뒤로하고 건은 차갑게 말했다.

"집을 왜 나갔지?"

"몰라서 묻는 건가요?"

"그래."

그의 목소리는 차분했다. 그가 정말 화가 나면 그는 이렇게 차분하게 말을 한다는 걸 알고 있었다.

"난 당신이 로라 언니 곁에 있다고 생각했어요."

"내가 왜?"

그가 도리어 화를 내고 있었다.

"둘이 같이 있었잖아요?"

건이 소리쳤다.

"누가 들으면 내가 다른 여자의 침대에 있다가 들키기라도 한 줄 알겠어."

"아니에요?"

"밖에서 대답을 듣고 싶어?"

"네, 안으로 들어올 이유는 없을 것 같아요."

"좋아, 난 로라와 아무런 상관이 없어. 건을 구해준 사람이니까 고마움을 표시한 것뿐이야. 내가 다른 사람들에게 하는 것처럼 무례하게 굴었어야 했어?"

그의 말에 반박을 할 수가 없었지만 그래도 싫었다.

"그래서 키스를 한 건가요? 고마움에?"

"그거였군. 한마디도 묻지 않고 사라진 이유가 말이야."

"내가 물었어야 하나요? 키스를 하느라 정신이 없는 사람들한테?"

너무나 화가 났다. 어떻게 그녀에게 묻지 않았냐는 말을 할 수가 있다는 말인가?

"좀 더 지켜봤어야 했어. 내가 어떻게 했는지 말이야."

그가 그녀의 룸 안으로 밀고 들어왔다.

"뭐, 뭐 하는 거예요?"

"질투에 눈이 멀어 떠난 연인에게 벌을 주려고."

그가 연인이란 말을 하자 주책없이 심장이 빠르게 뛰었다.

"연인이 무슨 뜻인 줄이나 알고 그렇게 말하는 거예요?"

"지금 내 앞에서 정신없이 말하는 여자보다는 정확하게 알고
있지."

"뭐라고요?"

그가 문을 닫고는 그녀를 안아 들었다.

"이봐요?"

"참을 만큼 참았어."

그가 향한 곳은 그녀가 며칠 동안 누워 있던 침대였다.

"아주 폐인이 다 됐어."

"애인이 바람이 났으니까요."

건도 한껏 빈정거렸다. 루시퍼의 말을 믿을 수가 없었다.

"소설가가 되지 그랬어? 아주 상상력이 뛰어나."

그가 말을 하며 자신의 옷을 거침없이 벗었다. 눈에는 노기가
어려 있었다.

"뭐, 뭐 하는 거예요? 왜 옷을 벗고 그래요?"

말은 이렇게 하면서도 건은 마른침을 삼켰다.

"내가 뭘 할 것 같아?"

"소리칠 거예요."

"마음대로."

옷을 다 벗은 그가 그녀가 누워 있는 침대 위로 그대로 돌진했
다. 건은 반사적으로 침대 헤드 쪽으로 몸을 피했지만 그가 건의
다리를 잡아 끌어 내렸다.

"루시퍼."

"내가 어떻게 벌하는지 눈으로 보고 온몸으로 느껴봐."

루시퍼가 단숨에 건의 옷을 찢어버렸다.

쫘악!

옷 찢어지는 소리가 요란하게 룸을 울렸다.

"아악! 뭐 하는 거예요?"

"벌이라고 했어."

"루시퍼."

그는 순식간에 그녀의 옷을 다 찢어버렸다.

"로라에게 말했어. 난 건과 만나고 있다고 말이야. 그랬더니 갑
자기 나의 입술에 입을 맞추더군. 그리고는 아주 쿨하게 알았다고
했어."

로라는 분명히 그녀를 보았었다.

"언니와 눈이 마주쳤어요."

"그건 로라의 마지막 자존심 같은 거야."

"내가 오해할 상황이 아닌가요?"

"오해는 할 수 있지만 내게 물어보고 결정했어야 했어."

"다 내 잘못이군요."

"이번 일은 그래."

그는 화를 내지 않기 위해 참고 있는 것 같았다. 열기 가득한 그의 입술이 그녀의 입술 바로 위에 있었다.

"내가 충분히 오해할 수 있는……."

그의 입술이 거칠게 그녀의 입술을 삼켜 버렸다. 그의 미친 듯한 키스에 건은 침대 속으로 파고들어 가는 느낌이었다.

"으으읍."

"내가 며칠 동안이나 잠을 못 자고 찾아다닌 줄 알아?"

그가 그녀를 애타게 찾아다녔다고 말하고 있었다.

"난 며칠 동안 죽고 싶었다고요. 알아요?"

화가 나서 울음이 터지고 말았다. 그녀는 세상을 다 잃은 기분이었다. 죽고 싶은 마음뿐이었다.

"건!"

그가 그녀의 이름을 부르자 건은 꿈이 아니라 현실이길 바라며 그의 목에 강하게 매달렸다.

"루시퍼가 날 버린 줄 알고 무서웠단 말이에요."

"버리긴 내가 왜 버려?"

"항상 많은 여자들이 쫓아다니니까……."

"건도 수많은 남자들의 대시를 받잖아? 숀 녀석과는 두 번 다시 작업 안 해!"

루시퍼가 불같이 화를 내고 있었다. 마치 질투를 하는 것 같았다.

"봤어요?"

"그래."

그가 못 본 줄 알았는데 그는 그녀의 모든 걸 다 알고 있었다. 건이 그의 목에 팔을 감아 키스했다. 너무나 기분이 좋았다. 그리고 오랜만에 그와 이렇게 침대에 누워 있으니 흥분이 돼서 미칠 것 같았다.

"루시퍼, 미안해요."

건은 자신이 잘못했음을 인정했다.

"아니, 나도 오해할 행동을 했어. 그리고 우리 둘이 만나는 거 미카엘도 알아."

"뭐래요?"

"뭐라고 하겠어? 건이 상처 주지 말라는 말과 함께 아직은 밖으로 새나가지 않게 조심하라고 하지."

"미카엘다운 말이네요."

"에이전시 사장이잖아. 이제 그만 말하자."

그녀가 고개를 끄덕이자 그가 그녀의 입술에 깊은 키스를 했다. 그의 혀가 그녀의 입안을 또다시 휘저었고 건은 정신을 차릴 수가 없었다.

"그동안 날 버려둔 벌이야."

그는 거친 숨을 몰아쉬었다. 그의 모든 게 그리웠던 건은 루시퍼에게 매달리기 시작했다. 그의 입술은 점점 더 아래로 내려오며 그녀의 풍만한 가슴에 키스마크를 찍어대기 시작했다.

"아아아하."

입에서는 계속해서 신음이 터져 나왔다. 건은 유두가 찌릿해짐을 느끼고 있었다. 그가 좀 더 강하게 빨아주기를 바랐다. 그녀의 마음을 읽기라도 한 듯 그가 유두를 강하게 빨기 시작했다.

"아앙~"

욕망에 몸이 절로 비틀어졌다. 그의 손이 그녀의 온몸을 거침없이 만지고 있었다. 그녀가 그를 그리워한 만큼 그도 그녀가 그리웠던 모양이었다. 그녀의 움직임 하나도 놓치지 않는 그였다.

그의 손이 여성을 감싸더니 다급하게 질 안으로 들어와 그녀를 자극하고 있었다. 지금 루시퍼의 마음은 그녀의 마음만큼이나 급한 것 같았다.

"빨리 넣어줘요."

그녀의 말에 그는 기다렸다는 듯이 페니스를 그녀의 여성에 문지르기 시작했다. 페니스가 움직일 때마다 질척거리는 소리가 났다. 그가 삽입하기 전에 매번 하는 행동인데도 오늘따라 굉장히 자극적으로 느껴진 건이었다.

마음이 급해진 건이 그의 페니스를 손으로 잡아 질의 입구에 가져다 댔다. 그러자 그가 더 이상은 참을 수 없었는지 거친 호흡과 함께 페니스를 강하게 안으로 밀어 넣었다.

"아아아아."

"으윽."

그들의 신음이 동시에 터졌다. 그의 가슴이 눈에 띄게 들썩이고 있었다. 그의 호흡도 오늘은 그 어떤 때보다 거칠었다. 마치 숨이 넘어가는 듯했다. 루시퍼의 초록색 눈동자가 거의 검은색으로 보일 정도로 짙어졌다.

"아 흐, 루시퍼."

"으읏— 헉헉헉……!"

그가 갑자기 빠르게 움직이기 시작했다. 건의 몸이 아래위로 빠르게 움직이고 있었다. 침대가 들썩일 정도로 그의 몸짓은 거칠고 빨랐다.

"아아아앙, 루시퍼!"

뿌리 아래부터 느껴지는 거친 쾌감이 그녀를 전율하게 만들었다. 그와 수없이 많은 관계를 가졌지만 오늘이 단연 최고였다.

"좋아해요. 루시퍼."

"나도."

그는 짧게 자신의 감정이 그녀와 같다고 말했다. 하지만 건은 알았다. 자신의 감정은 좋아하는 정도가 아니라 사랑이란 걸 말이다. 그의 속도가 더 빨라지자 극도의 쾌감이 몰려와 그녀를 짜릿하게 만들었다.

"아웃, 루시퍼."

그의 몸에서 뜨거운 것이 왈칵 쏟아져 들어왔다. 한 번도 몸 안에 사정한 적이 없는 그인데 오늘은 그녀의 아주 깊은 곳에 그의 것을 모두 쏟아내고 있었다. 그리고 모든 게 끝이 나자 건을 꼭 끌어안아 주었다.

그의 페니스는 아직 그녀의 안에 자리 잡고 있었다. 그의 모든 걸 놓치기 싫었다. 그는 건의 남자였다.

그의 손이 그녀의 머리를 쓰다듬고 있었다.

"몇 시간 전만 해도 죽을 것 같았는데, 지금은 이렇게 행복해요."

"행복해?"

"네, 너무 행복해요."

건이 그의 가슴에 얼굴을 묻었다.

"다신 그러지 마."

"알았어요."

그가 건의 정수리에 입을 맞추었다.

"건이 없는 동안 나도 불안했어. 다시는 못 보면 어쩌나 하고 말이야."

"그런 일은 이제 없어요."

그는 자잘한 입맞춤을 계속해서 그녀의 정수리에 하고 있었다. 건도 그의 팔에 입술을 가져다 댔다.

"두려워요."

"뭐가?"

"이 행복이 사라질까 봐서요. 나와 행복은 좀 거리가 멀거든요."

"그런 말 하는 거 아냐. 앞으로는 진짜 행복한 일만 있을 거니까."

하지만 건은 믿지 않았다. 태어나면서부터 불행은 다 그녀의 몫이었고 행복은 다른 사람이 몫이었다.

　오늘 그녀가 행복한 건 루시퍼의 행복을 잠시 같이 즐겼을 뿐, 그녀의 것이 아니었다. 건은 루시퍼의 팔에 입을 맞추고는 그대로 잠이 들었다. 모처럼 편안한 잠을 이룰 수 있었다.

6장

사진작가의 암실을 연상시키는 작은 방 안에는 수천 장의 사진들이 있었다. 모두가 최고의 모델인 루시퍼의 모습이었다. 줄마다 인화된 사진이 빨래처럼 걸려 있었다. 그리고 그 한가운데 넋을 잃고 앉아 있는 로라가 보였다.

"건이었어?"

그녀는 표정 없이 호텔에서 다정하게 나오는 루시퍼와 건의 모습이 찍힌 사진을 보고 있었다.

"왜?"

로라가 운동선수들이 몸을 풀 때처럼 목을 좌우로 움직였다.

우두둑. 우두둑.

여자의 몸에서 나는 소리라고는 보기 어려운 소리가 났다.

건이 루시퍼와 사귄다는 사실은 도저히 용서할 수 없는 일이었다. 그간 스캔들을 일으켰던 여자들과는 차원이 다른 배신감이었다.

"동생이 내 남자와?"

기가 막힐 노릇이었다. 이번은 지난번과는 차원이 다를 것이다. 로라는 루시퍼와 스캔들이 난 여인들에게 각기 다른 방법으로 응징을 가했다.

루시퍼와 처음으로 스캔들이 났던 모델은 다음날 로라가 계단에서 밀어 그 자리에서 굴러 두 달간 병원 신세를 져야 했다. 고양이를 너무 사랑하는 앵커에게는 고양이 시신을 거의 한 달간 매일 보냈었고, 수없이 많았던 그의 여자들에게 갖은 방법으로 응징을 했다.

불도 지르고 아끼는 물건을 망가트리기도 했다. 물론 그녀의 귀신같은 솜씨에 누군지 아직까지 밝혀지기 않았다.

그녀가 봤을 때 건을 달래기 위해 뉴욕까지 올 정도면 루시퍼도 건을 많이 좋아하고 있다는 뜻이었다. 하지만 로라는 인정하지 않았다.

"아니, 루시퍼는 나만 좋아해. 이번에도 느꼈잖아. 그는 나만 봤어."

루시퍼의 팬들의 모임 중에는 아주 극단적인 성향의 팬들이 있었고 로라는 그들과 일대일 접촉을 하면서 복수를 하는 데 이용했다.

물론 루시퍼의 팬들은 그녀처럼 직접적인 응징보다는 루시퍼와 스캔들이 난 여자들이 일을 못하도록 매일 시위를 하기도 하고 공연이 있으면 그 앞에서 소리를 지르거나 달걀을 던지는 정도였다. 그래도 당하는 사람은 충격이 커 보였다.

이번에도 그들을 이용할 것이다. 그리고 이번에 가장 잔인한 방법으로 건을 루시퍼의 근처에도 못 오게 만들 것이다.

로라의 얼굴에 미소가 떠올랐다.

"미카엘 저예요. 뭐 하고 있어요? 나랑 같이 술이나 할래요?"

미카엘이 정중하게 거절했다. 루시퍼가 뭐라고 한 모양이었다. 그래도 상관없었다. 어차피 미카엘의 도움은 루시퍼의 집에 가는 걸로 끝이 났으니까 말이다.

그녀는 다시 전화를 걸었다. 이번에는 실질적으로 그녀를 도울 사람이었다. 사제폭탄을 제조하는데 굉장한 능력을 가진 인물이었다. 그리고 그의 전남편의 심복이기도 한 남자였다.

로라와 친해진 건 전남편이 그에게 그녀의 감시를 맡기면서였다. 로라는 특유의 남자 홀리는 기술로 칼도 그녀의 편으로 만들어 버렸다. 칼은 손재주도 좋았고 모든 무기를 잘 다루기도

했다

"칼, 드디어 대어를 잡을 기회를 잡았어. 도와줄 거지? 고마워."

핸드폰을 손에 쥔 채 그녀는 심호흡을 한번 했다. 다음에 전화를 걸 상대는 그녀조차도 상대하고 싶지 않은 인간이었기 때문이었다.

"애덤."

[오호, 이게 누구야? 어디 처박혀 있다가 전화야?]

"나 좀 도와줘."

[안 돼!]

"10만 달러 줄게. 내가 가진 전 재산이야."

[넌 전 재산일지 몰라도 난 코 풀 휴지값도 안 돼.]

애덤은 그녀의 전남편이었다. 약을 팔기도 하고 청부 살인도 하는 조직의 두목이었다.

[또 루시퍼지? 그 자식한테 여자라도 생긴 거야?]

"……"

[정신 차려!]

애덤은 그녀를 사랑했다. 10살이 많아서인지 때로는 아빠처럼 굴기도 했었다. 나쁜 남자였지만 그녀에게만은 달랐다. 하지만 그도 고개를 흔들었던 건 루시퍼에 대한 그녀의 마음이었다.

"애덤, 한 번만 내 말……."

전화가 일방적으로 끊어졌다. 성질이 대단한 남자였다. 그녀의 말을 이 정도 들어준 것도 많이 들어준 것이었다. 예전에 같았으면 그는 루시퍼란 걸 알자마자 불같이 화를 내고 끊었을 것이다. 하지만 이제 둘은 남이었다.

애덤의 도움을 받을 수 없으니 건을 죽여 버릴 수는 없었지만 아주 집요하게 괴롭힐 방법은 얼마든지 있었다.

"건, 기다려. 내가 어떻게 널 벌하는지 말이야."

그녀는 사진 하나를 집어서 라이터 불을 붙였다. 불붙은 건의 사진을 말없이 바라보는 로라는 갑자기 자리에서 일어나 무언가를 적기 시작했다. 앞으로 어떻게 건을 괴롭힐지에 대한 계획이었다.

365일이 다 패션쇼가 있는 것처럼 느껴졌다. 루시퍼는 너무나 바쁜 하루하루를 보내고 있었다. 하지만 그렇게 바빠도 그는 하나도 피곤하지 않았다. 그리고 그의 얼굴엔 미소가 떠나지 않았다. 이게 다 건이 때문이었다.

"무슨 좋은 일 있으세요?"

그의 얼굴에 메이크업을 해주는 스텝이 물었다.

"아니, 왜?"

"기분이 좋아 보이셔서……."

그가 어려운지 말끝을 흐렸다.

"남자 친구 있나?"

"네? 네."

"데이트할 땐 주로 뭘 하지?"

"그냥 남자 친구집이나 제 집에서 밥 먹고 영화 보고 뭐 특별한 건 없어요."

"그래?"

스텝은 그의 질문에 의아한 표정을 지었다.

"루시퍼 씨는 연애하실 때 뭘 하십니까?"

"그러고 보니 나도 별것 없어."

때마침 리허설을 시작한다는 무대 스텝의 고함 소리가 들렸다.

"저 친구는 가수를 해야 했어."

그의 말에 스텝이 웃었다. 모처럼 부드러운 분위기에서 무대를 준비하고 있는 루시퍼였다. 오늘 일이 끝이 나면 바로 건과 함께할 생각이었다. 그의 입가에 다시 미소가 걸렸다. 그때였다.

콰광!

갑작스러운 폭발 소리에 쇼장이 아수라장이 되었다. 테러가 일어난 줄 알고 리허설을 준비하던 모델들과 스텝들은 자리에 바짝 엎드렸다. 순식간에 시간이 멈춘 듯이 모두가 그대로 얼어붙어 버렸다.

"폭탄이다!"

누군가 소리를 지르자 사람들이 한꺼번에 비상구 쪽으로 몰리기 시작했다. 이 와중에 부상자들이 속출하고 있었다.

"건!"

루시퍼는 건을 부르며 찾고 있었다. 폭탄이 터진 곳이 여자 모델들이 있는 백스테이지였기 때문이었다.

"건!"

밖으로 나가려는 사람들을 밀치며 루시퍼는 안으로 들어갔다. 또다시 폭탄이 터질 수도 있는 상황이었지만 지금 그는 아무런 생각이 없었다. 오로지 건을 찾아야 한다는 생각뿐이었다.

"건, 제발……."

백스테이지는 그야말로 난장판이었다. 폭발의 위력은 그리 세 보이진 않았지만 그래도 폭탄은 폭탄이었다. 백스테이지의 화장대에 있던 화장품들이 바닥으로 다 떨어져 있었고, 거울도 폭발의 충격으로 깨져 버려서 발을 딛을 때마다 거울 조각을 밟을 수밖에 없었다.

바닥에 쓰러진 사람들의 신음 소리가 들렸다. 그의 눈은 건을 찾았지만 건은 어디에도 보이지 않았다. 루시퍼의 눈에 못이 사방으로 흩어진 게 보였다. 사제 폭탄이었다. 애가 타들어갔다.

"건……."

그때였다.

"루시퍼! 어디 있어요?"

건의 울먹이는 목소리가 들렸다.

"건!"

"루시퍼!"

건이 울면서 백스테이지 안으로 뛰어들어 왔다. 깨진 유리와 날카로운 잔해들을 헤치며 그녀가 그를 찾아 안으로 들어오고 있었다.

"루시퍼, 흑흑흑."

그녀가 그의 품 안에 안겼다.

"괜찮아요? 내려갔는데 당신이 보이지 않아서 다시 들어왔어요."

"왜 그랬어?"

루시퍼는 건이 자신을 찾아왔다는 게 너무나 감격스러웠다.

"당신이 죽은 줄 알았단 말이에요."

"안 다쳐서 다행이야."

그들이 계속해서 그렇게 안고만 있을 수 있는 상황은 아니었다. 아직 구급차와 경찰이 도착하지 않았다.

"먼저 나가 있어."

"루시퍼……."

"빨리."

루시퍼는 건을 내려 보내고는 주변에 다친 사람들을 살피기 시작했다. 하지만 건은 그의 말을 듣지 않고 쓰러진 동료들을 챙기기 시작했다.

사제 폭탄의 위력은 생각보다 셌던 것 같았다. 폭탄이 터진 근처의 스텝들과 모델들은 크게 다쳐 있었다. 피를 흘리며 있는 그들의 곁에 다가간 루시퍼는 그들 사이에서 로라를 발견했다.

"로라……."

"루시퍼……."

"괜찮아요?"

"아뇨……."

로라는 피투성이가 된 채로 정신을 놓았다. 루시퍼는 로라를 안아 들었다. 그건 누구라도 그렇게 했을 것이다. 로라를 안아 들었을 때 들것을 든 구급대원들이 안으로 들어왔다.

"여기요!"

그가 소리를 질렀다. 그리고 로라를 들것에 놓았다.

"언니!"

건이 쓰러진 로라를 보며 소리쳤다. 그리고 놀랐는지 그 자리에서 휘청였다. 그런 건을 루시퍼가 빠르게 잡았다.

"괜찮겠죠?"

루시퍼와의 일을 생각하면 미웠지만 그래도 그녀의 언니였다. 건은 로라가 걱정되었다.

"괜찮을 거야."

건은 그의 품에 안겨 있었다. 그때 미카엘이 뛰어들어 왔다. 경찰들이 만류했지만 뚫고 들어온 모양이었다.

"괜찮은 거야?"

"우리는 괜찮은데 로라가 다쳤어."

"뭐?"

놀란 미카엘에 들것에 실린 로라를 보고는 바로 로라의 뒤를 따라갔다. 에이전시 대표인데 자신의 모델을 책임질 의무가 있는 것이었다.

미카엘은 요즘 로라에게 실망을 해서 둘 사이가 예전처럼 그렇게 좋지는 않았다.

이게 다 그 때문이었다.

루시퍼는 건의 어깨에 팔을 올려 감싸 안았다. 그녀가 덜덜 떨고 있었다.

"정말 괜찮은 거야?"

"아뇨, 언니는 괜찮겠죠?"

"아마도……."

"우리 병원에 가봐요."

"안 가는 게 좋겠어."

그는 왠지 예감이 좋지 않았다. 이렇게 가끔 안 좋은 예감이 들 때가 있었고 그의 예감은 언제나 신기하게 맞았다.

"빨리 나가세요!"

폭발물 제거반이 도착했고 안을 살피기 시작하자 경찰들이 그들에게 나가라고 말했다. 쇼는 엉망이 되었지만 확실히 브랜드를 알리는 데는 성공한 것 같았다.

밖으로 나오자 모든 언론사들이 총출동을 했고 그를 보자마자 벌 떼처럼 달려들기 시작했다. 하지만 그는 건을 안고는 그 자리에서 빠져나왔다.

건은 경찰이 준 담요를 뒤집어쓴 채로 여전히 울고 있었다. 놀란 마음이 달래지지 않는 모양이었다. 폭발물이 터진 위치가 건의 자리였다.

"어디 있었어?"

"잠깐 화장실에 갔었어요. 왜요?"

"그냥."

분명히 그 위치였다. 그리고 로라는 신입 모델이기 때문에 가장 안쪽이어서 건처럼 다칠 위치가 아니었다. 그런데 건은 무사하고 로라는 심하게 피를 흘리고 있었다.

이해할 수가 없었다. 뭘까 이 오싹한 느낌은 말이다. 로라가 폭발물이 터지는지 그 자리에 확인을 하러 왔다면 그렇게 다칠 수도 있었다. 왜 자꾸만 이런 생각이 드는 걸까?

"루시퍼?"

"응? 미안. 나도 좀 놀랐나 봐."

루시퍼는 불안에 떠는 건에게 아무런 말은 하지 않았다.

집으로 돌아온 그는 건을 안아서 재우고는 거실에 나와 앉아 있었다. 그리고 그에게 온 편지를 읽었다.

―오, 나의 루시퍼. 나의 루시퍼. 당신의 사랑은 오직 나만의 것.

신문과 책에서 글씨를 오려 붙인 것으로 사고가 터질 때마다 그에게 온 편지였다.

그의 열애설 기사가 나고 나면 일주인 안에 그에게 편지가 도착했고 그 도착한 날부터 일이 터졌다.

그동안은 오늘처럼 대형 사건은 아니었다. 그래서 무시했었다. 그냥 우연일 수도 있다고 생각했다. 하지만 오늘은 아니란 생각이 들었다.

그는 편지를 들고 경찰서로 향했다. 그의 옆에는 병원에서 온 미카엘이 앉아 있었다.

"로라는?"

"괜찮아, 못이 허벅지를 스치고 지나가서 많이 꿰맸어. 그래도 생명에는 지장이 없어. 그런데 스텝 한 명이 죽었어."

"후~"

만약에 이게 그의 스토커의 소행이라면 루시퍼도 잘못이 없다고 할 수 없었다.

"왜 경찰서에 온 거야?"

"이거."

"또 왔어? 이게 오늘 폭발하고 관계가 있다는 거야?"

아무래도 뭔가가 심상치 않았다. 열애설이 나야 날아오는 편지인데 그는 열애설이 나지 않았다. 건과 그의 관계를 아는 사람은 아주 극소수였다.

"그런 것 같아. 아주 이상하게 한두 가지가 아니야."

"뭐가?"

"이 편지는 내 열애설이 나면 보통 오는 거잖아?"

미카엘이 고개를 끄덕였다.

"그런데 이번엔 열애설이 나거나 나에 관한 악의적인 기사가 나지 않았어."

"정말 그러네."

"그런데 말이야. 나 진짜 연애를 하잖아."

"그렇지."

"그 사실을 아는 건 너와 로라뿐이야. 로라는 나의 극성팬이기도 하고."

미카엘은 상당히 놀란 얼굴이었다. 미카엘이 아무에게도 발설하지 않았다면 로라일 수 있었다.

하지만 로라라고 단정 지을 수만은 없었다. 왜냐하면 그녀가 누군가에게 흘렸다면 다른 사람이 범인일 가능성도 있기 때문이었다.

"로라를 의심하는구나?"

"의심이라기보다 합리적인 추론인 거지."

"경찰에게 말할 거야?"

"말을 해야 하지 않을까?"

미카엘도 동의하는 분위기였다.

"그런데 말이야. 로라는 그런 일을 할 상황은 아니었던 것 같아. 그런 일을 저지르기엔 좀 치열하게 살았던 것 같거든."

"보여지는 게 다는 아니니까."

루시퍼의 말에 미카엘은 더 이상 아무 말도 하지 않았다.

경찰에 루시퍼는 그간 받았던 편지들을 보여주고 그동안 그의 주변에서 벌어진 일들을 말하기 시작했다. 이번 폭발은 테러가 아닌 스토킹이라는 말과 함께 말이다.

폭발 사건이 터지고 3일이 지났다. 건은 어느 정도 안정이 되어 로라에게 전화를 걸었지만 로라는 전화를 받지 않았다.

"가봤어야 했어."

마음에 걸리는 건이었다. 그래도 어려운 때를 함께 겪은 언닌데 미안한 마음이 강하게 들었다.

오늘 건은 미카엘과 점심 약속이 있었다. 그동안 루시퍼에게 너무 신경을 쓰다 보니 그녀의 후견인인 미카엘에겐 아무래도 좀 무심했던 것 같았다.

"미카엘."

센트럴 파크 안에 있는 작은 식당에서 그들은 만났다.

"오늘은 아주 좋아 보여요."

다행히 미카엘은 컨디션이 좋아 보였다.

"그래?"

"무슨 좋은 일 있죠?"

"줄리아 알지?"

"네, 골든 에이전시 대표시잖아요."

"만나보려고."

"어머, 축하해요."

줄리아가 미카엘에게 관심이 있는 건 알았지만 둘이 이렇게 잘
되었는 줄은 몰랐었다.

"이번 폭발 사건 때 걱정을 많이 했대. 그래서 만나자고 하더라
고. 좋아한다고."

"꺄악! 줄리아 완전 멋져요."

"나도 그렇게 생각해."

미카엘이 웃었다.

"맛있는 거 먹어요. 오늘은 내가 쏠 테니까요."

"그럼 비싸고 좋은 거 먹어야겠다."

"마음껏 드세요."

건의 얼굴에 환한 미소가 오랜만에 지어졌다. 미카엘과 이렇게
즐거운 시간을 가진 건 오랜만이었다.

그동안 서운한 건 없었는지 일은 앞으로 어떻게 되는 건지 등의
이야기들을 시간 가는 줄 모르고 얘기를 나눴다.

"왜 날 입양했어요?"

갑작스런 그녀의 질문에 미카엘이 웃었다.

"왜 일 거라 생각해?"

"불쌍해서?"

"아니."

그는 고개를 흔들었다. 그가 그녀를 보호자로서 데리고 온 게 그의 나이 열아홉 살이었다.

경찰과 복지사가 반대를 했지만 그는 법정인 소송을 거쳐서 그녀를 집으로 데리고 왔다. 지금 생각해 보면 어린 나이에 쉽지 않은 일이었다.

거기다가 그는 미혼이었고 나이도 어렸다. 그래서 양자로 입양을 한 건 한참 뒤의 일이었다.

"난 말이야. 우리 집에 여자아이가 있으면 좋겠다고 생각했어. 우리같이 아픈 경험이 있는 아이가 말이야. 그래서 같이 서로의 상처를 보듬어주면서 행복해졌으면 좋겠다고 생각했어. 우리 고집불통 루시퍼도 성질을 죽일 수 있고 책임감도 생기니까 나쁜 데로 빠질 것 같지는 않았거든."

"그래서 잘 선택한 것 같나요?"

"응, 나의 선택 중에서 가장 탁월했어."

"내가 루시퍼를 좋아해도요?"

"그건 더 잘된 일이고. 녀석에겐 사랑이 필요하거든."

"미카엘……."

"우리 루시퍼 잘 부탁해."

그들은 식사를 하면서 그동안 마음에 담아두었던 깊은 이야기들을 이야기했다. 그리고 여전히 그들이 서로를 아낀다는 사실을 알게 되었다.

윙~

건의 핸드폰이 울렸다.

"루시퍼야?"

"네."

"그래도 둘이 이렇게 될 줄은 전혀 예상 못했어. 완전히 원수라고만 생각했거든. 전화 받아."

건은 루시퍼의 전화를 받았다.

"여보세요?"

[어디?]

"미카엘하고 밥 먹어요."

[난?]

"저녁 먹으면 되죠."

[하긴…….]

"왜요?"

[이유 있나? 목소리 듣고 싶어서 그냥 한 거지.]

루시퍼는 가끔 어린아이처럼 굴 때가 있었다. 루시퍼를 먼저 생각하지 않고 미카엘이나 필립를 먼저 챙기면 삐지기 일쑤였다.

"오늘 화보 안 찍어요?"

[찍고 있어. 여기도 점심시간이거든.]

"아, 그래요? 많이 먹어요."

[난 촬영 때 먹지 않아.]

"처음 알았어요."

[관심이 없군.]

"아니거든요."

[알았어. 밥 잘 먹고 이따가 저녁에 봐.]

"네."

"안 어울려."

미카엘이 루시퍼의 애정 행각이 마음에 들지 않는지 투덜거렸다.

"뭐가요?"

"녀석이 다정하게 구는 거."

건이 미카엘을 보며 웃었다.

"두 사람 안 닮은 것 같은데 이럴 때 보면 참 많이 닮았다는 생각이 들어요."

"닮을 수밖에 없지. 우린 쌍둥이야."

미카엘과 즐거운 시간을 보낸 후 건은 잠시 에이전시에 들렀다가 에반을 만났다. 에반은 이곳의 선생님이기도 했고 그녀와는 나이를 떠나 아주 친한 친구였다. 오늘 에반이 꼭 만나고 가라는 바람에 그녀는 에이전시에 들르게 된 것이었다.

　"잘 지냈어?"

　"어."

　에반이 주변을 두리번거렸다. 얼굴빛이 그리 좋지 않았다.

　"왜 그래?"

　"아니야."

　"부탁할 일이 뭔데?"

　"친구 중에 한 명이 사진작간데 널 꼭 찍고 싶다고 해서. 그런데 돈이 많은 친구가 아니야."

　"난 공짜로는 안 해."

　"알아, 좀 도와줘. 공짜는 아니니까."

　"……알았어."

　"여기가 주손데 오늘 잠깐 들러줄 수 있지? 인터뷰……."

　"알았어. 그런데 뭘 그렇게 조심스럽게 말해?"

　"에이전시를 통한 일이 아니니까."

　그가 개인적으로 부탁하는 일이었다. 미카엘이 알면 싫어할 만한 일이었다.

"다른 모델들은 싫데?"

"응, 건과 작업해 보는 게 소원이라고 하도 부탁해서……."

에반은 여전히 불안해 보였다.

"할 수 없지. 그렇게 안목이 좋은 사진작간데 내가 가야지."

"고마워. 그리고 미안해."

"아니야. 다행히 오늘은 쉬는 날이니까."

에이전시를 나온 건은 에반이 준 주소로 찾아갔다. 주소지는 돈이 없는 예술가들이 많이 사는 곳이었다.

"찾았다."

주소는 다른 곳과는 좀 떨어진 곳에 있었다. 건물이 거의 폐가 수준이었다.

똑똑똑.

해가 기울고 있어서 그런지 더 스산한 곳이었다. 뉴욕 번화가와는 많이 다른 뉴욕의 그림자 같았다.

"여보세요?"

끼익!

소름 끼치는 소리와 함께 문이 열렸다. 그리고 그녀의 눈에 검은 복면을 쓴 누군가가 보였다.

치익!

갑자기 스프레이가 그녀의 얼굴에 뿌려지고 건은 그 자리에서 정신을 잃고 말았다.

10시가 가까운 시간이었다. 건이 집으로 돌아오지 않고 있었다. 루시퍼는 너무나 걱정돼서 미카엘에게 연락을 했고 미카엘이 지금 그의 옆을 지키고 있었다.

가만히 있을 수가 없는 그는 자꾸만 왔다 갔다를 반복하고 있었다.

"마지막으로 있었던 사람이 누군데?"

"에반."

"그런데?"

"에반은 그냥 인사만 했다고 하더라고."

"그런데 어딜 가냐고?"

핸드폰은 아예 꺼져 있었고 위치추적도 되지 않은 상황이었다. 마지막 위치추적은 에이전시였다. 루시퍼는 건이 걱정이 돼서 미칠 것 같았다.

"경찰은?"

한 시간 전에 경찰에 실종 신고를 했지만, 지금까지는 별다를 게 없었다. 루시퍼는 거실을 계속해서 서성이고 있었다. 제발 별일이 없기를 바라는 마음이었다.

"로라는?"

"루시퍼, 로라가 그랬다고는 단정할 수 없어."

"알아, 한 번만 연락해 봐."

미카엘은 할 수 없다는 표정으로 로라에게 연락을 했다.

"로라, 몸은 어때?"

전화를 받은 걸 보니 그의 예상이 빗나간 모양이었다.

"다행이다. 그날 많이 놀란 것 같아서 걱정도 되고 다음 무대에 설 수 있을지도 물어봐야 할 것 같고 해서……."

미카엘이 잘 둘러대고 있었다. 그리고 루시퍼를 보며 로라는 아니란 식으로 머리를 흔들었다.

"로라 위치추적 할 수 있을까?"

자꾸만 로라가 의심이 되는 루시퍼였다.

"루시퍼!"

"알아, 아는데 말이야. 내 느낌이 그래."

"느낌만으로는 안 된다고."

"로라 오라고 하면 안 될까?"

"루시퍼, 만약에 사실이라면 오겠어? 건이 사라졌는데 자신을 집으로 부른다는 건 본인을 의심한다는 소리밖에 안 되잖아?"

미카엘의 말에 루시퍼는 두 손으로 머리를 감쌌다.

"이대로 있을 순 없어."

그는 자신을 경호하는 사설 경호 업체에 연락을 했다. 그리고 그들에게 자신의 상황을 설명했다. 지금 시간은 12시였다. 경찰은 감도 잡지 못하는 상황이었다. 돈을 노린다면 벌써 연락이 왔겠지만 만약에 강력범죄라면 그녀의 목숨이 위험한 상황이었다.

경찰은 납치로 확정을 짓고는 경계태세를 높이고 조사 중이었지만 지금은 공개수사가 아닌 상황이었기 때문에 루시퍼의 불만이 커졌다.

혹시나 집으로 전화가 걸려올까 경찰관들이 그의 집 안에 있었지만 루시퍼의 마음은 더 타들어갔다.

"로라가 어디 있는지 찾으면 될 것 같아요."

루시퍼가 미카엘의 만류에도 불구하고 경찰에게 말했다. 그리고 그녀의 아파트로 경찰력을 파견했다. 하지만 미카엘과 통화를 할 때 집에 있다던 그녀는 지금 집에 있지 않았다.

그리고 미카엘이 다시 전화를 걸었지만, 그녀는 전화를 받지 않았다.

경찰이 로라의 집에 도착했을 때는 아무것도 없었다고 했다. 다만 불에 태운 루시퍼의 사진으로 보이는 사진들이 많이 있었다고 했다. 타다 만 것도 있어서 불을 붙이고 도망간 지 얼마 되지 않은 것 같다고 했다.

"미카엘……."

루시퍼가 그의 핸드폰의 문자를 미카엘에게 보여주었다.

「오 나의 루시퍼, 나의 루시퍼. 당신은 나만이 사랑할 수 있어요.」

발신자는 누군지 알 수 없었지만 소름이 끼치는 문자였다.

"로라를 찾아야 해!"

루시퍼는 지금 거의 히스테릭한 상황이었다. 이 사건의 열쇠는 분명하게 로라가 쥐고 있었다. 그녀가 로라를 납치했을 가능성이 컸다. 루시퍼를 좋아해서 벌인 일이란 생각이 들었다. 크리스마스 기간 동안 그의 저택에서 로라는 그에게 수도 없이 추파를 던졌다.

처음엔 건 때문에 그녀의 부담스러운 접근을 받아들여 주었다. 이 정도는 그가 좋아하는 여자의 언니에게 해줄 수 있는 선이라고 생각했었다.

로라에게 잘해주는 게 건이 좋아할 일이라고 생각했는데 오산이었다.

"진전이 없습니까?"

경호 대장에게 전화를 건 루시퍼는 답답한 마음에 소리쳤다.

[수상한 점을 하나 찾았습니다. 확실해지면 바로 연락을 드리겠습니다.]

그래도 경찰보다는 경호업체가 더 나은 것 같았다.

루시퍼는 타는 속을 냉수를 마시며 달랬다.

"건, 내가 반드시 찾을 테니 조금만 기다려 줘."

그의 타는 속도 모르고 시간은 빠르게 흘렀다.

7장

습기가 가득한 창고 같은 곳에 앉아 있는 건이었다. 팔이 의자에 단단히 묶여 있었고 입은 테이프가 붙여져 있었다. 검은 복면을 쓴 남자가 그녀를 이렇게 만든 것 같았다. 요즘 이상하게 그녀의 주변에 자꾸만 사고가 터지고 있었다.

폭발 사건 이후에 루시퍼가 혼자 다니지 말라고 했던 말이 떠올랐다. 뒤늦은 후회였다. 주변을 둘러보니 왠지 그녀가 들어온 집 같았다. 밖이 어두운 걸 보니 아직 밤인 것 같았다.

삐걱삐걱.

의자를 움직여 보았지만 팔을 아주 단단히 묶어서 풀 수 없을 것 같았다. 누가 왜 이런 짓을 하는지 그녀는 알 수 없었다. 돈을 요구하는 것이 아니라면 더욱 이해할 수 없었다.

건은 돈을 요구하는 납치가 맞을 거라고 생각했다. 그녀와 미카엘이나 루시퍼의 관계를 알고는 거액의 몸값을 노리고 이러는 게 아닐까 하는 판단이 섰다.

쾅!

갑자기 문이 열리더니 누군가 들어왔다. 그리고 건은 입을 다물 수가 없었다. 에반이었다.

"으으읍."

테이프가 입에 붙여진 채로 그를 보며 항의했다.

"미안해. 나도 어쩔 수가 없었어. 로라가 내 조카를 납치했거든. 여기서 건과 교환하기로 했어."

"으으읍."

"진짜 미안해. 나도 내 가족을 살려야 했어. 그리고 로라가 건이를 죽이지는 않는다고 했고."

에반을 원망 어린 시선으로 보았지만 에반은 그녀를 놓아줄 마음이 없어 보였다.

"으으읍."

"기다려. 금방 올 거야. 나도 우리 데이지를 기다리고 있거든. 진짜 미안해."

에반은 건에게 진심으로 미안하게 생각하는 것 같았다. 조카를 납치해서 인질로 잡고 있으니 에반도 어쩔 수 없었을 것이다.

끼익!

문이 열리는 소리가 진심으로 크고 음산했다. 로라가 들어오는 모양이었다. 에반이 바로 뛰어나갔고 열려진 문 사이로 그들의 대화가 들렸다.

"아이는?"

"차에 있어. 잠깐 기다려."

"왜? 안에 건이 있어."

"확인하고."

문이 열리고 로라가 의자에 묶인 건을 확인한 후에야 그를 나가게 했다. 에반이 나가고 누군가 안으로 들어왔다.

"실물이 더 예쁜데?"

"뭐?"

"아니, 로라가 훨씬 예쁘지만 앞에 여자도 예쁘네. 신비롭게 생기기도 했고."

"너한테 아름다움을 칭송하라고는 안 했어."

"그럼 뭘 할까?"

그렇게 말하며 그는 자신의 페니스를 만지작거렸다.

"그건 일이 다 끝난 다음에 즐기게 해줄게."

로라의 말에 건은 분노를 느끼고 있었다. 그녀가 로라를 노려보자 로라는 그냥 코웃음을 쳤다.

"애덤이 이 일을 알면 난 죽을지도 몰라."

"알고 있어. 이건 다 나 혼자 한 일이야. 칼."

남자의 이름은 칼이었다. 커다란 키에 멕시코계의 남자였다. 마치 할렘에서 약을 몰래 파는 그런 류의 남자 같았다. 지저분한 모습의 남자가 그녀를 보며 느끼하게 웃었다.

"기다리면 되는 거야?"

"응, 그런데 죽이지는 마."

"알았어. 즐기게만 해줘."

남자의 눈에서 빛이 났다. 건은 두려움에 그들을 보았다. 죽이지 않는다고 해서 좋아할 상황은 아닌 것 같았다. 어쩌면 죽음보다도 더 극심한 고통의 기억을 안고 살아가야 할지도 몰랐다. 두려웠다. 루시퍼를 보고 싶었다. 그만이 그녀를 이 두려움에서 구해줄 수 있을 것 같았다.

로라의 웃음소리가 소름 끼치게 공간을 울리고 있었다.

루시퍼의 속이 시꺼멓게 타들어가고 있었다. 지금 시간은 새벽 2시였다. 로라도 자취를 감춘 상황이라서 경찰은 지금 완전 속수무책이었다. 그의 집 안에서 납치범의 연락을 기다리고 있는 경찰들도 루시퍼의 눈치를 보고 있었다.

"돈을 노리는 것 같지는 않습니다."

그들이 한 말은 이게 전부였다. 루시퍼는 도저히 집 안에 있을 수 없어서 미카엘을 집에 남겨두고는 차를 몰아 일단은 로라의 집으로 향했다. 범인으로 지목된 사람의 집인 만큼 경찰차가 즐비하게 서 있었다.

루시퍼는 그 안으로 들어갔다. 그리고 혹시 모를 단서라도 경찰에게 찾았는지를 물었다. 하지만 아무런 단서도 나오지 않았다. 시간이 갈수록 건은 위험에 빠질 확률이 높았다.

"건."

루시퍼는 건이 걱정이 되어 죽을 것만 같았다. 입안에 바짝 타들어갔다. 그때였다. 그의 핸드폰에 경호 대장의 전화번호가 떴다.

"어떻게 됐어?"

전후좌우를 물을 때가 아니었다.

[찾았습니다.]

"어디야?"

경호 대장의 전화를 끊은 그는 자신의 차를 타고 그가 말한 위치로 향했다. 아직 덮치진 않은 상태라고 말했다. 현장은 로라의 집에서 그리 멀지 않은 젊은 예술가의 거리였다. 그가 도착한 곳은 예술의 거리에서도 아주 외진 곳이었다.

거리 예술가들이 그려놓은 벽화로 정신이 없는 곳이었다.

"루시퍼 님."

"안은 어때?"

"아직은 조용합니다."

특공대 출신의 경호 대장은 부유층들의 납치사건을 조용히 해결하기로 유명한 사람이었다. 그이 실력은 오랜 세월 특수부대에서 단련된 것이었다.

작전이 개시되고 5명의 무장 경호원들이 안으로 조심스럽게 들어갔다. 경찰에 알리고 그들의 지휘를 받을 시간이 없었다. 이럴 땐 빠르게 행동해야 한다는 게 경호 대장의 생각이었다.

검은 복장을 한 대원들이 빠르게 집 주위를 살피며 안으로 조금씩 거리를 좁혀 나가고 있었다. 조금 먼 거리에서 이를 지켜보는 루시퍼의 속은 새까맣게 타들어갔다. 경호 대장의 말로는 건이 마지막으로 만난 에반에게 연락을 했는데 그가 말하는 게 너무 수상해서 그를 기다리다가 뜻밖의 사실을 알았다는 것이다.

에반의 어린 조카를 로라가 납치했고 그 조카 때문에 자신이 건을 납치하는 걸 도왔다고 했고 경찰에게 알리지 않는 조건으로 위치를 알려줬다는 것이었다.

로라는 도저히 용서할 수가 없는 여자였다.

"언제 진입하는 거지?"

"조금만 기다려 주십시오."

숨 막히는 상황이었다. 그때였다. 경호원 중의 하나가 열린 창문으로 진입하는 데 성공했다. 그리고 안에서 문을 열고는 다른 경호원들이 들어오게 했다. 그 이후는 피를 말리는 적막뿐이었다.

"범인을 잡은 것 같습니다."

"건은?"

"무사하답니다."

그는 차에서 내려 전속력으로 뛰어 건이 있는 곳으로 향했다. 집 안은 오래 관리가 안 된 탓에 곰팡이 냄새가 가득했다. 불이 켜진 방에서 남자가 경호원들에 의해 제압당해 있었다. 남자는 바지와 속옷이 무릎까지 내려온 상황이었다.

"이거 안 놔!"

남자가 강하게 반항을 하고 있었다. 그리고 의자에 반쯤 정신을 놓고 앉아 있는 건이 보였다. 옷은 다 찢겨져 있었고 얼굴은 맞아서 부어 있었다. 입가엔 피가 떡이 져 있었다.

"내가 이 미친 새끼를!"

루시퍼가 남자에게 달려들었다. 루시퍼의 갑작스러운 행동에 경호원들은 말릴 사이가 없었다. 그는 남자의 멱살을 잡아 얼굴을 가격하기 시작했다. 완전히 눈이 돌아간 상황이었다. 어떻게 이런 짓을 저지를 수 있단 말인가?

루시퍼는 남자를 때리고 또 때렸다.

퍽!

그의 주먹이 남자의 얼굴을 거침없이 때렸다. 얼마나 때렸는지 남자의 얼굴은 피투성이가 되어 있었다.

"루시퍼 님."

한참 후에 경비 대장이 그를 말렸다.

"죽여 버려!"

그동안 흥분을 해서 남자를 때리던 루시퍼가 언제 그랬냐는 듯이 자리에서 일어서며 차갑게 말했다.

"살려주세요!"

남자가 불안정한 발음으로 말했다. 그건 루시퍼에게 맞아서 입이 부어 그런 것이었다. 루시퍼의 서슬이 퍼런 눈이 그를 내려다보고 있었다.

"제…… 발 살려…….."

입이 부어 그런지 점점 말이 어눌해져 갔다. 말을 잘 못했지만 불쌍하다는 생각은 하나도 없었다.

"로라는 어디 있나?"

"저도…… 몰라요. 30분 전에…….."

"30분 전에 나갔다고?"

남자가 고개를 끄덕였다.

"빨리 말해. 안 그러면 넌 그대로 땅속으로 들어갈 거니까."

화가 날수록 차분해지는 그였다. 화가 날 때 흥분하면 지는 것이기 때문이었다.

"뉴욕에…… 없어…… 요. 덴버…… 덴버에 애덤……."

"애덤?"

"전남편……. 제 보스예요."

"보스?"

"애덤은 덴버…… 에서 최고…… 윽."

아파서 말이 나오지 않는 모양이었다.

일단 그는 경호 대장을 칼이란 녀석과 함께 덴버로 보냈다. 그리고 병원엔 죽어도 가지 않겠다는 건을 데리고 집으로 향했다. 경찰은 집에서 조사를 간단하게 했다. 루시퍼는 범인을 잡았고 범인과 그의 경호 대장이 덴버로 향했으니, 그곳 경찰에게 지원을 요청했다.

그리고 주치의를 집으로 불렀다. 성폭행 시도는 있었지만 건이 격렬하게 저항해서 성폭행은 미수에 그쳤다고 했다. 건은 아무 말도 하지 않았다. 울지도 않고 있었다.

그에게 한 딱 한 마디는 '기다렸다'였다. 그 말이 루시퍼를 마음 아프게 만들었다.

"일찍 못 와서 미안해."

그가 건에게 한 유일한 말이었다. 그들은 말이 없었다. 말을 할 수 있는 상황이 아니었다. 건보다 그가 더 놀란 상황이었다. 건이 세상에 없다면 이란 생각을 처음으로 한 그였다. 그건 정말 견딜 수 없는 일이었다.

링거를 맞고 있는 건은 잠이 들었다. 주치의가 푹 자야 한다며 수면제를 먹였기 때문이었다. 어떻게 해서든지 끔찍했던 기억에서 잠시나마 해방이 될 수 있다면 다행이라는 생각이 들었다.

"어쩔 거야?"

루시퍼가 방에서 나오자 미카엘이 물었다.

"뭘?"

"계속해서 이렇게 개인적으로 움직이면 경찰이 커버해 주기가 힘들다고 말했어."

"기가 막히는군. 자기들이 잡지 못해서 내가 해결한 건데, 뭐가 어째?"

화가 머리끝까지 오른 루시퍼였다.

"그래도 데버에서 조직의 보슨지 뭔지 하는 사람하고 부딪치기라도 한다면?"

"전쟁이야."

"뭐?"

"로라를 내놓지 않으면 어떻게 해서든지 내가 다 싹쓸이해 버릴 거야."

미카엘의 표정이 어두워졌다. 루시퍼는 인맥이 화려했다. 그를 좋아하는 사람들이 다 여자라는 편견은 버려야 했다. 정치계의 거물들도 꽤 많았다. 그들이 선거할 때 루시퍼가 지원사격을 해주었기 때문이었다.

"루시퍼, 그건 반대야."

"왜?"

"일단은 기다려 보자."

"기다린다고 해결되진 않아."

미카엘은 루시퍼를 걱정스런 얼굴로 바라보고 있었다.

로라는 기분 좋게 운전을 하며 자신의 집으로 향했다. 뉴욕에 그녀의 집이 또 하나가 있었다. 미카엘이 집을 구해주기 전부터 그녀가 살던 집이었다.

집에 들어오니 새벽이었다. 일단은 씻고 뭐라도 먹어야겠다고 생각했다. 종일 칭얼거리는 어린애를 데리고 다니느라 힘을 뺀 상황이었다.

집으로 온 그녀는 집에 들어가기 전에 차 안에서 짙은 갈색 가발을 쓰고 그 위에 야구 모자를 썼다. 2년 전 이곳에 이사를 오면서부터 그녀는 야구 모자에 안경을 쓰고 다녔다. 혹시나 모를 일에 대비하기 위해서였다.

이렇게 신분을 위장했기 때문에 루시퍼의 여자들에게 복수를 하고도 들키지 않을 수 있었다. 금발에 푸른 눈은 어딜 가나 눈에 띄었기 때문이었다.

집으로 돌아온 그녀는 샤워를 하고 침대에 누웠다. 오랜만에 편하게 다리를 뻗고 잘 수 있었다.

"뻔뻔한 년."

그녀는 끝까지 자신에게 미안한 줄 모르고 똑바로 그녀를 쳐다보던 건을 비웃었다. 칼의 냄새 나는 몸이 그녀를 더럽힐 것이다. 마음 같아선 죽여 버리고 싶었지만 그건 나중을 생각해서 안 되는 일이었다.

"스스로 죽게 해야지."

그녀는 다음에 또 건을 괴롭힐 생각을 하고 있었다. 로라의 눈빛이 다시 싸늘해지고 있었다.

"누가 이기나 해 보자고. 감히 내 남잘 건드려?"

루시퍼에게 거절을 당했지만 그건 다 건 때문이라고 생각하는 로라였다. 다 건의 잘못이었다. 루시퍼가 가만히 있는데 건이 꼬리를 흔들며 유혹한 것이었다.

"루시퍼."

로라는 언제나 꿈꿔왔다. 루시퍼와 함께 꿈의 궁전에서 왕비처럼 사는 꿈을 말이다. 이제 그 꿈은 한 발짝 가까워졌다.

다른 사람들 따위는 상관할 게 아니었다. 건의 피를 말려 그의 곁을 떠나게 하는 게 최선의 방법이었다. 그때였다. 그녀의 핸드폰에 칼의 메시지가 떴다. 어디냐는 문자였다. 로라의 표정이 갑자기 어두워졌다.

"잡혔어."

어린 시절부터 그들은 마약 심부름을 하다가 걸리거나 아니면 소매치기를 하다가 걸리면 다른 동료에게 어디냐고 물었다. 그러면 그건 걸렸으니까 잠수를 타라는 말이었다. 미카엘이 구해준 집으로 안 가길 잘했단 생각이 들었다.

하지만 로라는 편안한 마음으로 잠을 청했다. 그들은 그녀가 어디 있는지 모른다는 얘기였으니까 말이다.

2월, 뉴욕은 그야말로 눈 폭탄을 맞았다. 거리에 차들은 무릎까지 온 눈 때문에 올 스톱이 된 상황이었다.

"건아, 어쩌지?"

미카엘이 발을 동동 구르며 말했다.

"오늘 꼭 촬영을 해야 한데요?"

"어, 거기 스텝들은 어제부터 스튜디오 근처에서 있어서 벌써 다 모였다고 하더라고."

"후~"

둘은 아파트 창가에 서서 분주히 눈을 치우는 제설차를 바라보고 있었다.

"건이 두 달 만에 복귀하는 건데 오늘은 좀 그렇다."

건이 납치를 당하고 벌써 두 달이 흘렀다. 두 달 동안 건은 사람들과 거의 단절된 생활을 했다. 루시퍼와도 거의 대화를 나누지 않았다. 그냥 방 안에만 있어서 루시퍼의 걱정이 이만저만이 아니었다.

그녀를 위해 루시퍼가 필립을 뉴욕으로 불렀다. 건이 가장 의지하는 사람이 필립이었기 때문이었다.

"오늘은 쉬게 하면 좋을 텐데요."

필립이 따뜻한 홍차를 가져와 미카엘과 건에게 건네며 말했다.

"저도 건이를 위해 그러고 싶지만, 스텝들이 너무 많이 기다리네요."

미카엘의 핸드폰이 줄기차게 울리고 있었다. 미카엘도 난감한 기색이 역력했다. 그때였다.

"저기 썰매 차 타고 가면 아주 좋겠어요."

필립이 말한 차는 스키장에서나 볼 수 있는 패트롤카였다. 보통 스키장에서 운행하는데 눈이 많이 오다 보니 별구경을 다 한다고 생각했다.

"진짜 재밌네요."

건과 필립은 모처럼 밖을 보며 웃었다.

"저거 우리가 타게 생겼어."

"네?"

"우리 타고 가라고 루시퍼가 보내준 거야."

오늘 일이 꼬인 걸 미카엘이 말한 모양이었다.

"루시퍼 주인님이 아주 재주가 좋으시네요."

"그러게요."

미카엘도 다행이라고 생각이 되었는지 웃었다. 그들은 패트롤카를 타고 뉴욕 시내를 가로질러 거의 외곽 쪽에 위치한 스튜디오에 도착했다. 스텝들이 어찌나 좋아하는지 몰랐다. 다들 그들의 썰매 패트롤카를 부러워했다.

"뉴욕에 10년 만에 내린 폭설로 모든 게 마비네요."

"그러네요."

"우리도 쉬고 싶었지만 장비까지 다 준비된 상황이라서 어쩔 수 없었어요. 이해하시죠?"

"그럼요."

분장을 하고 있는 건의 옆에서 촬영 감독이 구구절절 말을 하고 있었다. 오늘은 사진 촬영이 아닌 TV 광고 촬영이었다.

촬영 감독이 그녀에게 이렇게 쩔쩔매는 건 요즘 루시퍼와 그녀가 열애 중이라는 소문이 업계에 파다하기 때문이었다. 물론 아직 언론에까진 퍼지지 않았지만 말이다.

그런데 문제는 그녀와의 열애설은 터지지 않았는데 다른 사람과 스캔들이 터져 버렸다. 유명 팝가수 엘과 호텔에서 다정하게 나오는 게 사진에 찍혔다.

아직 루시퍼의 이야기를 들어보지 않아서 모르겠지만 오해인 것 같았다.

엘은 그녀가 봐도 굉장히 섹시한 사람이었지만 동성애자로 알려져 있었기 때문이었다.

"준비됐으면 촬영 시작할까요?"

"네."

화장품 광고라서 그런지 메이크업 시간이 상당히 길었다. 그리고 날씨도 상당히 추워서 촬영하는데 고생이 많았다. 하지만 건은 오랜만에 이렇게 집 밖으로 나오니 힘들다는 생각보다는 상쾌하다는 생각이 들었다.

그간 닫혀 있던 마음도 잠을 잘 때마다 멕시코 남자가 자신을 덮치는 꿈도 잠시나마 잊을 수 있어서 좋았다. 미카엘은 그녀가 걱정이 되었는지 처음부터 끝까지 그녀의 곁을 지키고 있었다.

"미카엘."

잠시 쉬는 시간에 그녀가 미카엘을 불렀다.

"왜?"

그녀가 갑자기 그를 부르자 얼굴이 하얗게 된 미카엘이 그녀의 곁으로 왔다.

"너무 긴장해서 있지 마요. 나 괜찮아요."

"티 났어?"

"아주 많이요."

알았다는 말은 했지만 미카엘의 표정은 여전히 굳어 있었다.

"별일 없을 거예요."

말은 이렇게 했지만 아직 로라의 행방이 묘연해서 불안한 날의 연속이었다. 거기에 루시퍼는 일부러 그녀를 피하고 있는 것 같았다. 사람들의 말대로 진짜 여자가 생긴 게 아닌가 하는 마음이 들 정도로 그의 얼굴을 보기 힘이 들었다.

"미카엘, 한 가지 궁금한 게 있어서요."

"뭔데?"

그녀가 커피를 건네며 미카엘의 눈치를 살짝 봤다.

"루시퍼는 요즘 바빠요?"

그녀의 질문의 의도는 충분히 미카엘은 알만했다. 하지만 그는 어깨를 한번 으쓱일 뿐 말이 없었다.

"왜요?"

건이 집요하게 물었다.

"요즘 내가 매니저 일을 보지 않아. 스케줄은 이번에 영입한 로즈가 보고 있거든."

"그 로즈요?"

"응."

로즈는 모델 에이전시에서 최고의 인물이었다. 로즈를 영입할 수 있는 사람은 그리 많지 않았다. 로즈는 돈보다는 모델을 보고 움직이기로 유명한 사람이었다. 로즈는 디자이너 줄리앙의 딸이자 J브랜드의 상속녀이기도 했다.

"덕분에 루시퍼가 요즘 잠잘 시간도 없이 빡빡한 일정을 소화하고 있어. 알지? 로즈는 한번 일 시작하면 빡세게 시키는 걸로 유명하잖아."

로즈는 프로였고 그녀가 일을 잘한다는 소문은 많이 들었었다. 그리고 루시퍼의 열성 팬이라는 것도 말이다.

"루시퍼 보고 싶어?"

미카엘이 놀리듯 물었다.

"아뇨, 그게 아니라……."

촬영이 시작돼서 더 이상의 대화는 나누지 못한 채 그녀는 촬영 장소로 향했다.

쓱싹쓱싹.

집 앞에 눈이 너무 많이 왔다. 그래서 빗자루와 눈삽을 들고 밖으로 나온 로라는 열심히 집 앞을 치우고 있었다.

"하이, 열심히 하네."

지나가던 옆집 아저씨가 그녀에게 인사를 했다. 로라도 밝게 웃으며 미소를 지었다. 이 동네 사람들은 바쁜 뉴요커들이 많았다. 서로에게 그렇게 신경을 쓰지 않아서 로라는 좋았다. 하지만 2년을 살다 보니 낯이 익은 사람들이 한둘 생기기 시작했다.

쓱싹쓱싹.

경찰이 그녀의 앞을 지나가고 있었다. 로라는 일부러 고개를 푹 숙이며 눈을 치웠다.

"고생해요."

"네."

그녀의 옆에 갑자기 온 경찰은 그녀의 눈삽을 들고는 열심히 눈을 퍼서 길가 쪽으로 치우고 있었다. 그들은 서로 이야기를 하느라 바빴다.

"루시퍼 사건은 아직이야?"

"응, 하늘로 솟았는지 땅으로 꺼졌는지 완전히 사라져 버렸어."

"유명인사의 사건은 아침저녁으로 떠들어대는데, 이번 사건은 루시퍼가 조용하게 처리해 달라고 했다며?"

"응, 피해자가 죽은 게 아니라 무사히 돌아왔고, 일단 공범은 잡혔으니까."

"요즘은 너무 강력범죄가 많아. 그중에서도 여자를 상대로 한 범죄는 질적으로 안 좋은 것 같아."

"무슨 사건이요?"

로라가 아주 태연하게 물었다.

"아무것도 아니에요."

그들은 그녀의 물음에 대답을 얼버무리더니 다른 곳으로 향했다. 두 달간 로라는 아무 곳으로도 움직이지 않았다. 물건은 현금으로만 샀고 차도 타고 다니지 않았다. 이렇게만 해도 경찰은 그녀를 찾지 못했다.

"바보들."

로라는 눈을 열심히 쓸고 또 쓸었다. 뉴욕의 눈은 모든 걸 마비시키고 있었다.

어두운 밤이었다. 하지만 건의 방은 낮처럼 환했다. 불안해서 불을 끄고는 잠을 잘 수가 없었다. 그 사건 이후에 건에겐 많은 변화가 있었다. 평소에 있지도 않던 결벽증이 생겨서 피부가 벗겨질 만큼 매일 샤워를 했다. 한번 욕실에 들어가면 한 시간은 넘게 있는 것 같았다.

그녀는 아직도 이상하게 그녀를 덮쳤던 남자의 싸구려 향수의 향이 그녀의 몸에서 나는 것 같았다. 그리고 겨울인데도 창문을 열고 환기를 시키고 또 시켰다. 보다 못한 필립이 공기 청정기 두 대를 그녀의 방에 가져다 놓았다.

그러고 나니까 방 안의 환기는 덜 시켰다. 그렇지만 건의 모든 게 불안정한 상황이었다. 일주일에 한 번은 필립과 함께 정신과에 가서 상담을 받았다.

별거 없이 의사와 이야기를 나누는 것만으로도 마음이 편해졌다. 건은 로라가 빨리 나타나서 잡혔으면 하는 바람이었다. 언제나 이렇게 불안한 마음으로 살 수는 없기 때문이었다.

멀뚱히 불빛을 보던 건은 답답한 마음에 거실로 나왔다. 오늘은 불안해서 잠을 이룰 수가 없었기 때문이었다. 방 안이 환해도 혼자라는 게 너무나 두려운 건이었다.

늦은 저녁이라서 그런지 집 안 전체가 조용했다. 거실의 창가에 앉아 눈으로 덮여 버린 뉴욕의 야경을 보았다. 빨리 일이 끝이 나고 비벌리 힐스로 가고 싶은 마음뿐이었다. 그곳이라면 건은 안전할 것 같았다.

한참을 창가에 서 있던 건이 몸을 돌리자마자 건은 자신이 혼자가 아님을 알았다. 소파에 길게 누워 있는 루시퍼가 보였다. 루시퍼의 옆으론 와인 병이 놓여 있었다. 병째 들이켠 모양이었다. 건은 오랜만에 보는 루시퍼를 한동안 물끄러미 보았다. 그는 한 팔을 이마에 대고 있었다. 그냥 보기에도 고민이 많아 보였다.

건은 조용히 그가 있는 소파 쪽으로 가서 그의 앞에 무릎을 꿇었다. 그리고 그의 이마에 있는 손을 조용히 내렸다. 그가 움찔하며 몸을 일으켰다.

"언제 왔어?"

"방금요."

그의 모습을 보니 목이 메어왔다.

"왜 여기서 자요?"

"와인 마시다가 잠이 들었나 봐."

"불편해 보여요."

"안에서 잘게."

그가 조용히 일어나려 했다.

"왜 날 피해요?"

"……."

"내가 더럽다고 생각해요?"

"건!"

그가 화를 내고 있었다. 얼굴이 험악해지며 건을 보다가 고개를 돌려 버렸다.

"미안해요, 난……."

"건을 그렇게 생각한 적은 단 한 번도 없어."

"그런데 왜 나한테 한 번도 오지 않은 건가요?"

그동안 하고 싶었지만 참았던 말을 꺼낸 건이었다.

"그건 놀랐을 건을 위한 거야."

"그건 날 위한 게 아니에요."

"내 생각이 옳아."

"알아요."

"알긴 뭘 알아? 건이 옆에 있으면 난 항상 이래."

그가 건의 손을 자신의 페니스 위에 올려놓았다. 그의 단단해진 페니스가 손에 잡혔다.

"만지고 싶고 갖고 싶어. 알아?"

"……."

그들 사이의 공기가 뜨거워지고 있었다.

"워, 워."

미카엘이 루시퍼의 소리 때문에 잠에서 깬 모양이었다.

"둘 사이에 끼고 싶진 않았는데 루시퍼의 소리가 너무 커서 말이야."

"죄송해요."

"소리는 루시퍼가 질렀는데 왜 건이 죄송해. 난 물만 가지고 들어갈게."

"아니야, 내가 들어갈게."

루시퍼가 벌떡 일어나더니 자신의 방으로 들어가 버렸다.

"눈치 없이 끼어서 미안해."

"아니에요."

"나도 요즘에 무슨 소리만 들리면 좀 민감해서 말이야."

"알아요."

집안 식구들 전체가 두 달이 지났어도 그날의 일 때문에 후유증을 앓고 있었다. 건에게 미카엘이 생수병 하나를 건넸다.

"마시고 푹 자."

"네."

"죄송해요."

"아니야, 지금 미안한 건 건이 아니라 우리야. 그날 우리가 지켜주지 못해서 다들 미안한 거야. 알지?"

"네."

건은 자신의 방으로 들어가려다가 루시퍼의 방문 앞에 섰다. 이 방을 들어서서 루시퍼에게 위로받고 싶은 마음뿐이었다. 하지만 건은 자신의 방으로 발길을 돌렸다. 아직은 루시퍼와 섹스를 한다는 게 쉽지 않았다. 그날의 일이 그녀에겐 지워지지 않았기 때문이었다.

8장

오늘은 뉴욕에서의 일정을 마치고 드디어 집으로 돌아가는 날
이었다. 그 일이 벌어진 지 3개월이 지났다. 지금까지 아무 일이
없다는 건 앞으로 아무 일도 일어나지 않는 반증이라며 미카엘이
그녀에게 말했다.

제발 그렇기를 바란다고 건은 말했다. 이번에 집으로 돌아가면
일주일 동안은 아무 일도 안 할 생각이었다. 필립이 그녀의 짐을
들고 옆에 서 있었다.

"집으로 돌아가니 좋네요."

"저도 좋아요."

"뉴욕은 너무 춥고 삭막해요. 다음엔 별로 오고 싶지 않아요."

필립이 투덜거리는 건 처음 봤다.

"집에 꽃과 나무가 있어야지 이건 다 건물들뿐이니……."

건은 필립의 그런 모습이 귀엽다는 생각이 들었다.

"루시퍼 주인님은요?"

"요즘 일정이 너무 바빠요. 일에 중독된 사람처럼 미친 듯이 일하네요."

미카엘이 옆에서 말했다.

"이건 다 로즈 때문에 그런 것 같아요."

로즈와 루시퍼는 언제나 바늘과 실처럼 함께했다. 언론에서도 잘 어울리는 커플이라며 보도를 내기도 했다. 건이 보기에도 잘 어울리는 한 쌍이었다.

건과 루시퍼는 반대되는 이미지라면 로즈와 루시퍼는 마치 매력적인 악마 커플이 있는 것 같았다. 그들은 참 비슷해 보였다. 미카엘의 말로는 루시퍼가 로즈를 많이 신뢰한다고 했었다.

루시퍼의 전용기에 오른 사람들이 오늘은 많았다. 왜냐면 루시퍼의 집에서 화보 촬영이 있었기 때문에 그 팀이 같이 움직였기 때문이었다.

"건, 아름다워졌어."

지각을 한 유이토가 마지막으로 비행기에 오르며 건에게 제일 먼저 왔다. 요즘 사람들은 건의 눈치를 보기에 바빴다. 그때의 사건이 소문이 났기 때문이고 범인을 잡기 위해 방송에 로라의 얼굴이 나왔기 때문이었다.

"아직 안 잡혔어?"

건의 뒤에서 누군가 작게 말하는 소리가 건의 귀에 들렸다. 그러자 옆에 앉아 있던 미카엘이 뒤를 보며 인상을 썼다. 그러자 모두 잠잠해졌다.

건은 눈을 감았다. 다른 사람들의 동정의 대상이 되는 건 이제 그만하고 싶었다.

비벌리 힐스 집에 도착한 건은 모처럼 마음의 안정을 찾았다. 촬영은 내일 오전부터 있었다. 그래서 오늘은 모두 휴식을 취하기로 했다. 건도 자신의 방에서 꿈쩍을 하지 않고 잠을 청했다.

그리고 편안한 마음으로 잠을 잘 수 있었다.

다음날 집 안의 정원에 스텝들이 분주하게 움직이고 있었다. 넓은 정원에 촬영 장비들이 설치되고 있었다. 유이토와 루시퍼가 친한 관계로 루시퍼가 집에서의 촬영을 허락한 것이다. 거기다가 건의 촬영이니 더 신경을 써주었다.

미카엘도 꼼꼼하게 살피고 있었다. 건의 인지도가 웃기게도 이번 사건으로 인해 높아졌다. 그건 한 방송사와의 인터뷰 때문이었다. 사건에 대해 직접 언급한 리포터의 질문에 아주 현명하게 답을 했고 그게 시청자들에게 호감을 얻었다. 무대에만 서는 모델이 아닌 여성 인권에 대해 생각이 깊은 사람이 되어 있었다. 그래서 그녀에게 여성 용품의 광고가 밀려들고 있었다. 미카엘은 전성기 때의 루시퍼만큼 바쁘다며 건을 띄워주었다.

이번 촬영은 향수 광고 화보였다. 화려한 향답게 프랑스의 왕실의 정원 같은 이곳의 분위기가 잘 맞았다. 그녀도 오랜만에 아주 화려한 드레스를 입고 촬영을 했다. 촬영을 하루에 다 마쳐야 했기 때문에 그들은 정말 하루 종일 촬영을 했다.

끝이 날 때는 모두가 파김치가 되어 있었다. 촬영팀은 다음 일정 때문에 저녁에 집을 떠났다. 순식간에 집 안에 적막이 쌓였다.

건은 자신의 방으로 들어가서 잠을 청하려다가 루시퍼가 왔다는 소리에 아래층으로 내려갔다.

"루시퍼!"

반갑게 루시퍼를 불렀지만 그의 옆에는 로즈가 서 있었다. 모델만큼이나 커다란 신장의 그녀는 루시퍼만큼이나 카리스마가 있었다.

"안녕하세요?"

"안녕, 건. 오랜만이네."

"네."

패션쇼에서 몇 번 본 적이 있었다. 물론 친하지 않았기 때문에 인사만 했지만 말이다.

"아기가 많이 컸네."

로즈가 그녀를 아주 아기 취급했다.

"안 그래요? 루시퍼?"

루시퍼는 그냥 웃기만 했다. 그의 얼굴을 이렇게 보고 있는 것만으로도 건은 좋았다.

"필립, 우리 밥 좀 주면 안 될까요? 하루 종일 굶어서."

"알겠습니다."

루시퍼의 말에 필립이 주방으로 빠르게 향했다. 루시퍼의 말이라면 하늘의 별이라도 따다 줄 기세였다.

"잘 지냈어?"

"네."

"루시퍼, 빨리 밥 먹어요. 인사는 조금 있다가 하고."

로즈가 카리스마가 있다는 건 알지만 그녀의 집이 마치 자신의 집인 양 저러는 건 불편했다. 건의 표정이 어두워지자 눈치 빠른 미카엘이 건의 손을 잡고 2층으로 올라갔다.

"너무 작은 것에 신경 쓰면 건이만 아파."

"알아요."

"사업적인 관계 이상은 아니니까 걱정하지 마."

"네."

답은 했지만 쉽게 잠을 이룰 수는 없을 것 같았다. 2층으로 올라오는 소리가 들렸다. 로즈의 웃음소리가 귀에 거슬렸지만 건은 잠자고 있었다. 그리고 방문이 닫히는 소리가 들렸다. 건은 무슨 생각에선지 루시퍼의 방으로 향했다.

그는 샤워를 하러 들어갔는지 물소리가 요란하게 들리고 있었다. 건은 그의 침대에 앉아 있었다. 그리고 저도 모르게 그의 베개에 얼굴을 묻었다.

"변태."

그래도 그의 향을 다시 한 번 들이마셨다. 이렇게 하는 것만으로도 기분이 나아졌다.

"병이다."

진짜 병인 것 같았다. 그의 샤워는 계속되었고 그녀는 뭔가에 이끌리듯 욕실 안으로 들어갔다.

쏴아악!

물줄기를 맞으며 비누칠을 하던 그의 손이 그녀를 보고는 멈추었다. 그들은 그렇게 한참을 서로를 뜨거운 눈으로 바라보았다. 그리고 발걸음을 먼저 뗀 건 건이었다. 얇은 잠옷을 입은 채로 그녀는 그대로 그에게 다가갔다.

그리고 루시퍼는 손을 뻗어 건을 물줄기 아래에 서게 만들었다. 그녀의 얇은 면 잠옷이 다 젖도록 그의 앞에 서 있었다.

"하고 싶어요."

무슨 말을 뱉은지도 모르고 있었다. 루시퍼가 으르렁거리며 그녀를 으스러지듯이 안았다. 그리고 젖어서 잘 벗겨지지 않는 그녀의 잠옷을 힘들게 벗겨냈다. 그들 사이에 걸리적거리는 것들을 다 치워 버린 그였다.

"오늘 밤 모든 걸 잊게 해줘요."

"건아."

"난 당신이 필요해요. 날 뜨겁게 안아줘요. 지금은 그게 필요해요."

그녀의 절박함이 그에게 그대로 전달이 된 것 같았다. 그가 다시 강하게 건을 안았다. 온몸이 으스러질 것 같았다.

"아! 건아."

그는 그녀의 이름을 연속해서 불렀다. 그리고 그녀의 얼굴을 잡고는 깊은 키스를 시작했다. 차가운 물줄기가 계속해서 쏟아지고 있었다. 건이 떨고 있는 걸 느꼈는지 그가 물을 잠가 버렸다.

그의 따뜻한 손이 그녀의 얼굴을 감싸고 그의 혀가 그녀의 입안으로 다급하게 들어왔다. 3개월 만의 키스였다. 마치도록 그를 가지고 싶었다. 그날의 기억 따위는 지금 나지 않았다. 충격을 받았다는 것조차 잊을 정도로 건은 그에게 매달렸다.

그의 뜨거운 혀가 그녀의 입안을 샅샅이 훑어가고 있었다. 마치 모든 걸 기억하고 싶다는 듯이 말이다. 그의 손은 벌써 그녀의 가슴에 가 있었다. 그의 손가락은 욕망으로 단단하게 솟아 있는 그녀의 유두 끝을 자극하고 있었다.

부르르.

그녀의 몸이 흥분으로 인해 떨려왔다.

"추워?"

그는 그녀가 추워서 그런 줄 아는 모양이었다. 그가 건의 눈을 바라보았다.

"난 3개월 동안 매일 찬물로 샤워를 해야 했어. 그렇지 않으면 녀석이 미친 듯이 서서 건이에게 들어가겠다고 난리였거든."

건이 그의 말에 피식 웃었다.

"안 믿는군."

"믿어요."

그가 떨고 있는 그녀를 안아 들고는 침실로 나왔다. 그리고 수건으로 그녀의 몸을 닦아주었다. 그녀는 루시퍼를 말없이 바라보고 있었다. 그들의 눈이 다시 뜨겁게 허공에서 부딪쳤다.

"건아."

"루시퍼."

그녀는 루시퍼를 꽉 끌어안았다. 루시퍼가 그건 거의 얼굴을 잡아서 다시 키스를 하기 시작했다. 어떻게 3개월이란 시간을 참았는지 건은 알 수가 없었다. 그의 목에 팔을 감고는 깊은 키스를 돌리고 있었다. 그들의 혀가 지난 시간을 보상하듯이 빠르게 얽히고 있었다. 너무나 격렬한 키스에 그의 치아가 부딪혀서 입안에서 피맛이 나고 있었지만 상관없었다.

"으으음."

그녀의 가슴을 그러쥔 루시퍼의 입에서 신음이 터져 나왔다. 그는 그녀의 가슴을 미친 듯이 만지기 시작했다.

"아하."

그녀 또한 루시퍼의 거친 손길에 쾌감을 느끼고 있었다. 그의 손이 가슴에서 그녀의 여성으로 향했다. 손가락이 그녀의 클리토리스를 자극하자 건은 몸을 휘며 격렬하게 반응하고 있었다.

"루시퍼!"

그때였다. 로즈가 그를 부르고 있었다.

"루시퍼."

무슨 비밀을 속삭이듯이 말했다.

"왜."

그가 여전히 그녀의 입술에 키스를 하며 건성으로 답했다.

"잠깐 들어가도 돼요?"

그 말뜻이 무엇인지 성인이라면 단번에 알아들을 수 있었다.

"아니, 피곤해."

"루시퍼."

"미안한데 돌아가 줘."

"……."

그는 건성으로 답을 하고는 그녀의 목에 키스마크를 새겨놓았다. 그리고 그녀를 안아서 침대에 눕혔다.

"루시퍼!"

이번엔 미카엘이었다.

"죽여 버리겠어."

루시퍼의 말에 건이 웃었다.

"루시퍼."

"꺼져!"

미카엘은 뭔가 눈치를 챘는지 두말 안 하고 가버렸다.

"눈치 없는 것들 때문에 죽겠군."

"그렇지만 오늘 그냥은 안 갈 거예요."

"나도 그냥 보낼 마음은 없어."

그들의 입술이 또다시 하나가 되었다. 오랜 기다림이 허기짐으로 바뀌어 그들은 서로를 게걸스럽게 먹고 있었다. 침대 위에 그녀의 모든 곳에 루시퍼가 키스를 했다. 미친 듯이 그녀를 핥기도 하고 빨기도 했다.

그녀의 모든 걸 먹어 치워 버릴 기세였다.

"헉헉."

그의 호흡은 점점 더 거칠어지고 있었다. 완벽하게 그녀에 집중을 하고 있는 루시퍼였다.

"너무 하고 싶어."

"저도 하고 싶어요. 빨리 들어와요."

그는 흥분에 못 이겨 그녀의 다리를 벌리고는 바로 자신의 페니스를 그녀에게 넣었다.

"아아악!"

오랜만에 받아들이는 그의 페니스는 더 커진 것 같았다.

"아아아앙."

하지만 예전과는 다르게 그녀는 고통보다는 쾌감을 더 느끼기 시작했다. 그의 페니스가 그녀의 깊은 곳까지 다다랐다.

"건아."

그가 그녀의 이름을 부르며 미친 듯이 피스톤 운동을 하기 시작했다. 그도 오랜 기간 동안 참았기 때문인지 오늘은 더 흥분한 것 같았다.

"으윽."

그는 거친 숨소리와 함께 격하게 움직이기 시작했다.

"루시퍼."

처음으로 그의 초록색 눈에서 악마의 검은 빛을 보게 된 건이었다. 욕망의 늪에 빠져서 허우적거리는 사악한 눈에는 그녀만 가득 담겨 있었다.

"아, 루시퍼 사랑해요."

"……"

그녀는 저도 모르게 입 밖으로 사랑을 고백했다. 그러나 그는 아무런 말도 하지 않았다. 건은 그의 답을 원한 건 아니었지만 서운함을 느끼는 건 어쩔 수가 없었다.

"루시퍼, 사랑해요."

"……"

건은 다시 말했다. 하지만 역시 그는 답이 없었다. 다만 조금 전보다 더 흥분해서 허리를 움직이고 있었다. 그녀도 그의 격렬한 움직임 때문에 더 이상의 생각은 할 수가 없었다. 질척이는 그들의 야한 소리가 방 안을 울리고 있었다.

그가 그녀의 페니스를 그녀의 몸 안에 둔 채로 그녀의 가슴을 빨기 시작했다. 그의 몸짓은 절박해 보이기까지 했다. 그의 몸은 땀으로 범벅이 되어 있었다.

"루시퍼."

"건아……"

그의 이마에서 흐른 땀이 그녀의 가슴 위에 떨어졌다.

"으으으응."

그는 여전히 허리를 움직이고 있었다. 그의 놀라운 정력에 경의를 표하고 싶은 심정이었다. 그는 그녀의 다리를 자신의 허리에 감게 했다. 더 깊이 그녀의 안으로 들어갈 생각인 것 같았다.

"아아앙."

그가 허리를 돌리자 건은 더한 쾌감을 느꼈다. 그들이 성기가 비벼지는 느낌이 너무나 좋았다. 그가 열정이 가득한 얼굴로 건을 보고 있었다.

"건, 우리 결혼할까?"

사랑 고백도 않던 그가 갑자기 자신의 페니스를 그녀의 질 안에 넣은 채로 프러포즈를 하자 건은 너무 당황스러웠다.

"널 놓치고 싶지 않아. 매일 이렇게 내 침대에 두고 싶다."

그의 고백에 건은 고개를 끄덕였다. 생각하고 말 것도 없었다. 첫사랑이자 짝사랑의 상대인 그가 기적적으로 프러포즈를 했다. 건은 거절을 할 입장이 아니었다.

"좋아요. 우리 결혼해요."

좋았다. 세상을 다 가진 기분이었다. 건을 루시퍼가 으스러지게 안았다.

"건⋯⋯."

그가 격하게 움직이기 시작했다. 더 이상은 참기 힘이 든 모양이었다. 그의 따뜻한 액체가 그녀의 몸 안으로 쏟아져 들어오기 시작했다. 그처럼 강하게 말이다. 건은 다리를 오므리며 그의 것이 밖으로 빠져나가지 않게 잡고 있었다.

이 밤에 그를 닮은 아기가 그녀에게 찾아오기를 바라면서 말이다. 그녀가 말없이 그를 바라보았다. 루시퍼도 여전히 그녀 안에 머물며 팔을 세워 건을 내려다보고 있었다.

"왜 결혼하자고 했어요?"

"함께 있고 싶으니까."

그의 답은 아주 간결했지만 많은 걸 포함하고 있었다.

"지난번 일은 당신 잘못이 아니에요."

"아니, 로라가 날 좋아하지 않았다면 그런 일은 없었을 거야."

"아니에요. 그래서 결혼하자고 한 거라면……."

"쓸데없는 생각하지 마. 결혼식은 집에서 하자."

"좋아요."

"그리고 빨리했으면 좋겠어."

"다들 놀라겠는데요."

"그렇겠지? 아마 필립은 기절할지도 몰라."

건은 필립이 가장 축하해 줄 거란 걸 알았다. 그녀가 얼마나 루시퍼를 좋아하는지 필립만큼 아는 사람은 없으니까 말이다.

"로즈가 실망하겠는데요?"

"할 수 없지. 내가 좀 인기가 많으니까."

루시퍼가 농담을 했다.

"반박할 수가 없네요."

"질투하는 거야?"

"그것 또한 할 말이 없고요."

그의 입술이 그녀의 입술 위에 가까이 다가왔다.

"다시는 다른 여자들로 인해 질투하지 마. 난 건이 거니까."

"고마워요."

그의 말이 이렇게 고마운 적은 없었다. 그의 혀가 그녀의 입안으로 들어왔다. 그리고 그의 손은 다시 그녀의 여성을 감싸기 시작했다. 언제나 그의 곁에 있으면 뜨거워지는 건이었다.

"내일 파리로 떠나."

"그런데 오늘 왜 온 거예요?"

"전용기 핑계로 건일 보려고 왔지."

그의 전용기를 그들이 타고 왔기 때문에 그가 온 것이었다.

"건이는 뭐 할 거야?"

"이제 결혼 준비나 해야죠."

"오늘은 예쁜 말만 하는데?"

그의 입술이 다시 그녀의 입술을 덮었다. 그리고 점점 아래로 내려와 그녀의 유두를 혀로 핥고 있었다.

"난 건의 가슴이 너무나 좋아."

그러면서 그는 한동안 그녀의 가슴을 빨았다.

"당분간은 결혼에만 신경 써."

"일단 미카엘하고 의논해 볼게요."

"알았어. 그리고 지금은 나에게만 집중해. 오늘은 잠을 재우지 않을 생각이니까 말이야."

"저도 자고 싶은 마음 없어요."

이렇게 그들의 침대는 밤새도록 들썩거리고 있었다.

S/S 파리 컬렉션을 사로잡은 올해의 컬러는 '팰리스 블루' 다. 깊은 심연의 바다보다는 청량감이 가득한 바다를 연상시키는 이 색은 블랙과 레드가 트레이드 마크였던 루시퍼를 바다의 거친 남자인 바이킹의 이미지로 바꾸어놓았다.

D브랜드의 메인인 그가 팰리스 블루 정장을 입고 오프닝에 등장하자 모두가 탄성을 터트렸다. 그의 초록색 눈과 블루가 아주 묘하게 조화를 이루고 있었다.

그가 런웨이에서 재킷을 벗자 콘서트도 아닌데 여기저기서 고함 소리가 들렸다. 그의 벗은 가슴은 확실하게 여자들에게 인기 최고였다.

무대를 마치고 그가 백스테이지에서 옷을 갈아입고 있는 동안 로즈는 아무 말 없이 그의 곁을 지켰다.

"왜 그렇게 말이 없어?"

루시퍼가 로즈가 말없이 있는 이유를 알면서도 물었다.

"몰라서 묻는 건 아닐 테고."

"개인적인 일을 일에 끌어들이지 마. 그리고 로즈는 프로니까.
프로답게 굴어."

그가 따끔하게 충고했다.

"내 감정은 내가 알아서 해."

역시 로즈였다. 그에게 한마디도 지지 않았다.

"건만큼이나 사나워."

그는 고개를 절레절레 흔들었다. 로즈가 왜 그러는지 루시퍼는
잘 알았다. 솔직히 루시퍼는 여자와 일하는 걸 그리 좋아하지 않
았다. 왜냐면 자꾸 감정적인 문제가 끼기 때문이었다.

그래도 로즈는 다를 줄 알았다. 그녀의 당당함이 다른 여자들
과 다르게 보였었다. 하지만 로즈 역시 그에게 끈적이고 있었
다.

그가 다음 패션쇼장으로 이동했다. 이번엔 무대에 서지 않고 셀
럽으로 참석을 하면 되는 것이었다. 그래서 그는 A브랜드의 옷으
로 갈아입었다. 정장의 대명사인 이 브랜드를 루시퍼는 개인적으
로 좋아했다.

파리의 하늘처럼 서정적인 색을 표현했다는데 그는 그냥 A브랜

드의 블랙 정장을 입었다.

"보내준 거 입어."

"이게 더 좋아."

루시퍼의 고집은 꺾을 수가 없었다. 디자이너가 싫어하겠지만 그를 셀럽으로라도 모셔오고 싶다면 그가 하는 대로 내버려 두면 되는 것이었다.

"그래도 다른 브랜드를 입고 가지는 않았잖아."

"내가 말을 말아야지."

로즈가 혀를 차며 먼저 차로 향했다. 그의 고집을 꺾을 수 있는 건 단 한 사람뿐이었다. 건을 떠올리며 그는 미소를 지었다. 오늘 A브랜드에 셀럽으로 가는 이유는 건이 무대에 서기 때문이었다.

"서정적인 파리의 하늘이라……."

그는 빨리 가기 위해 서둘러 자신의 차로 향했다. 내일은 하루 여유가 있으니 웨딩드레스를 같이 고르기로 했다. 루시퍼의 얼굴에 미소가 지어졌다. 세상에서 가장 아름다운 신부를 그가 맞이하는 것이었다.

그들의 결혼식은 앞으로 일주일 뒤였다. 될 수 있으면 아주 조용하게 치를 생각이었다. 내일은 그가 에펠탑에서 그녀에게 프러포즈를 할 생각이었다.

"왜 그렇게 웃어?"

"그냥."

"결혼하는 게 그렇게 좋아?"

"응."

"많이 사랑하는구나?"

"아마도."

그는 로즈의 말에 일일이 다 답해주었다. 건에 대한 이야기는 아무리 해도 좋았다. 물론 그의 성격상 단답형이긴 했지만 말이다.

"난 잘 모르겠어. 루시퍼라면 훨씬 더 좋은 여자를 만날 수 있는데 말이야."

"돈은 이미 너무 많이 벌었고 나름 좋은 환경의 집도 있고 유명한 사람들도 많이 알고, 내가 여자에게서 얻어야 할 게 뭐가 있을까?"

"……."

로즈의 말문이 막힌 것 같았다.

"안 그래? 여자에게서 내가 뭘 더 바라야 할까? 그냥 내가 좋으면 된 것 같은데 말이야."

"그렇게 좋아?"

"응, 내 영혼을 다해서 좋아. 그냥 같이 있으면 행복해."

"부러워."

로즈가 솔직하게 말했다.

"뭐가?"

"너처럼 완벽한 악마를 얻었으니 말이야."

루시퍼의 입가에 웃음이 가득했다.

"웃지 마라. 너무 매력적이라서 포기가 안 될지도 모르니까."

"친구로만 좋아해. 그럼 나도 널 친구로 좋아해 줄 테니까."

A브랜드의 패션쇼장에 도착하자 카메라가 일제히 그를 향해 있었다.

"루시퍼, 여기요!"

"루시퍼!"

사진 기자들이 아주 난리였다. 그는 일일이 그들을 향해 손을 흔들어주었다. 그도 자신이 언제부터 이렇게 친절해졌나 하는 생각이 들었다. 카메라 플래시가 폭죽이 터지듯이 터지고 있었다.

그는 싫은 내색 없이 촬영에 응해주었다. 기자들은 이게 웬 떡인가 싶어서 사진을 찍기에 바빴다. 덕분에 질문이 많지 않아 그는 오히려 더 다행이란 생각이 들었다. 루시퍼는 진짜 인터뷰가 싫었다.

쇼장 안으로 들어간 그는 자리에 앉아 건의 순서를 기다렸다.

다들 베이지 톤으로 옷을 입었는데 셀럽 중에 그만 블랙 의상이었다. 그래서일까 안 그래도 튀는데 더 튀어 보였다.

드디어 무대가 시작이 되었고 건이 나오고 있었다. 실크 소재의 블라우스에 비즈와 스팽글이 화려하게 달린 미니스커트를 입은 건은 완벽하게 고급스러워 보였다. 마음에 드는 모습이었다. 저 옷을 사야겠다는 마음이 들었다. 건을 위한 옷이었다.

내일까지 어떻게 참나 하는 생각이 들었다. 어쩌면 오늘 밤에 침대에서 그녀에게 고백할 수도 있었다. 그의 주머니엔 그녀를 위한 반지가 있기 때문이었다.

손이 근질근질했다. 하지만 이를 악물고 그는 참았다. 오늘은 그녀를 늦게 만날 수 있었다. 쇼가 끝이 나고 파티가 있기 때문이었다. 그런 자리를 빠지라고 할 수는 없었다. 그녀가 계속해서 이 일을 하려면 그런 자리는 참여하는 게 좋았다.

그처럼 아예 최고가 아니라면 거절할 수 있는 자리는 아니었다.

"내일을 기대할 수밖에."

그는 입술을 꼭 깨물었다.

파리의 저녁은 황홀했다. 갑자기 루시퍼가 불러내서 좀 놀랐다. 침대에 붙들어두기 바쁜 사람인데 말이다. 건은 피식 웃으며 약속 장소인 에펠탑으로 걸어가고 있었다. 그들이 묶고 있는 호텔에서 아주 가까운 거리기 때문이었다.

파리는 밤공기도 예술적이었다. 예술이 흐르는 곳 같았다.

터벅터벅.

그녀는 운동화에 청바지 차림이었다. 가죽점퍼를 무심한 듯 어깨에 걸치고 그녀는 한밤에 런웨이를 거닐 듯 파리의 거리를 걸었다. 사람들의 시선이 그녀에게 향해 있었지만 신경 쓰지 않았다.

그렇게 기분 좋게 도착한 에펠탑 아래에는 루시퍼가 먼저 와서 그녀를 기다리고 있었다.

"루시퍼!"

그녀는 이렇게 말하며 그를 향해 달려가 그에게 안겼다. 그가 그녀를 품에 안고 그대로 돌렸다. 온전히 영화의 한 장면 같았다. 파리의 밤이 그들을 낭만적이게 만들고 있었다.

"오늘은 어쩐 일이에요?"

"에펠탑에 한 번도 안 올라가 봤거든. 같이 올라가고 싶어서."

"저도 그렇게 파리를 많이 왔는데 에펠탑에 올라가 보진 않았어요."

그녀도 기대가 됐다. 저 위에서 보는 파리의 밤은 어떨지 말이다. 엘리베이터를 타고 한 번에 에펠탑을 오른 건 눈앞에 펼쳐진 전경에 완전히 매료되었다.

"에펠탑의 꼭대기에 있다니 믿어지지 않아요. 마치 밤하늘의 수많은 별을 바닥에 뿌려놓은 것 같아요."

샹드마르스 공원을 가로질러 왔는데 이곳에서 보니 장난감 같았다. 루시퍼가 그녀의 등 뒤에서 그녀를 끌어안고 있었다.

"행복해?"

"네."

"건아."

그가 건의 정수리에 자신의 턱을 고이며 그녀의 이름을 불렀다.

"건아, 우리 앞으로도 더 행복하자."

"그래요."

갑자기 그가 그녀의 손을 잡더니 그녀의 손가락에 반짝이는 반지를 끼워주었다.

"딱 맞네."

"이건……."

건의 눈에 눈물이 고였다. 그가 지금 그녀에게 정식으로 프러포즈를 하고 있었다.

"난……."

"나와 결혼해 줄 거지?"

"네."

그녀가 뒤로 돌아 그의 목을 끌어안은 다음에 입술에 키스했다.

"사랑해요."

여전히 그는 답이 없었지만 그래도 상관없었다. 지금은 그녀의 인생에서 가장 행복한 시간이니까 말이다.

9장

집 안은 쓰레기로 발 디딜 틈이 없었다. 악취도 장난이 아니었다. TV는 시끄럽게 켜져 있었고 그나마 이 집에서 가장 깨끗한 소파에 로라는 길게 누워 천장을 바라보고 있었다. 집 밖에 안 나간지는 일주일이 넘었다.

일주일 전에 나간 것도 굶어 죽지 않으려 패스트푸드를 산 게 전부였다. 6개월이나 쥐 죽은 듯이 있었는데 돌아온 건 루시퍼의 결혼 소식이었다.

"루시퍼가 결혼을 해? 하하하."

웃음이 터져 나왔다. 비벌리 힐스에서 그와 키스를 했었다. 그는 가만히 있었지만 분명히 그녀에게 마음이 있었다. 마음이 없었다면 분명히 밀쳐 냈을 것이다. 그런데 건이 그들 사이를 막았었다.

그런데 그런 여우 같은 계집애랑 루시퍼가 결혼을 한다고 한다.

"미쳤어."

루시퍼가 미치지 않고서는 그런 결론을 내릴 수는 없었다. 로라는 자리에서 일어났다. 이제 마지막 방법을 쓸 때가 온 것 같았다. 그녀는 집 안을 치우기 시작했다. 뭐든 일을 시작할 때 그녀는 집 안을 치웠다.

그래야 마음이 정돈이 되었다. 그녀는 집 안을 싹 치우고 그동안 그녀가 썼던 가발 중에 가장 자연스러운 것을 골랐다.

"아니야. 자연스러우려면 염색이 최고지. 이제 마지막이니까."

그녀는 집에서 검은색 염색약을 찾았다. 그리고 거울을 보며 긴 머리를 단발로 싹둑 잘라 버렸다.

"마틸다가 한번 돼볼까?"

로라의 얼굴에 웃음이 떠올랐다. 변신을 마친 그녀는 검은색 써클렌즈까지 끼워 전혀 다른 모습의 여자가 되어 있었다. 거기에 메이크업까지 하니 정말 다른 사람 같았다.

"그럼 가볼까?"

그녀는 렌터카를 타고 비벌리 힐스로 향했다.

루시퍼와 건의 결혼식은 이벤트 회사에서 준비를 하고 있었

다. 로라는 아주 어렵게 그 이벤트 회사의 헬퍼로 아르바이트를
할 수 있게 되었다. 그녀는 얼굴을 알아볼 수 없게 두꺼운 안경까
지 끼우고 배에 복대까지 차서 조금 뚱뚱해 보이게 몸을 만들었
다.

"난 역시 천재야."

이상하게 날이 갈수록 기분이 약을 했을 때처럼 붕 뜨는 기분이
었다. 사실 집에 있으면서 약을 하긴 했었다. 그녀는 애덤과 있으
면서 약의 루트를 잘 알고 있었다. 그리고 그런 일을 하는 사람들
도 많이 알았다.

어깨너머로 배운 게 있는데 집에서 간단한 약 제조는 얼마든지
했고 그녀는 지금 약을 하지 않았는데도 환각 상태인 것 같았다.

은근히 그날이 기대되었다. 그녀가 건 대신에 주인공이 될 것이
다.

결혼식 전날이었다. 모든 게 완벽했다. 정원에는 아름다운 식
장이 만들어졌다. 루시퍼는 뭐든 화려하게 하는 게 좋았다. 아
마도 어릴 때 너무 없이 자라서 그런지 비싸고 화려한 게 좋았
다. 남들의 눈에 확 띄는 화려한 것들이어야 그의 눈에 들어왔
다.

정원에는 아름다운 흰색 꽃들이 석고 버진로드를 채우고 있었

고 손님들이 식사를 하면서 그들과 피로연을 할 공간도 최고급 호텔처럼 잘 정비가 되어 있었다. 출장 뷔페가 한쪽에 차려질 예정이었고 피로연에서 그들이 출 왈츠 곡을 연주하기 위해 연주자들이 있을 무대도 따로 준비가 되어 있었다.

모든 게 그의 마음에 들게 아주 완벽했다. 규모가 크진 않았지만 그가 원하는 아름답고 화려한 결혼식이 될 것 같았다.

"뭘 그렇게 봐요?"

건이 뒤에서 그를 가녀린 팔로 감싸 안았다. 등 뒤에서 건의 따뜻한 체온이 느껴지자 루시퍼의 얼굴에 미소가 피어올랐다.

"그냥."

"피, 그냥은⋯⋯."

루시퍼는 건이 이렇게 그에게 와서 애교 아닌 애교를 부릴 때가 좋았다. 건은 무뚝뚝한 성격이었다. 더 많은 애교가 필요했다.

"결혼 선물로 받고 싶은 게 있어."

"뭔데요?"

"애교."

건이 웃음을 터트리며 손가락으로 하트를 만들어 그에게 보냈다.

"이런 거요?"

"뭐, 애교라고 불리는 모든 것."

"그런 거 싫어할 것 같은데……."

"애교 싫어하는 남자가 어딨어?"

그녀가 그의 앞으로 나와서 눈웃음을 쳤다.

"오늘은 애교까지는 아니고요. 이것부터 받아요. 다음엔 애교 선물세트를 준비할 테니까."

그렇게 말하더니 그의 손가락에 반지를 끼워주었다.

"빼면 안 돼요."

"당연하지."

"사랑해요. 그리고 나와 결혼해 줘서 고마워요."

건의 진심 어린 말에 루시퍼는 감동했다.

"난 당신처럼 비싼 다이아 반지는 아니지만 그래도 내가 디자인한 반지예요."

"고마워."

건을 품에 안자 그의 사이즈에 꼭 맞게 건이 안겼다. 언제나 건을 안을 때면 이런 느낌이 좋았다.

"건은 신이 나를 위해 만들어준 짝 같아."

"저도 그렇게 생각해요."

그가 건의 정수리에 입을 맞추었다. 건에겐 항상 좋은 향이 나서 좋았다.

"그거 알아? 건에게서 아주 좋은 향이 나는 거."

"으음, 나도 당신 향이 좋아요."

건이 그의 가슴에 코를 묻고는 숨을 깊이 들이마셨다.

"내일이면 우리는 부부야."

"너무 행복해요."

달빛이 그들을 아름답게 비춰주는 밤이었다. 그들은 창가에 서서 깊은 키스를 했다. 루시퍼는 이 행복이 깨질까 갑자기 두려운 마음이 생겼다. 이렇게 매일매일이 행복한 건 그의 인생에서 처음 있는 일이었다.

미카엘은 키스를 하고 있는 건과 루시퍼를 뒤에서 흐뭇하게 보았다. 물만 먹으러 나오면 못 볼 광경을 보게 되는 그였다.

"어휴."

그는 한숨을 쉬며 방으로 가려다가 다시 아래층으로 내려왔다. 아래층에는 로즈가 술을 마시고 있었다.

"아니, 벌써 술을 마시면 내일 어쩌려고 그래?"

"내가 결혼하는 게 아니잖아."

"하긴."

"왜 못 올라가고 서성이는 거야?"

"아주 뜨거워."

로즈가 와인을 단번에 마셨다.

"줄리아는?"

"안 만나."

"왜? 안 만나는데?"

"서로 너무 바빠."

"그래서?"

"헤어졌어."

"차였구나?"

줄리와 미카엘은 서로 너무 바빴다. 줄리가 먼저 고백을 했고 좋은 감정으로 만나긴 했지만 사람 일이라는 게 뜻대로 되는 건 아니었다.

"그래, 차였네. 차였어."

로즈가 술에 취해 중얼거렸다.

"아니야. 서로 너무 바빴어."

"그렇게 믿고 싶겠지."

로즈가 잔에 와인을 따르기 시작했다.

"로즈, 그게 아니라니까."

"아니긴."

화가 난 미카엘은 로즈의 잔을 빼앗아 와인을 마셨다.

"어? 내 건데⋯⋯."

로즈의 혀가 꼬이고 있었다.

"알았다고요."

미카엘은 로즈를 부축해서 1층에 있는 로즈 방으로 데리고 갔다. 손님들이 많아서 각 방마다 손님이 다 들어가 있었다. 그래도 로즈는 루시퍼가 특별히 가장 넓은 방에 넣어주었다.

"으차, 자라."

그녀를 침대에 누여주고 구두까지 벗겨준 미카엘이었다.

"내가 그렇게 매력이 없어."

정신이 돌아온 건지 아니면 아예 나간 건지 알 수가 없었다.

"넌 진짜 매력 덩어리야."

"그렇지?"

정신이 나간 상태였다.

"루시퍼한테 차이고 마음이 아프냐?"

"아니, 미카엘에게 차이고 마음이 더 아팠지."

"나?"

미카엘은 깜짝 놀랐다. 로즈는 베개에 얼굴을 묻고는 중얼거리기 시작했다.

"응, 너. 내가 말이야. 널 아주 오래전부터 좋아했는데 네가 나여자로 안 보인다고 그랬다며?"

"내가 언제?"

미카엘은 그런 말을 한 적이 없었다. 조금 강해 보인다는 말은 했지만 말이다.

"오해야."

"……."

"나 좋아했어?"

"응."

로즈가 코를 골며 잠이 들었다. 로즈가 미카엘의 치명적인 약점을 건드렸다. 여자가 고백을 하면 그냥 사랑에 빠져 버리는 단점 말이다. 확실히 그는 루시퍼와는 다르게 여자 경험이 그렇게 많지 않았다.

그래서일까? 자꾸만 여자들의 말에 마음이 오락가락했다.

"아니야, 이번은 절대로."

줄리도 그랬고 로라도 그랬다. 그전엔 말할 것도 없었다. 다 짧은 만남이었고 역시 그에겐 여자보다는 일이 맞았다. 그는 방에서 나오려고 하다가 로즈에게 손을 잡혔다.

"가지 마."

"로즈."

"홧김에 루시퍼를 좋아하려고 했는데, 그냥 루시퍼는 모델로서만 좋아하려고."

취한 것 같지 않았다.

"잠들 때까지만 있어줘."

그는 또 마음이 약해져서 침대에 걸터앉았다.

"고마워."

그녀는 그렇게 잠이 들었고 미카엘은 한참을 그 자리에 앉아 있다가 나왔다. 자신의 방으로 돌아가려다가 괜히 심란해진 미카엘은 마음을 달래기 위해 정원을 거닐기로 했다. 로즈가 묵은 방은 제일 끝 방이라서 정원으로 나가는 작은 후문이 있었다.

그는 담배 한 개비를 꺼내 입에 물고는 조용히 문을 열고는 밖으로 나갔다. 시원한 바람이 얼굴에 닿자 기분이 상쾌해졌다. 그의 앞에는 결혼식장이 보였다.

쌍둥이 루시퍼가 결혼을 한다는 게 솔직하게 믿어지지 않았다. 그것도 건이랑 말이다. 인연은 있는 것 같았다. 루시퍼의 취향으로 꾸며진 식장은 화려함의 극치였다. 버진 로드를 따라…….

갑자기 미카엘은 자신의 눈을 의심했다. 누군가 버진 로드를 마치 자신의 길인 양 걷고 있었다. 보통 여자들보다 커다란 키에 체격도 있었다. 단발머리의 여자는 신부의 자리에 서서 행복한 표정을 지으며 키스하는 흉내까지 냈다.

제정신이 아닌가 싶은 순간 그는 몸을 낮추었다. 낮추고 싶어서 그런 게 아니라 여자가 갑자기 그의 방향으로 돌아섰기 때문이었다.

쭈그리고 앉아서 여자의 행동을 유심히 살피던 미카엘의 고개가 갸우뚱해졌다. 여자가 가슴에서 무언가를 꺼냈다.

"뭐지?"

순간 저도 모르게 작게 말이 튀어나와 버린 그였다. 다행히 여자는 눈치채지 못하고는 일하는 사람들의 숙소로 향했다. 아르바이트를 하는 사람 중에 하나인 것 같았다. 그런데 어디서 많이 보던 느낌인데 기억이 나지 않았다.

"이상하군."

미카엘은 조금 이상한 생각이 들었다. 느낌이 좋지 않다. 몇 번의 테러를 당하면서 느낀 점은 항상 조심해야 한다는 것이었다. 그는 아침 일찍 경호원들에게 특별히 주의를 줄 생각이었다.

그리고 단발머리의 여자를 찾을 생각이었다.

햇살이 눈부시게 빛나는 아침이었다. 모든 게 완벽했다. 파란 하늘도 따뜻한 바람도 그리고 아름다운 식장도 뭐하나 빠지는 게 없었다. 마치 프랑스 왕궁을 옮겨다 놓은 것 같은 이곳에 하객들이 속속 등장하고 있었다.

많은 하객들은 아니었지만 모두가 알 만한 셀럽들이었다. 물론 로라와도 안면이 있는 사람들도 있었다. 미카엘이 소개해 준 사람들이었다. 모델 일을 했을 땐 일하는 즐거움을 잠시 느꼈었다. 멋진 옷을 입고 걷기만 하는데도 사람들이 환호해 주었다.

지금 생각하면 모델 일을 못하게 된 게 제일 아쉬웠다. 무엇보다 아쉬운 건 루시퍼와 같은 무대에 서지 못하고 그만둔 것이었다. 지금 그녀는 뷔페 앞에서 열심히 음식을 담고 있었다.

"오늘 일당 받고 싶으면 정신들 차려."

오늘 로라는 주방의 잔일도 돕고 서빙도 돕는 일을 맡았다.

"우린 완전 계 탄 날이야. 여기 주인이 루시퍼잖아. 평생 얼굴한번 보는 게 소원이었는데 난 오늘 일당 안 받아도 좋아."

덩치 좋은 흑인 여자가 쉴 새 없이 떠들어대고 있었다.

"넌 루시퍼가 싫어?"

"……."

대꾸하기조차 싫었다. 싫다니 말도 안 되는 질문이었다. 이 세상에 루시퍼를 싫어하는 여자는 없을 것이다. 그때였다.

"루시퍼다."

다른 쪽에서 쑥덕거리는 소리가 들렸다. 검은 턱시도를 입은 루시퍼는 입이 떡하고 벌어질 정도의 섹시함을 장착하고 정원으로 나왔다.

"진짜 끝내주네."

"신부도 진짜 예쁘더라. 동양의 모델이잖아?"

아는 것들도 많아서 저마다 한마디씩은 하는 것 같았다.

"루시퍼에 비하면 신부는 별로야."

로라가 처음으로 한마디를 했다.

"아니던데……."

"아니, 진짜 상대도 안 되는 여자라니까!"

로라가 화를 버럭 내자 모두가 잠잠해졌다. 이러다 싸우기라도 하면 일당도 못 받고 쫓겨날 수 있기 때문이었다. 이럴 땐 모른 척하는 게 나았다.

곧 예식이 시작될 모양이었다. 어젯밤에 챙겨두었던 칼은 지금 그녀의 옆구리에 잘 숨겨져 있었다. 이게 둘 사이를 갈라놓는 최고의 방법이었다. 건을 죽이는 것 말이다.

미카엘이 보이지 않았다. 어딘가에서 진행 상황을 살필 것 같았다. 그게 미카엘의 장기였다. 자신을 드러내지 않으면서 전체를 살피는 것 말이다. 쌍둥이가 달라도 너무 달랐다. 생김부터 성격까지 어느 하나 비슷한 것이 없었다.

로라는 주변을 보았다. 사람들 사이에 낯이 익은 인사들이 있었다. 그들이 혹시나 자신을 알아볼까, 로라는 고개를 숙였다. 오늘은 얼굴에 주근깨도 그리고 다른 날보다 조금 더 화장, 아니, 분장에 신경을 쓰긴 했다.

로라의 눈에 들어 온건 요즘 루시퍼를 쫓아다닌다는 로즈에게 꽂혀 있었다. 건을 제거한 후에는 로즈 차례였다.

"끝이 없군."

루시퍼가 그만큼 여자들에게 인기가 많다는 증거였다. 하긴 결혼을 한다고 떨어질 인기가 아니었다.

"뭐 해?"

"네?"

"음료수 챙겨야지."

그녀를 얄미운 흑인을 한 번 쏘아보고는 음료수를 정리하기 시작했다. 정확한 타이밍을 맞춰야 했다. 여기서 더 벗어나면 건에게 가까이 가기가 힘이 들었다.

"저, 저기 신부……."

그때 누군가 소리를 질렀다. 건이었다. 흰색 면사포를 얼굴까지 드리운 건의 뒷모습이 보였다. 면사포가 어찌나 화려한지 얼굴이 제대로 보이지 않았다. 때는 이때였다. 로라는 몰려든 사람들 사이를 비집고 들어갔다. 그리고 옆구리의 칼에 손을 가져갔다.

로라의 눈은 한곳을 향해 있었다. 루시퍼의 옆에 서 있는 건을 향해 돌진했다. 그녀는 칼로 건을 찔렀다. 그리고 루시퍼를 보며 말했다.

"루시퍼 당신은 내 거야!"

심각한 얼굴로 앉아 있는 루시퍼는 미카엘의 말을 경청하고 있었다. 새벽부터 그에게 찾아온 미카엘이었다. 그를 서재로 부르더니 너무나 충격적인 말을 했다.

"로라를 봤어?"

"응, 머리도 짧고 살이 약간 쪄 보였지만, 분명히 로라였어. 내가 걸음걸이 하나는 기가 막히게 보잖아."

미카엘은 사람을 기억할 때 그들의 걸음걸이도 기억했다. 모델들을 상대하다 보니 어쩔 수 없는 직업병 같은 것이었다.

"확신할 수 있어?"

"불행히도 그런 것 같아. 그리고 혹시나 아니더라도 오늘은 안전에 더 신경을 쓰는 게 좋을 것 같아."

"……."

루시퍼는 심장이 떨려왔다. 다 루시퍼 자신 때문에 벌어진 일이었다. 극성팬 때문에 겪는 일들은 항상 있었지만 귀찮은 일이지 이렇게 위험한 일은 아니었다. 건은 특히 더 다른 때와는 달랐다.

사제 폭탄에 납치, 거기에 강간 미수까지. 건을 너무 위험 속에 빠트린 건 아닌가 하는 생각이 들었다.

"그런데 방법이 떠오르지 않아. 경호팀은 완벽하게 경호를 한다고 했지만, 오늘은 너무 손님들이 많고……."

미카엘이 답답하다는 듯 말하지 루시퍼는 멍하게 창밖을 보았다. 빠르게 생각을 해야 한다. 건을 지키기 위해 머리를 굴려야 했다.

"미카엘 좋은 방법이 생각났어."

"뭔데?"

루시퍼가 미카엘에게 속삭였다. 그의 눈에 띈 여자 경호원이 보였다.

"급하게 웨딩드레스만 주문하면 될 것 같아."

"그 정도야 뭐."

"그리고 얼굴을 완벽하게 가려줄 웨딩 베일도."

"웨딩 베일?"

루시퍼는 여자 경호원을 들어오게 했다. 다행히 그녀의 체격이 건과 아주 비슷했다. 건보다는 살집이 있었지만 옷으로 커버를 하면 될 문제였다.

"괜찮을까?"

"오늘은 폭탄은 아닐 것 같고, 벌써 다 완벽하게 폭탄이 있는지 없는지 했으니 총이나 칼, 또는 염산 같은⋯⋯."

"칼이야."

"어?"

"어젯밤에 분명하게 반짝이는 뭔가를 봤어. 그게 뭔가 했는데 네 말을 들으니 칼이란 생각이 들었어."

"건에겐 비밀이야."

"알았어."

건이 알지 못하도록 비밀스럽게 움직이는 그였다. 건에게 오늘은 세상에서 가장 행복한 날이어야 했다. 경호 대장과는 긴밀하게 이야기를 했고 여자 경호원이게도 안전에 신경 쓰라는 당부를 했다.

로라가 여자이긴 해도 만만히 볼 상대는 아니었다. 어린 시절부터 범죄 소굴에서 자랐기 때문에 죄의식도 없고 기술도 좋았기 때문이었다. 지난 일을 되짚어보면 로라를 건과 같이 입양했어야 했다.

그랬다면 오늘 같은 일이 어쩌면 벌어지지 않았을 수도 있었다. 모른 척하는 것만이 아이에게 도움이 되는 게 아니었던 것이다.

"미카엘."

"왜?"

"고마워."

"결혼을 하니 감성적인 거 알겠는데 나는 지금 걱정이 돼서 죽겠다."

미카엘의 얼굴에 건이를 걱정하는 아버지 같은 모습이 보였다.

"네가 그때 건이를 입양해 줘서 말이야."

처음으로 입양에 대해서 말했다. 미카엘이 한동안 멍하게 그를 보고 있었다. 놀란 것 같았다.

"평상시대로 해."

퍽!

루시퍼가 미카엘의 등을 세게 쳤다.

"미쳤어."

"평상시대로 하라며."

둘만의 애정표현이었다. 블랙 턱시도를 입은 루시퍼의 얼굴이 굳어 있었다. 거울 속의 루시퍼는 완벽했다. 달리 최고의 모델이 아니었다. 별다를 게 없는 무난한 턱시도를 완벽한 옷태로 빛이 나게 만들고 있었다.

"신부보다 신랑이 더 돋보이겠는데?"

로즈가 뒤에서 한마디 했다.

"그냥 심플한 걸로 하라고 했잖아."

루시퍼가 불만 섞인 목소리로 말했다.

"이거 다른 사람들이 입으면 아주 밋밋한 디자인이야. 알아? 평범한 거 구하는 게 더 어렵거든!"

로즈가 톡 하고 쏘아붙였다.

"오늘 새신랑에게 너무 독화살을 날리지 마."

미카엘이 한마디 하자 다른 때 같으면 길길이 날뛸 로즈가 가만히 있었다.

"자, 난 준비가 다 됐고. 밖은 어때?"

"완벽해."

로즈가 흥분해서 말했다.

"나 결혼할 때도 이 업체 부를 거야."

루시퍼가 봐도 준비는 완벽했다.

"이제 신랑 입장할 때라고 손 흔들고 난리다. 마음의 준비는 됐어?"

루시퍼가 미카엘의 말에 고개를 끄덕였다.

"파이팅! 잘해."

뭔 일이 있는 줄도 모르는 로즈가 환하게 웃으며 말했다.

"나가자."

루시퍼는 이렇게 말을 하고는 경호 대장과 눈을 마주쳤다. 그가 준비를 하고, 신부가 나오자 사람들의 시선이 다 그들에게 몰려 있었고 사복을 입은 경호원들이 혹시 모를 사태에 대비했다.

"조심해요."

"네."

루시퍼가 그의 옆에 신부 대역으로 서 있는 경호원에게 말했다. 경호원이 혹시나 다치지 않을까 마음이 쓰였다. 그때였다. 뭔가 소란한 소리가 들리더니 갑자기 경호원이 누군가에게 공격을 당했다. 그리고 여자가 말했다.

"루시퍼 당신은 내 거야!"

로라였다. 검은 머리에 검은 눈동자를 했지만 그녀는 로라가 맞았다. 다행히 경호원은 로라의 손을 잡았고 칼이 스쳐 웨딩드레스를 찢기는 했지만 다치진 않았다.

"괜찮아요?"

루시퍼는 경호원에게 먼저 말을 걸었다.

"네."

사람들은 충격으로 멍하게 그쪽 상황이 정리가 될 때까지 기다리고 있었다. 로라의 팔에 수갑이 채워지고 경찰이 로라를 체포했다. 그때였다. 예상하지 못한 일이 벌어졌다.

건이 아름다운 웨딩드레스를 입고는 로라에게 다가왔다.

"너 때문이야."

로라가 발버둥을 치며 악을 썼다.

"아니, 이건 다 언니 탓이야."

건이 차갑게 말했다.

"루시퍼는 내 남자야, 언니에게 마음도 없고 쓸데없이 상상의 나래를 펴서 겨우 얻은 게 수갑이야?"

"뭐? 내가 여기서 끝낼 줄 알아?"

"여기서 끝내게 내가 해줄 거야. 평생을 감옥에서 썩게 만들어줄게. 나에겐 아주 유능한 변호사들이 있거든. 그들은 자신들이 받는 돈값을 할 거야."

"야!"

"이만큼 당해줬으니 어릴 때 진 빚은 다 갚았어. 잘 가!"

루시퍼도 얼어붙을 만큼 건은 차갑게 말했다. 생각보다 건이 잘 버텨주니 고마운 마음이었다. 차가 떠나고 결혼식장의 분위기가 어수선하자 미카엘이 오늘 피로연 사회를 볼 코미디언에게 부탁을 해서 분위기를 살리고 있었다.

"10분 후에 진짜 예식이야."

"고맙다."

루시퍼가 미카엘에게 고마움을 표했다.

"건아."

루시퍼는 지금 건의 곁에 서 있었다. 거실에 마련된 의자에 앉아 있는 건은 하나의 예술 작품 같았다. 순백의 드레스보다 더 하얀 그녀의 피부와 깔끔하게 틀어 올린 헤어스타일은 루시퍼의 마음을 설레게 만들고 있었다.

간소화된 예식을 원하는 건을 위해 하객의 인원은 최소화했지만 그녀를 위해 그가 준비한 것들은 하나서부터 열까지 화려함의 극치였다. 그녀가 입고 있는 웨딩드레스는 스페인의 유명 디자이너의 작품으로 그의 웨딩드레스는 섹시한 디자인으로고 유명했다. 최고급 레이스로 신부의 라인이 아슬아슬하게 비치게 만들기로 유영한 다자이너였다.

루시퍼는 이 드레스를 고른 걸 후회하고 또 후회했다. 건이 드레스를 너무 완벽하게 소화하고 있었다. 침대로 바로 향하고 싶을 만큼 말이다.

"티아라 고마워요."

갑작스런 건의 말 때문에 루시퍼는 깜빡 놀랐다. 다이아로 된 티아라는 고급 명차 값보다도 비싼 것이었다. 하지만 해주길 잘했다는 생각이 들 정도로 아름다웠다.

"이제 나갈까?"

건에게 손을 내민 루시퍼였다.

"네."

그들은 하객들이 기다리고 있는 식장으로 향했다. 서로의 얼굴을 보며 그들은 무언으로 앞으로 행복하자는 눈빛을 보냈다. 서로를 바라보는 시선에 사랑이 가득했다.

루시퍼는 자신의 정원이 이렇게 아름다운 식장으로 꾸며지리라고는 상상도 해보지 않았다. 왜냐면 결혼을 할 마음이 없었기 때문이었다. 루시퍼의 입가에 미소가 걸렸다. 건을 보기만 해도 오늘은 행복했다. 예식이 끝이 나고 그들을 위한 피로연이 하루 종일 계속되었다.

먹고 마시며 하객들은 기꺼이 그들의 앞날에 축복을 해주었다. 루시퍼는 건의 곁을 떠나지 않았다. 아름다운 신부가 자랑스럽기도 했지만 그녀의 안전을 위하는 마음이기도 했다. 제2, 제3의 로라가 나오지 말라는 법이 없었기 때문이었다.

속으로 그는 이제 모델계에서 은퇴할 때가 되지 않았나 라는 생각이 들기도 했다.

"신부랑 춤을 춰도 되겠습니까?"

미카엘이 다가와 건에게 손을 내밀었다. 루시퍼는 기꺼이 그의 신부를 미카엘에게 인도했다. 둘이 춤을 추고 있는 걸 보니 마음이 따뜻해졌다. 이제 둘뿐이던 그들에게 진짜 가족이 생겼다. 물론 그전에도 건은 가족이었지만 지금은 더 끈끈한 가족이 되었다.

"결혼 소감은?"

"좋아."

"미카엘이 춤을 잘 추네."

로즈가 그의 옆에 다가와 말했다.

"로즈, 신혼여행이 끝나고 얘기할 게 있어. 그때까지 스케줄 잡지 않았으면 좋겠어."

루시퍼는 진지하게 일을 그만둘 생각을 하고 있었다.

미카엘이 로즈에게 손을 내밀었다. 로즈는 미카엘의 손을 잡고 춤을 추기 시작했다. 왈츠를 이렇게 잘 추는 남자는 처음이었다.

"미카엘이 이렇게 춤을 잘 추는지 몰랐어."

"예전에 광고 촬영이 있었는데 루시퍼가 왈츠를 추는 장면이 있었어. 죽어도 혼자서는 안 배우겠다고 해서 같이 두 달간 배웠어."

"그런데 이렇게 잘 춰?"

"그때 춰보니까 재미있어서 난 1년 정도 더 배웠지."

"그랬구나."

"속은 괜찮아?"

미카엘은 어두운 이미지의 루시퍼와 달리 이름처럼 천사 같은 사람이었다.

"어제 일은 기억해?"

"아니."

전부 기억났다. 미카엘에게 쓸데없이 고백까지 했었다. 쥐 구멍이 있다면 숨고 싶은 심정이었지만 어제 술 취해서 기억 못하는 걸로 밀로 나가기로 했다. 미카엘은 루시퍼와 달리 안기고 싶은 남자가 아니라 안아주고 싶은 남자였다.

하지만 오늘 그녀는 미카엘의 품에 안겨 있었다. 비슷한 키에 그녀가 하이힐까지 신어서 더 큰데도 불구하고 이상하게 그의 품에 쏙 들어간 기분이 들었다. 왈츠 선율이 그녀를 따뜻하게 감싸고 있었다.

10년쯤 전에 그녀는 미카엘을 패션쇼장에서 처음 만났다. 루시퍼의 에이전시이자 그와 쌍둥이인 미카엘이 루시퍼보다 더 그녀의 눈을 사로잡았다.

"천사네."

그녀가 미카엘을 처음 보았을 때의 느낌이었다. 그 후로 계속해서 만날 기회가 생겼고 그들은 동갑인 관계로 금방 친구가 되었다. 여러 번 미카엘에게 접근을 했지만 그는 그녀를 여자로 보지 않았다.

그래서 미카엘을 약 올리려고 루시퍼에게 접근을 했었다. 미카엘은 그녀가 루시퍼에게 관심이 있는 줄 알았지만 엄밀히 따지면 로즈는 미카엘이 좋았다. 그녀의 아버지는 아주 유명한 패션디자이너로 아주 엄하고 무서운 분이었다.

그래서 로즈는 어릴 때부터 부드러운 남자를 좋아했다. 그녀의 이상형은 미카엘이었다. 부드럽고 착한데다가 잘생김은 옵션인 그를 말이다.

"진짜야?"

뜬금없이 그녀와 왈츠를 추다 말고 미카엘이 물었다.

"뭐가?"

"나 좋아해?"

"기억이 안 나."

모르쇠로 일관하기 작전에 돌입했다. 하지만 미카엘은 포기하지 않고 계속 어제 일에 대해 말했다.

"난 네가 말한⋯⋯."

"왜 자꾸 그래?"

화도 나고 창피하기도 해서 로즈는 왈츠를 추다 말고는 정원 안쪽으로 무작정 걷기 시작했다. 사실 그녀는 창피한 생각에 여기가 어딘지도 모르고 걷고 있었다. 그녀가 걷는 곳은 편백나무로 된 미로였다. 작은 규모이긴 하지만 들어가면 비밀이 보장되는 아주 은밀한 곳이기도 했다.

"로즈."

미카엘이 눈치 없이 자꾸 쫓아왔다. 빠르게 달리다 보니 갑자기 미카엘은 보이지 않고 사방이 편백나무뿐이었다.

"미카엘!"

겁이 덜컥 밀려왔다. 어딜 가나 길치인 그녀였다. 이렇게 혼자서 떨어지는 건 싫었다.

"미카엘!"

쫓아오려면 끝까지 오지 결국 그녀를 혼자 가게 내버려 둔 것이었다. 화가 머리끝까지 나기 시작했다.

"미카엘 바보!"

허공에다 대고 소리쳤다. 그때였다. 뒤에서 미카엘이 그녀의 팔을 잡았다.

"찾았어?"

아주 얄미웠다.

"그래 찾았어. 바보야."

미카엘이 그녀의 얼굴을 양손으로 감쌌다.

"내가 많이 우유부단해."

"알아."

"여자들이 좋다고 하면 마음이 흔들려."

"아직 임자를 못 만나서 그래."

"그리고 아주 바빠."

"나는 너보다 더 바빠."

로즈는 그의 눈을 바라보며 답했다. 남자의 눈이라고 하기엔 미카엘의 눈은 아름다웠다.

"난 이번에 만나는 여자가 마지막이야."

"나도 이번이 마지막……."

그녀의 입술이 미카엘의 입술에 덮였다. 연약하다고 생각했는데 그는 생각보다 힘이 셌다. 그의 혀가 그녀의 입안으로 들어오고 있었다. 편백나무와 푸른 하늘만이 그들이 벌이고 있는 야한 행동을 보고 있었다.

그의 손이 그녀의 투피스 상의로 들어와 가슴을 만졌다.

"아 흐."

야릇한 느낌에 로즈는 신음을 냈다. 미카엘이 부드럽게 애무할 거라 생각했는데 그는 상남자였다. 힘이 있는 그의 손이 그녀를 만족스럽게 만들어주고 있었다.

"어제 나에게 한 말 진심이야?"

그가 거친 숨을 내쉬며 말했다.

"맞아, 그런데 꼭 물어봐야겠어?"

"어, 난 확실한 게 좋아. 이번엔 실패하고 싶지 않으니까. 루시퍼가 결혼한 것도 부럽고."

"미카엘 잘 들어, 난 너 좋아해."

그녀가 말을 끝내기가 무섭게 미카엘이 로즈를 안았다.

"나도 너 좋아."

"아니라며?"

"내가 언제."

"넌 여자가 좋으면 그냥 막 좋아? 다른 여자가 좋다고 하면 마음이 바뀌겠네."

그녀가 심통을 부리는 모습이 귀여운지 그가 웃었다.

"왜 웃어?"

"예뻐서."

"아주 선수야, 여자들이 듣기 좋아하는 말만 하고 말이야."

너무 선수인 남자는 힘이 들었다. 남자 모델들의 여성 편력을 수년 동안 옆에서 본 그녀로서는 미카엘의 버터를 바른 듯한 말이 믿기 힘들었다.

"진심이야."

미카엘이 로즈의 허리를 힘 있게 잡아서 끌어안았다.

"일할 때의 미카엘과 남자 미카엘은 다를 거야. 난 그렇게 부드럽지만은 않아."

"그런 것 같아."

"만나기 싫으면 지금 말해."

"왜?"

"이제 시작하면 네가 싫다고 해도 안 놓을 거니까."

아주 마음에 드는 말만 하는 미카엘이었다.

"누가 놓으래?"

그녀의 말에 그가 다시 로즈의 입술에 입을 맞추었다. 그리고는 그녀의 치마 아래로 손을 넣었다. 그의 섹스 스타일은 굉장히 남성적이었다.

"미카엘."

그의 손이 그녀의 팬티 안으로 들어와 여성을 만지기 시작했다.

"부드러워."

그녀의 여성을 만지며 그의 혀는 그녀의 목을 핥았다. 로즈는 미카엘의 거친 손길이 솔직히 좋았다. 아니, 이런 식으로 저돌적일 줄은 몰랐다.

"아아앙, 미카엘."

로즈는 미카엘의 이름을 연속해서 불렀다. 미카엘이 그녀의 팬티를 내려 자신의 주머니에 넣었다.

"누가 오면 어쩌지?"

"여긴 아무도 안 들어와. 들어온다고 해도 상관없어."

"하긴."

그녀도 쿨하게 받아들였다.

"지금은 그냥 널 갖고 싶어. 로즈."

"나도 미카엘."

그가 바지를 무릎까지 내리고는 그녀의 다리 한쪽을 들어 올렸다. 로즈는 그의 페니스의 크기를 보고는 깜짝 놀랐다. 로즈는 새로운 미카엘의 모습에 아주 만족했다. 그녀가 더 적극적으로 미카엘에게 다가가 그의 페니스를 손에 잡고는 자신의 질로 인도했다.

"으윽, 로즈."

미카엘의 잠긴 목소리가 그녀를 자극했다. 둘은 그렇게 서서 첫 섹스를 했다. 불편함도 모른 채 둘은 서로를 향해 끊임없이 욕망을 풀어나갔다. 루시퍼와 건의 결혼은 그들에겐 더 이상은 존재하지 않았다.

10장

밤하늘에 별들이 가득했다. 뉴욕의 하늘에선 도저히 상상할 수
없는 아름다운 별의 융단이 비벌리 힐스의 밤을 수놓고 있었다.
피로연에선 현악기들의 연주가 그 아름다움을 더해주고 있었다.

그녀의 허리에 루시퍼의 손이 감겨 있었고 건은 고개를 들어 하
늘을 바라보며 춤을 추었다. 오늘 몇 시간째 춤을 추는지 몰랐다.
하객들과도 췄고 루시퍼와도 틈틈이 췄다.

"피곤해."

루시퍼가 그녀를 내려다보며 물었다.

"이상하죠? 하나도 피곤하지 않아요. 나의 왕자님이 곁에 있으
니까요."

그녀의 닭살스러운 말에도 적응이 되었는지 그는 아무 말도 하지 않았다.

"오늘 일은 좋은 것만 기억했으면 해."

아무래도 로라의 일이 걱정이 되는 모양이었다.

"오늘은 나에게 가장 좋은 날이에요."

"예쁘다."

그가 건의 얼굴을 쓰다듬으며 말했다. 마치 사랑한다는 말을 하고 있는 것처럼 말이다. 하지만 그는 아직 그녀를 사랑하지 않았다. 하지만 건은 자신이 있었다. 그녀가 사랑하는 만큼 그가 그녀를 사랑하게 만들 거라고 말이다.

그의 품에 폭 안긴 그녀는 한동안 음악에 몸을 맡기고 있었다.

"드디어 미카엘 녀석이 왔군."

"로즈하고 같이 있었나 봐요."

"둘이 좀 수상해."

"로즈는 당신 좋아했잖아요?"

"그러게 너무 빨리 마음이 변했는데?"

그가 웃으며 말했다. 로즈와 미카엘은 멀리서 봐도 어디서 뭘 했는지 단번에 표가 났다.

"우리보다 더 뜨거운 것 같은데?"

"지는 건 싫어요."

그녀의 말에 루시퍼가 웃었다. 그의 모습을 보고 있으니 건도 웃음이 절로 나왔다.

"두 사람 잘됐으면 좋겠어요."

"내 생각도 그래."

피로연이 끝이 나고 그들은 첫날밤을 보내기 위해 집 안으로 들어왔다.

"오늘 고생했어."

"아니에요."

그들은 2층 거실 소파에 앉아 와인 한잔하기로 했다. 하루 종일 너무 긴장했기 때문에 와인을 마시며 긴장을 풀고자 했기 때문이었다.

핑크색 피로연 드레스를 입은 건은 모델로서의 위엄을 한껏 뽐내며 아름다운 자세로 그를 유혹하고 있었다.

"오늘 내가 완전히 건에게 반한 것 같아."

"다른 날은 아니었어요?"

"다른 날도 그렇지만 오늘은 특히 더 예뻐."

그의 말에 건이 유혹적인 미소를 보냈다. 그들의 이런 달아오른 분위기가 절정에 이를 때, 미카엘이 2층으로 올라왔다. 게다가 혼자가 아니라 로즈와 함께였다.

"깜짝이야!"

루시퍼를 본 둘이 동시에 말했다.

"로즈의 방은 1층 아니야?"

루시퍼가 놀리듯이 물었다.

"아니, 그러니까……."

"축하해요."

건이 미카엘을 보며 말했다.

"아니야."

로즈가 극구 부인을 하자 미카엘이 로즈의 손을 잡았다.

"맞아."

"미카엘."

로즈가 눈을 동그랗게 뜨며 말했다.

"다 티나. 축하해 줘서 고마워."

미카엘답지 않게 능청스럽게 말했다.

"와인 한잔하고 들어가."

미카엘이 로즈의 손을 끌어당겼다. 그러자 로즈도 어쩔 수 없이 미카엘을 따라왔다.

"솔직히 좀 놀랐어. 로즈."

"그래, 나도 놀라고 있는 중이야. 루시퍼."

"언제부터야?"

"처음 봤을 때부터니까 아주 오래전이야."

로즈의 말에 건은 상당히 놀랐다. 루시퍼를 좋아하던 게 아닌가 했는데 그들이 잘못 생각한 모양이었다.

"미카엘이 날 여자로 안 본다고 해서 열 받아서 루시퍼를 좋아하는 척했어. 루시퍼야, 모델로서는 지금도 팬이지만 말이야. 그래서 더 루시퍼에 빠진 척하는 게 쉬웠어. 내가 좋아하는 연예인과 내 남자는 다른 거잖아."

로즈가 특유의 말발로 남자들을 압도하고 있었다.

"건은 좋아하는 연예인 없어?"

"전 루시퍼요."

"그렇게 내가 좋아하는 스타가 내 남자가 되는 경우는 하늘의 별 따기보다 어려운 일이야."

"맞아요. 그리고 두 분 진짜 잘 어울리세요."

"알아."

로즈는 언제나 자신감이 넘치는 여자였다. 그 모습이 정말로 좋아 보였다. 와인을 마시며 그들은 한동안 이야기를 하다가 각자의 침실로 향했다. 그런데 문제는 침실에서부터 벌어졌다. 화끈한 첫날밤을 기대했는데 루시퍼가 술에 취해 잠이 들어버렸다.

그것도 턱시도를 입은 채로 말이다.

건은 첫날밤의 신부가 아니라 그의 엄마같이 그의 옷을 하나씩 벗겨주었다. 덩치가 커다란 루시퍼의 옷을 벗겨내는 데도 상당한 힘이 필요했다. 땀을 뻘뻘 흘리며 그의 옷을 다 벗긴 건은 완전히 녹초가 되어버렸다.

"진짜 너무하네."

건은 드레스만 벗고는 그의 옆에서 바로 곯아떨어져 버렸다.

늦은 아침이 되었는데도 그들은 아직 한밤중이었다. 누구도 신혼부부를 깨우는 일은 하지 않았다. 그들이 아직 야릇한 시간을 보내고 있다고 생각하기 때문이었다. 하지만 그들은 지금도 잠에 곯아떨어져 있었다.

먼저 눈을 뜬 건 건이었다.

똑똑똑.

누군가 그들의 방문을 두드리는 소리가 났기 때문이었다.

"주인님."

필립이었다. 건은 가운만 걸치고 밖으로 나갔다.

"필립 왜요?"

"죄송합니다. 지금 점심시간이……."

"어머, 벌써 그렇게 됐네."

"네, 그리고 문제는 경찰이 아까부터 아주 급하게 찾고 있습니다."

"지금 루시퍼 자요."

"아는데 너무 급하다고 몇 번이나 전화가 와서……."

그녀가 루시퍼를 깨우려고 몸을 돌리는 순간 루시퍼가 그녀의 뒤에 와서 서 있었다.

"갈게요."

"네, 주인님."

그는 가운도 입지 않고 완벽한 나체로 서서 필립에게 말했다. 필립이 돌아가고 루시퍼는 건에게 미안하다는 말을 했다.

"어제 너무 피곤했었나 봐."

"저도 그때 잤어요."

"어제는 미안했지만 오늘은 기대해도 좋아."

그의 말에 웃음이 났다.

"경찰서 갈 거예요?"

"가야지, 어제 약속했으니까."

"그럼 오늘 같이 가요."

"아니, 나 혼자 갈게."

"제가 당한 일도 있으니까 같이 가는 게 나아요."

건이 고집을 부려서 그들은 같이 경찰서로 갔다.

"하트 부부가 처음으로 부부 동반으로 가는 곳이 경찰서라니 웃기는군."

루시퍼가 불만을 드러냈다.

"어쩌겠어요. 다음엔 이런 일이 없도록 노력해요."

"알았어. 이제 내가 모델 일을 하지 않을 거니까. 시간이 좀 걸리겠지만 서서히 잊힐 거야. 조금만 기다려.

"당신은 절대로 잊히지 않을 거예요."

경찰서 안으로 들어간 그들은 조사를 받았다. 로라가 지난번에 건을 납치한 것도 모두 말했다. 오늘은 대질이 있지 않았고 로라의 얼굴을 보지 않아도 된다는 생각에 건은 마음이 놓였다.

"왜 무서운 거야?"

"그게 아니라 기분이 좋지 않죠. 그래도 어려울 때 함께했던 언니고 잠시나마 가족이었잖아요. 다시 만났을 땐 좋았어요. 일이 이렇게 돼버렸지만 말이에요."

"나도 유감이야."

둘은 경찰서에서 나와 집으로 향했다.

"우리 바람이나 쐬고 들어갈까?"

"네, 답답했는데 좋아요."

그녀는 기분이 좋지 않았지만 그래도 루시퍼의 이런 배려에 기분이 조금씩 나아지고 있었다.

바쁘고 또 바쁜 날이었다. 하루 종일 집에 있는데도 뭐가 그리 바쁜지 건은 종일 집 안을 휘젓고 다니느라 정신이 없었다. 그전에는 필립이 하는 대로 가만히 있었는데 이제 안주인이다 보니 루시퍼의 너무 화려한 취향을 그녀의 스타일로 바꾸고 있는 중이었다.

결혼한 지 3개월 차인 건의 하루는 이랬다. 아침에 일어나서 아침 운동을 하고 식사 후에 정원사들과 함께 궁전풍의 정원을 조금 더 간소화하는 작업을 논의했고 점심 식사 후에는 집 안에 인테리어 업자를 불러 하나씩 상의하며 고쳤다. 거기다가 요즘 그녀는 유화에 빠져서 일주일에 두 번은 선생님이 직접 찾아와서 하는 강의를 들었다.

틈틈이 필립에게 집안 살림하는 법을 배웠고 주방장에게 요리하는 법도 배웠다. 모든 게 바쁘게 돌아가고 있었다. 점심을 먹고 잠깐 필립과 차 한잔을 마시는 시간을 가진 건이었다. 그녀는 홍차를 마셨고 필립은 커피를 마셨다.

"결혼을 하면 편할 줄 알았어요."

"저도 달라질 게 없다고 생각했습니다."

"그렇죠? 근데 왜 이렇게 복잡할까요?"

"건의 스타일대로 하다 보니 일이 좀 많아지는 것 같아요."

"하지 말까요?"

필립이 난처한 표정을 지었다.

"집안의 반을 뒤집어놓고는 안 하면 어떻게 되겠어요?"

"그렇겠죠?"

"어떻게 할지 계획은 있으신 거죠?"

그녀가 고개를 흔들자 필립이 울상이 되었다.

"당연히 있죠. 농담한 거예요."

"루시퍼 님은 언제 오시죠?"

"내일이요. 이제 일을 마무리하는 단계라서 마지막 일인 것 같아요. 앞으로는 쉴 것 같아요."

루시퍼는 일을 쉬면서 평소에 하고 싶어했던 글쓰기를 할 생각이라고 했다. 패션계의 이야기가 아닌 스릴러물을 써보고 싶다고 했다.

건은 찬성을 했다. 그가 어떤 느낌의 글을 쓰게 될지 아주 궁금했다. 갑자기 그녀를 좋아하게 된 게 궁금한 것처럼 말이다.

"필립, 왜 루시퍼는 날 그렇게 싫어하다가 갑자기 좋아하게 됐을까요?"

"캑!"

커피를 마시다가 말고 필립이 사레가 들렸다.

"필립 괜찮아요?"

"네."

"왜 그러는 건데요?"

"캑캑, 아닙니다."

필립은 점잖은 사람이었다. 웬만큼 놀라지 않으면 이렇게 사레가 들릴 사람이 아니었다. 건은 뭔가 이상했다. 그래서 눈을 가늘게 뜨고 필립에게 물었다.

"뭐 알고 있는 거 있어요?"

"제, 제가요?"

"네, 뭔가 자꾸 이상한 냄새가 나는데……."

필립이 자리에서 빠르게 일어났다.

"전 오후에 준비할 게 있어서……."

"아까는 할 일 없다면서요?"

"생각해 보니 있어요."

그가 빠르게 2층 거실에서 아래층으로 내려갔다.

"뭔가가 있어."

건은 의심의 눈초리를 하며 자신의 침실로 들어갔다. 요즘은 일기를 거의 안 쓰고 있었다. 바쁘기도 했지만 예전처럼 속마음을 터놓을 곳이 없어서 일기에 그녀의 고민을 쓰지 않아도 됐기 때문이었다.

그녀의 고민은 루시퍼가 들어주었다. 하긴 그녀의 최대의 고민이 루시퍼였는데 그는 이제 그녀의 것이 되었기 때문이었다.

오랜만에 화장대 아래 박스에서 일기장을 꺼내 읽었다. 왠지 추억에 사로잡히는 기분이었다. 얼마나 루시퍼를 사랑했는지 그에

대한 절절함이 그대로 일기장에 녹아 있었다.

"그랬었지."

건의 얼굴에 미소가 피어났다.

"건, 아래 주문한 물건 왔어요."

필립이 그녀를 불렀다.

"네, 가요."

아마도 서재에 둘 그녀의 의자가 온 모양이었다. 그의 옆에서 책을 읽으려면 편안한 의자가 필요할 것 같아서 주문을 한 것이었다.

서재에 그녀를 위한 붉은색의 의자가 왔다. 마치 싱글 침대 같은데 분명 의자였다.

"진짜 편해요."

"보기에도 그렇습니다."

"앉은 김에 책 한 권 읽을래요."

"네, 커피 한잔 가져다드릴까요?"

"아뇨, 볼일 보세요."

그녀는 의자에 편하게 앉아서 볼 책을 고르려 했지만 책의 양이 어마어마해서 뭐가 뭔지 알 수가 없었다.

"루시퍼가 보는 책을 보는 게 낫겠어."

그녀는 루시퍼의 책상으로 향했다. 결혼을 하고 그의 서재에 이렇게 혼자 있어본 건 처음이었다. 루시퍼의 책상은 더더욱 처음이었다. 그의 책상 의자는 마치 백작의 거대한 의자 같았다.

"취향이 참 별나."

그녀는 이렇게 말하며 그의 책상 위의 물건들을 살펴보았다. 책상은 깔끔하게 정리가 되어 있었고 그 앞에는 그들의 결혼 사진이 있었다. 마치 화보같이 잘 나온 사진이었다. 이 사진은 유이토가 결혼 선물로 준 것이었다.

똑같은 사진이 큰 액자로 2층 거실에 걸려 있었다. 그리고 잉크와 펜이 있었다. 어디에도 책은 없었다. 그런데 그녀의 눈에 작은 상자가 보였다. 이 상자는 꼭 그녀의 일기가 든 상자와 비슷했다.

"뭐지?"

궁금한 마음에 그녀는 판도라의 상자를 열 듯이 상자를 열었다. 그곳에는 한 권의 다이어리가 있었다. 건은 저도 모르게 다이어리를 열었다. 일기장이었다. 기록한 지는 1년 정도가 된 것이었다.

"읽어도 될까?"

말은 이렇게 하면서도 눈은 일기장으로 향해 있었다.

"딱 한 장만 읽을까?"

악마가 그녀에게 속삭이고 있는 것 같았다.

"딱 한 장만……."

그 내용은 다음과 같았다.

─오늘 우연치 않게 건의 일기장을 주웠다.

안 읽으려 했는데······.

"미쳤어. 내 일기를 읽은 거야?"

건의 손이 떨려왔다.

─시선이 자꾸만 간다. 평소의 얄미운 건이

이상하게 여자로 보인다.

도저히 참을 수가 없어 입술을 훔쳤다.

심장이 터져 버릴 것 같았다.

마치 키스를 처음 한 순간처럼 말이다.

이래도 되는 걸까?

그의 고민이 그대로 드러나고 있었다. 우연히 주운 일기장 때문
에 그녀의 마음을 알아버린 루시퍼였다. 처음엔 그저 신기하게 여
기다가 어느 순간 그녀가 여자로 보였나 보다. 건은 일기장에서
눈을 뗄 수가 없었다.

─그녀가 납치되었다가 돌아왔다.

그녀가 사라졌을 때

난 완벽하게 미친놈이 되어 있었다.

…….

돌아오기만 하면 고백하려 했는데

오늘도 용기가 없었다.

"루시퍼……."

건은 도저히 말을 할 수가 없었다.

─사랑한다는 말이 싫다.

그 말로는 그녀에 대한 나의 마음을 담을 수가 없다.

그래서 난 오늘도 말하지 못했다.

나의 마음을…….

건의 눈에서 눈물이 흐르고 있었다. 그에게 사랑한다는 말을 듣지 못해서 얼마나 서운했는지. 그 말을 해야 그가 자신을 사랑하는 거라 생각했는데, 그는 더 큰 마음을 그녀에게 갖고 있었다.

"사랑해요."

주르르 눈물이 흘러내렸다. 서재에서 나온 그녀는 자신의 일기장을 다시 한 번 보았다. 20권의 일기장이 그대로 있었다. 그가 말했다. 우연히 봤다고 생각할수록 미스터리했다.

"예전에 내 방에 들어왔었나?"

지금은 신혼 방에 같이 있으니 혹시나 그녀의 화장대 아래의 일기장을 볼 수 있었지만 그전엔 그녀의 방에 들어오지 않는 이상은 볼 수가 없었다.

"이상하네. 물어볼 수도 없고."

하지만 얼굴에 미소가 끊이지 않았다. 그의 마음을 들여다본 기분이었다. 그가 그녀를 사랑하고 있었다.

"뭐가 그렇게 좋아요?"

필립이 그녀에게 물었다.

"있어요. 어떻게 봤을까요?"

"네?"

필립의 얼굴이 또다시 사색이 되었다.

"뭐, 뭘요?"

"아니에요."

저녁을 먹은 후에 그녀는 샤워를 하고 일찍 잠이 들 준비를 했다. 내일은 루시퍼가 오기 때문에 아침부터 분주하기 때문이었다.

"루시퍼, 보고 싶어요."

침대에 누워 시트를 머리까지 덮은 채 건이 말했다.

"보면 되지."

그녀는 시트를 내리고 방문 쪽을 보았다.

"루시퍼?"

어두운 방 안에 루시퍼가 서 있었다. 믿을 수 없는 일이었다.

"꺄악! 루시퍼!"

그녀가 루시퍼를 향해 달려가 안겼다.

"건."

"일찍 왔네요. 보고 싶었어요. 내일 오는 거 아니었어요? 밥은 먹었어요?"

"한 가지만."

정신없이 물어대는 통에 루시퍼가 웃으며 한 가지만 물으라고 했다.

"보고 싶었어요."

건은 마음을 가다듬으며 말했다.

"나도 보고 싶었어."

그가 그녀를 품에 꼭 끌어안으며 말했다. 루시퍼의 얼굴을 보자 건은 또다시 실없는 사람처럼 웃음이 터져 버렸다.

"무슨 좋은 일 있어?"

"아뇨, 그냥 다 좋아서요."

"다행이야."

"어서 씻어요. 밥은 먹었어요?"

"밥은 비행기 안에서 먹었고 샤워하고 자고 싶어."

그는 이렇게 말을 하고는 욕실로 향했다. 결혼하고 달라진 점은 조금 더 여유로워진 섹스 생활이었다. 여전히 서로를 강하게 원했지만 서두르진 않았다. 누가 볼까? 아니면 시간이 없다던가 하는 일은 없었다. 그냥 여유 있게 서로를 안으면 되는 것이었다.

샤워를 마친 루시퍼가 아무것도 걸치지 않은 채로 나왔다.

"결혼해서 좋은 점이 뭔 줄 알아요? 완전히 벗은 루시퍼를 마음 껏 볼 수 있다는 거예요."

"하하하, 그래?"

"돈 안 내고 볼 수도 있고 화보에는 감질 맛나게 뒷모습만 보인 다거나, 앞의 완벽한 모습을 볼 수 없다는 단점이 있죠."

"야해."

"맞는 것 같아요. 난 야해. 그것도 아주."

건이 웃으며 침대 위에 누워 그를 올려다보았다. 그리고 검지를 까딱이며 그를 불렀다.

"이런 것도 아주 좋아요."

건의 목소리가 갈라지기 시작했다. 그가 아주 위험한 눈빛으로 그녀를 바라보았다.

"하루를 앞당기느라 너무 많은 사람들이 고생했어."

"여유를 가지고 하지 그랬어요. 하루 차인데……."

"하루를 못 참겠더라고."

그는 말과 동시에 그녀가 누워 있는 침대 위로 올라왔다. 그의 무게에 침대가 움푹 들어갔다. 그가 무릎으로 기어와 그녀의 옆에 누웠다.

"후~"

"왜요?"

"덮칠 것 같아서. 일주일이 지옥 같았어."

그녀가 그의 가슴에 손을 얹자 그가 갑자기 손목을 잡아서 위로 들었다.

"잠깐. 급하게 하면 당신을 다치게 할 것 같아. 그동안 미치는 줄 알았거든."

그는 최대한 자제하고 있었지만 오늘 건은 그렇게 하고 싶지 않았다. 그의 일기장 때문에 건도 지금 흥분 상태였다. 루시퍼를 빨리 받아들이고 싶었다.

건이 루시퍼의 손을 잡아 그녀의 여성에 가져다 댔다.

"건."

"하고 싶어 미치겠어요."

그녀의 여성은 이미 촉촉하게 젖어 있었다. 아니, 넘쳐흐르고 있었다.

"거칠게 해줘요. 아무 생각도 할 수 없게……."

그녀의 입술을 머금은 루시퍼는 그녀의 입안에 혀를 깊이 넣었다. 그녀가 아무 생각도 할 수 없게 숨 쉴 틈조차 주지 않고 있었다.

"으읍, 으으음."

루시퍼는 거칠게 그녀의 입술을 차지했고 그녀 역시 루시퍼의 목에 매달려 그의 혀를 빨고 또 빨았다. 그의 머리카락에 손을 박고는 열심히 그의 얼굴에 키스를 한 건이었다. 마치 오늘 아니면 안 될 것처럼 처절한 키스를 그에게 돌렸다.

갑자기 그녀를 으르렁거리며 떼어낸 루시퍼는 건의 다리를 벌렸다. 그의 초록색 눈빛이 검은색으로 변하며 마치 흰자가 없이 눈 안이 온통 검은색으로 된 악마와 같이 보였다. 위험했다. 그이 말대로 오늘 그에게는 참을성이라고는 없었다.

그의 단단한 페니스로 건의 여성을 둘로 가르고 있었다. 천천히 움직이는 그는 마치 숨 고르기를 하는 것 같았다. 그녀의 애액이 그의 페니스에 묻었다. 얼마나 흥분을 했는지 오늘은 질척이는 소리가 더 컸다.

"빨리요."

"으윽, 기다려."

그가 이를 악물며 위험스럽게 말했다. 그리고 페니스를 여성에 대고 문지르기를 반복하고 있었다. 소름이 돋을 만큼 자극적인 그의 행위로 그의 페니스가 번들거리기 시작했다.

"루시퍼, 제발."

그녀의 말에 더 이상은 참을 수가 없었는지 그는 자신의 페니스를 그녀의 안에 밀어 넣었다.

"아아아악, 아, 아파."

오늘은 그도 그녀도 너무 흥분한 탓에 그의 페니스가 더 커진 느낌이었다. 그녀의 질이 찢어질 듯이 아파왔다.

퍽퍽퍽, 퍽퍽!

완전히 젖어 있는 그녀의 질은 그의 페니스가 움직일 때마다 끈적이게 질척한 소리를 토해내고 있었다.

아주 자극적인 소리였다.

"루시퍼, 더 깊이."

그녀가 그의 엉덩이를 양손으로 잡으며 말했다. 그의 엉덩이에 얼마나 힘이 들어갔는지 엉덩이를 잡고 있는 그녀의 손가락이 들어가지도 않았다.

살면서 이렇게 누군가를 원해보긴 처음이었다.

"아앙, 아아아아!"

그녀의 입에서 강한 신음이 터져 나오고 있었다. 그의 쿠퍼액과 그녀의 애액이 범벅이 된 아래 부분은 홍수가 터진 듯했다. 그가 허리를 움직이며 그녀의 가슴에 얼굴을 묻었다. 가슴에 닿은 그의 얼굴은 땀으로 뒤범벅이 되어 그녀의 살에 그대로 묻어났다.

그녀는 그의 머리에 손가락을 넣었다. 그는 머리카락까지 젖어 있었다. 그가 몸을 일으키더니 그와 그녀가 연결된 부위 위에 있는 클리토리스를 손가락으로 자극하기 시작했다.

"아아앙, 루시퍼!"

미칠 것 같은 쾌감이 클리토리스에서 몸 전체로 퍼져 나가고 있었다. 이러다가 돌아버리겠다는 생각마저 들었다.

루시퍼가 다시 허리를 움직이며 비벼대기 시작했다. 루시퍼는 그녀의 욕망으로 풀린 눈을 바라보고 있었다. 마치 그녀의 영혼까지 지배할 것처럼 말이다. 루시퍼의 격렬한 몸놀림에 건은 체력이 완전히 방전이 된 것 같았다.

"루시퍼, 당신은 진짜……."

"진짜 뭐?"

"짐승 같아요."

그녀의 말에 그가 웃음을 터트렸다. 그러다 금방 얼굴을 굳히며 좀 전의 욕망에 사로잡힌 모습으로 변했다.

"건……."

그가 더 이상은 참기 힘든지 갑자기 속도를 더했다. 얼굴이 빨갛게 달아오른 그는 숨조차 쉬지 않고 열심히 허리를 움직였다.

"으으앙, 하아, 루시퍼!"

그녀는 루시퍼를 연속해서 불렀다. 그의 음란한 움직임에 건은 몸 속 깊이에서부터 강렬한 쾌감을 맛보았다. 그녀의 몸 안에 그의 따뜻한 분신들이 쏟아져 들어오기 시작했다.

"으윽, 건아."

그는 마지막까지 자신의 분신들을 쏟아낸 다음에야 그녀의 옆에 쓰러졌다.

"헉헉헉."

섹스는 끝이 났지만 그의 호흡은 아직도 거칠었다. 그는 어깨가 들썩일 정도로 거친 숨을 몰아쉬었다.

"으으으, 비행기를 너무 오래 타서 힘든가 봐."

그가 기지개를 켰다.

"다음엔 천천히 와요."

"이제 다시는 나 혼자 움직이지 않을 거야. 보고 싶어 죽는 줄 알았어."

"저도요."

"오늘 이상해."

그가 그녀의 머리카락을 귀 뒤로 다정하게 넘겨주며 말했다.

"사실은……."

"왜?"

그의 눈빛이 불안하게 흔들렸다.

"무슨 일이야?"

그의 목소리가 날카로웠다. 그의 신경이 이렇게 곤두서는 건 다로라 때문이었다.

"위험한 건 아니에요. 내가 뭘 봤어요. 당신 서재에서."

그가 감이 온다는 표정이었다.

"보려고 한 건 아니에요. 오늘 내 의자가 왔거든요. 그래서 서재에 갔다가 의자에 누워 책 좀 읽으려고 이 책 저 책 찾다 보니 그만……"

"뭐, 괜찮아. 나도 본의 아니게 봤으니까."

건은 그게 궁금했다.

"내 방에 왔었어요?"

"아니, 내 방문 앞에 떨어져 있었어."

"거짓말, 전 일기를 밖으로 들로 나가지 않아요."

"진짜야. 내가 이제 와서 왜 거짓말을 하겠어. 안 그래?"

하긴 그의 말이 맞았다. 그가 거짓말을 할 이유가 없었다.

"일기장이 발이 달려 있는 것도 아니고……"

"이상하긴 하네."

"그렇죠."

"그런데 말이야. 난 감사해."

"뭘요?"

"그 일기장을 보지 않았다면 내 심장에 건을 맞을 수가 없었을 거야."

"내 일기장이 당신의 심장을 명중한 거예요?"

그가 건을 다시 한 번 꽉 끌어안았다.

"우리는 이렇게 연결될 수밖에 없었어."

루시퍼의 성은 하트고 그녀의 이름은 건, 즉 총이었다. 그래서 루시퍼의 심장에 총을 맞은 거라고 루시퍼가 말했다. 그의 말이 맞았다. 그는 그녀의 사랑의 총에 맞은 것 같았다. 그의 입술이 다시금 그녀의 입술을 덮었다. 행복했다. 루시퍼의 심장 소리가 그녀의 귀에 그대로 들리고 있었다.

그녀를 향한 루시퍼의 심장이 말이다.

11장

 루시퍼의 집은 이제 건의 집으로 완벽하게 탈바꿈이 되었다. 궁전 같았던 집은 안주인의 노력으로 비벌리 힐스에서도 명소로 꼽힐 만큼 아름다운 곳이 되어 있었다.

 그들이 결혼한 지 1년이 넘었지만 아직 뜨거운 부부였다. 따뜻한 햇볕이 내리쬐는 정원에 커다란 천막이 쳐져 있었다. 그곳은 루시퍼가 답답한 서재 대신 집필을 하는 공간으로 사용하고 있었다.

 풀 냄새도 맡고 새소리도 들리고 가끔은 벌의 공격도 받으며 루시퍼는 열심히 작가로서의 제2의 인생을 살고 있었다.

 건은 그의 옆에서 책으로 얼굴을 덮고는 단잠에 빠져 있었다.

"으으으~"

건이 기지개를 켰다.

"나 많이 잤어요?"

"조금."

"루시퍼는 일 많이 했어요?"

"건이 곁에 있으니까. 다른 생각만 들어."

루시퍼의 말에 건이 웃었다.

"난 루시퍼가 글을 쓰는 모습이 세상에서 가장 섹시한 것 같아요."

루시퍼는 건의 얼굴을 다정한 눈길로 보았다. 요즘 건은 피곤한지 낮잠을 자는 시간이 길어졌다. 덕분에 체중이 좀 불어 가슴 사이즈가 많이 커졌다. 루시퍼는 건의 바람직해진 몸매에 더없이 만족하고 있는 중이었다.

"으으으, 요즘 왜 이렇게 졸리죠?"

"따뜻한 햇살 때문이야."

햇볕이 건의 몸매를 더없이 빛나게 하고 있었다. 블랙 비키니를 입고 그의 앞에서 유혹적으로 누워 있는 건은 완벽한 비너스였다.

"아름다워."

"고마워요."

그는 건의 아름다움을 매일 찬양하고 있었다. 사이비 종교의 교

주를 모시는 것처럼 그는 건을 받들고 있었다. 아무것도 안 하고 있으니 부부가 함께할 시간이 많았다. 물론 그는 하루에 몇 시간은 글을 쓰며 보냈고 건은 요즘 유화에 빠져 그림 그리는 일에 몰두했다.

미카엘은 그의 도서가 출간되는 날에 건의 그림도 같이 전시하는 게 어떠냐며 아직도 에이전시 사장임을 티를 내고 있었다. 하지만 한 번쯤 욕심낼 만한 일이었다. 그는 긍정적으로 검토하겠다고 미카엘에게 말했다.

미카엘은 다음 달에 로즈와 뉴욕에서 결혼식을 갖는다. 둘 사이에 아이가 생겼기 때문이었다. 결혼은 그가 먼저 했는데 아이는 그쪽이 먼저 가지니 배가 아프긴 했다.

"우리 더운데 수영 좀 할까요?"

"좋지."

그들은 천막에서 정원을 가로질러 수영장까지 걸어왔다. 그들의 수영장은 에메랄드빛이었다. 마치 바다를 집으로 가져온 듯했다.

루시퍼와 건은 나란히 계단을 이용해서 수영장 안으로 들어갔다.

"시원하다."

그녀의 말에 루시퍼는 건을 안아 들었다.

"우리 수영하러 왔어요."

"과연 수영이 될까?"

"필립이 왔다 갔다 한다고요."

"볼 것 못 볼 거 다 봤어."

루시퍼는 건이 섹시해 보이면 아무 데서나 그녀를 가졌다. 집 안 곳곳이 그들의 사랑을 나누는 장소였다. 그래서 필립이 여러 번 그들의 정사 장면을 목격했고 일하는 사람들의 동선을 건과 루시퍼의 동선과 반대되게 배치했다.

"필립이 극한 직업이라고 했어요."

"하하하, 그래?"

그가 건의 입술에 키스를 퍼붓고 있는 동안 필립이 테이블에 아이스티를 가져다 놓았다.

"필립 왔다 갔네요."

"방금 우리가 키스할 때."

"멈췄어야죠."

"그러고 싶지 않았어."

건이 발끈할 때가 가장 귀여웠다. 그도 성격이 이상한 것 같았다. 웃는 건 보다 화를 내는 건이 더 예뻐서 가끔은 그 모습이 보고 싶어 약을 올리기도 했다.

에메랄드 물빛이 건을 마치 인어공주처럼 보이게 만들었다. 사람에게 이렇게 사로잡혀도 되는지 루시퍼는 건에게 속절없이 빠져드는 자신이 두려웠다.

"으으음."

그녀가 그의 입술에 입을 맞추었다. 차가운 물맛이 그녀의 입술에서 났다.

"바빠요?"

"백수가 바쁜가?"

"글 쓰느라고요."

"아니, 말해."

"우리 여행 가요."

갑작스러운 건의 말에 그는 놀라 물었다.

"여행?"

"네, 아주 분위기 섹시한 바다로 가고 싶어요."

"분위기가 섹시한 바다라⋯⋯."

갑자기 이상한 마음이 들었다. 아기를 갖고 싶은 모양이었다. 로즈의 임신 소식에 건이 풀이 죽어 있었다.

"그래, 가자."

"언제 가요?"

"내일 당장이라도."

그의 말에 신이 난 건이 입을 맞추었다.

"이번 여행은 기대해도 좋을 거예요. 내가 얼마나 섹시한지 보여줄 테니까."

"지금으로도 충분해. 그런데 아기 갖고 싶어?"

"……."

정곡을 찌르는 그의 말에 건은 입을 다물었다.

"난 건이랑 둘만 살아도 좋아. 그리고 우리는 아직 결혼한 지 1년 조금 넘었잖아. 너무 초조하게 생각하지 마."

"아는데 그게 잘 안 돼요. 요즘 자꾸 예민해져요."

그녀의 말에 루시퍼가 건을 따뜻하게 안아주었다.

"난 아이에게 건을 빼앗기고 싶지 않아."

"안 그래요. 나한텐 당신이 언제나 1순위예요."

"거짓말이 늘었어."

그의 말에 그녀가 피식 웃었다. 루시퍼는 아기 때문에 건이 조바심을 내는 게 싫었다. 솔직히 미카엘이 부럽긴 했지만 기다리면 신이 언젠가 그들에게 아기를 주실 거라고 생각했기 때문이었다.

"너무 걱정하진 말았으면 좋겠어."

이건 루시퍼의 진심이었다.

나른하다는 게 이런 거구나를 생각하게 하는 오후였다. 요즘 건

은 무기력증에 빠진 사람처럼 이상하게 졸음이 가득했다. 의자에
엉덩이만 붙이면 눈이 사르르 감겼다. 솔직히 말해서 요즘 루시퍼
가 일하는데 옆에 앉아 있는 게 여간 고역이 아니었다.

"필립, 시원한 차 하나 부탁드려요."

"네."

건에게 시원한 아이스티를 가져다준 필립이었다.

"이거보다는 시원한 탄산음료가 더 좋을 것 같아요."

"소화가 안 돼요?"

"그런 것 같아요. 답답하고 미식거리는 게 몸이 좋지 않아요. 벌
써 며칠째 루시퍼 옆에만 있으면 졸아요. 아니, 그냥 자버리는 것
같아요."

"병원에 다녀오는 게 좋겠어요."

"왜요?"

"주방에서 요즘 식중독 증상을 보이는 요리사가 있었는데 증상
이 비슷해요."

"다른 건 괜찮은데……."

"그래도 혹시 모르니까 가봐요. 안 그러면 입원할 수도 있으니
까요."

필립의 얼굴에 걱정이 가득했다.

"아니다. 이따가 저 시내에 나가는데 같이 가요. 아니면 주치의

선생님을 부를까요?"

이런 증상에 주치의까지 부를 정도로 그녀는 아직 억만장자 부인의 마인드가 안 된 것 같았다.

"아니요, 같이 가요. 그런데 루시퍼가 물으면 답답해서 장 보러 같이 간 거라고 해줘요. 쓸데없이 걱정을 너무 많이 해요."

"네, 알겠어요."

그녀는 시내에 나갈 채비를 했다. 그녀의 가장 달라진 점은 예전에 그녀가 쓰던 방이 지금은 그녀의 드레스룸으로 바뀌었다는 것이었다. 그리고 그곳을 명품으로 루시퍼가 채워주었다. 루시퍼는 그녀를 위해서는 지갑을 완전히 오픈한 상황이었다.

아무리 말려도 소용이 없었다. 그녀가 예쁘단 말만 하면 가격이 얼마든지 그날 그녀의 집으로 배달이 되어 왔다. 진짜 못 말리는 사람이었다.

오랜만에 시내에 나온 건은 세상이 확 달라 보였다. 결혼 전과는 확실하게 달랐다. 그녀를 알아보는 사람들이 많아졌다. 물론 다른 사람들보다 큰 신장에 치명적인 몸매의 건이라서 튀기는 했지만 이렇게 사진을 찍을 정도는 아니었다.

"루시퍼랑 결혼한 여자 아니야?"

"세계에서 가장 섹시한 남자와 사는 기분은 어떨까?"

그녀가 듣든지 말든지 사람들은 지나가면서 한마디씩 했다.

하지만 기분이 나쁘진 않았다. 그만큼 루시퍼의 인기가 아직 식지 않았다는 소리였다. 루시퍼는 모든 일을 중단한 상황이었다.

그냥 조용히 사람들의 기억에서 사라지고 싶어서 은퇴식이나 은퇴 기사를 한 줄도 내보내지 않은 그였다.

"병원 갈 시간이에요."

"네, 그런데 살짝 걱정이 되긴 해요."

"왜요?"

"위가 안 좋은 거 알죠? 혹시……."

"건!"

"미안해요."

필립이 소리를 버럭 질렀다. 필립은 이럴 땐 진짜 아빠 같았다. 아빠가 그녀에게 있었다면 이렇지 않을까 라는 생각이 들었다. 필립은 이혼을 했다. 오래도록 자식이 없었다고 했다. 그래서 그도 혼자였다.

이 점이 그와 건을 이어주는 고리 같은 것이었다. 서로에게 위로가 되어주는 존재였다. 물론 미카엘도 그렇긴 했지만 나이 차이가 그렇게 많이 나지 않아서 필립이 오히려 아빠 같았다.

건은 이렇게 바른 말을 해주는 필립이 좋았다. 야단을 칠 때는 확실하게 치는 필립이었다.

병원에 도착한 그는 건의 손을 꼭 잡아주었다.

"괜찮을 거예요."

"그럼요, 그래도 식중독은 싫어요. 맛있는 것도 못 먹는 거잖아요."

농담은 했지만 필립의 표정이 바뀌진 않았다.

"얼굴 풀어요. 괜히 더 무서우니까."

병실에 들어선 그녀를 보고는 의사의 표정이 환해졌다.

"팬입니다."

"감사해요."

"앉으세요. 어디가 아프세요?"

40대의 의사는 친절한 미소를 지으며 그녀를 안심시켰다.

"일주일 전부터 속이 미식거리고 졸려서요. 자꾸 졸려요. 나른하기도 하고. 아 참, 그리고 우리 집 요리사 중에서 식중독 증상으로 입원한 사람이 있었어요."

"설사는요?"

"안 해요."

"배가 아프거나 발진이 있다거나……."

"없어요."

의사는 그녀의 몸에 청진기를 대고는 한참을 진찰을 하더니 그녀에게 물었다.

"생리는 언제가 마지막이었나요?"

"……."

의사의 말뜻을 알아차린 건이었다.

"결혼하신 지 1년 넘으셨죠?"

그녀가 고개를 끄덕였다.

"내과보다는 산부인과 진료를 받아보셔야 할 것 같아요. 확실한 건 그쪽에서 말해줄 테니까 그쪽에서 검사하시고 일단 제 소견은 임신인 것 같습니다."

건의 눈에 눈물이 흘러내리고 있었다. 그리고 진찰실을 나왔다. 건의 얼굴을 본 필립의 얼굴에 핏기가 사라졌다.

"건, 괜찮을 거예요."

필립이 빠르게 다가와서 그녀를 꼭 끌어안아 주었다.

"여긴 형편없이 작은 동네 병원이니까 큰 병원으로 가요."

필립은 어쩔 줄을 모르고 있었다.

"필립."

"건, 괜찮아요. 울지 마요."

필립이 괜찮지가 않아 보였다. 필립의 눈이 불안하게 떨리고 있었다.

"아래층에 있는 병원에 가야 해요."

"어디가 안 좋은데요?"

필립이 다그치듯이 물었다.

"확실하진 않은데……."

"빨리 말해봐요. 난 들을 준비가 됐어요."

필립이 이를 꽉 깨물었다.

"임신인 것 같데요."

"……."

멍한 표정의 필립이 그녀를 바라보았다.

"임신이요."

필립의 눈에서 눈물이 흘러내렸다.

"필립 울지 마요. 아직 확실하지 않아요."

"잠깐 동안 지옥에 갔다가 지금은 천국에 간 기분이에요."

필립과 건은 산부인과에서 임신이란 소식을 듣고는 사람들을 의식하지 않고 소리를 지르며 좋아했다.

"난 로즈가 진짜 부러웠었거든요."

"알아요."

"그런데 나에게도 아기가 왔어요."

"축하해요. 주인님에겐 언제 말할 거예요."

"내가 말할 때까진 말하지 말아요."

"당연하죠."

건은 아기의 초음파 사진을 보면서 좋아했다. 임신 8주 차였다.

둔한 엄마 때문에 아기는 좀 더 일찍 사람들의 축복을 받았어야 하는데 시간이 늦어졌다. 미안한 마음이 가득했다.

집에 도착한 건은 여전히 천막 안에서 글을 쓰고 있을 루시퍼에 게 다가가서 안겼다.

"볼일은 잘 봤어?"

"네."

"쇼핑했어?"

"아뇨, 본격적인 쇼핑은 내일부터예요."

"내일도 나가?"

"네, 이제 아주 쇼핑 중독에 걸린 사람이 될지도 몰라요."

"알겠습니다."

루시퍼는 그녀가 쇼핑 중독이 된다고 해도 별 상관이 없어 보였 다.

"인테리어를 다시 하려고요."

"끝난 거 아니었어?"

"끝난 게 맞는데 갑자기 변경 사항이 생겼거든요."

"변경 사항이 뭔데?"

"당신하고 상의도 해야 할 아주 중요한 얘기예요."

"조금만 말해주면 안 될까?"

"내 생각엔 미카엘의 방을 없앨까 해요."

"미카엘이 서운해하지 않을까?"

"오히려 아주 기뻐할걸요?"

"특별한 인테리어야?"

그가 궁금한 모양이었다. 건은 그저 미소만 지어 보였다.

"이따가 얘기해요. 난 필립이랑 얘기할 게 있어서요."

그녀가 너무 좋아서 방방 뜨자 루시퍼가 이상하다는 듯이 바라 보았다.

필립과 건은 저녁에 루시퍼를 위한 작은 이벤트를 모의했다. 가장 자극적이고 행복한 이벤트를 말이다.

루시퍼는 요즘 글 쓰는 일에 한창 즐거움을 느끼고 있었다. 잘 쓰지는 못했지만 그래도 그에게 글을 가르쳐 주시는 선생님이 흥미롭다고 말해주었다.

하지만 요즘 그의 신경은 건에게 가 있었다. 몸이 안 좋은지 자꾸 졸기만 하고 음식도 먹는 둥 마는 둥이었다.

"아픈가?"

오늘은 기분이 좋아 보여 다행이었다. 아마도 집 안에만 있으니 병이 난 모양이었다. 모델 직업상 세계를 돌아다녔는데 지금은 그와 함께 이렇게 있으니 답답할 게 뻔했다.

그는 핸드폰을 들어 미카엘에게 전화를 걸었다.

"바빠?"

[아니, 말해.]

"부탁할 게 있어."

[뭔데 그렇게 목소리가 심각해? 건의 일이야?]

"응."

[그렇지 위대한 우리 루시퍼가 꼬리를 내리는 건 오로지 건뿐이지. 뭔데?]

"건에게 모델을 하고 싶은지 물어봐 달라고."

[뭐?]

"요즘 집에만 있으니까 병이 난 것 같아서."

[통화할 땐 멀쩡했는데.]

"언제 했어."

[수시로.]

"오늘은?"

[아까 병원이라고 나중에 한다고 하고 여태 안 하네.]

"방금 집에 왔어."

[그래? 알았어. 말해볼게.]

"건이가 한다고 하면 적극적으로 도와줘."

[알았다. 난 루시퍼 네가 이렇게 여자한테 잘할 줄 몰랐어.]

"이상한 소리하지 말고 전화 끊어."

루시퍼는 전화를 끊고는 한참을 멍하게 있었다.

"건에게 행복하게 해주겠다고 했는데……."

요즘 건은 행복해 보이지 않았다. 그게 루시퍼는 신경이 쓰이고 미안했다.

그런데 이상하게 오늘은 건이 즐거워 보였다.

"오늘 필립이랑 쇼핑했어?"

"네."

"병원에 간 건 어떻게 됐어?

"식중독인 줄 알았는데 아니래요."

"그럼?"

"괜찮아졌어요."

하지만 여전히 건은 음식은 먹는 둥 마는 둥이었다. 루시퍼는 그런 건이 걱정이었다. 별생각이 다 들었다.

"건, 무슨 일인지 나에게 말해주면 안 될까?"

"걱정할 일은 아니니까 그런 표정 안 지었으면 좋겠어요."

건이 웃으며 말했지만 불안한 마음은 여전했다. 식사를 하는 내내 건은 필립과 무슨 이야기를 하는지 중간중간 일어나서 대화를 나누었다.

필립의 표정은 완전히 경직이 되어 있었고 왜 그런지 알 수가 없었다.

"뭐지?"

필립과 대화를 나누는 건을 보며 그가 중얼거렸다. 그에게는 아직 말하지 않았지만 분명 큰일이 있었다. 하지만 더 이상 루시퍼는 묻지 않았다. 그가 듣게 될 말이 충격적인 것이라면 아직 감당할 자신이 없었다.

건을 향한 그의 마음은 그만큼 깊었다. 필립에게 심각한 표정으로 이야기하는 건을 루시퍼는 물끄러미 보았다. 심장이 두근거렸다. 저녁을 먹고 와인이라도 한잔해야 할 것 같았다.

건은 저녁 식사가 끝이 날 때까지 방으로 가지 말라는 말만 했었다. 방에 들어가지 말라고 했지만 그는 별로 궁금하지 않았다.

인테리어를 하느라 집 안 구석구석을 바꾸는 건이었기 때문에 이번에도 인테리어를 바꾸려니 생각했다. 저녁 식사가 끝이 나고 그는 와인 병을 가지고 침실로 향했다. 불안함을 와인으로 풀 생각이었다.

와인 병과 잔 두 개를 들고 그는 방문을 열었다. 그리고 그는 그대로 얼어붙어 버렸다. 방 안에 상자들이 있었고 그 내용물들이 상자 위에 있었다.

"건?"

분홍색과 파란색 상자 위에는 아기 신발이 놓여 있었고 어떤 상자 위에는 아기 옷이 올려 있었다. 그리고 상자만큼이나 많은 게 수많은 풍선이었다. 하지만 건은 보이지 않았다.

"건?"

나가서 건을 불러와야 하나 하는 생각이 들었지만 그는 참을성 있게 방 안을 둘러보았다. 그리고 침대 위에 검은 흑백 사진이 그의 눈에 들어왔다.

"베이비?"

초음파 사진이었다. 그걸 모를 정도로 그는 바보가 아니었다. 그의 눈에 눈물이 고이기 시작했다. 아픈 게 임신 때문이었던 것이다. 그래서 오늘 건이 그렇게 즐거워 보인 것이었다.

그는 침대에 그대로 앉아 울기 시작했다. 자신의 감정을 주체할 수가 없었다. 그때였다. 문이 열리더니 케이크를 든 건이 방 안으로 들어왔다.

하지만 그는 얼굴을 들 수가 없었다.

"우리 아기가 우리에게 온 걸 축하해요!"

팡팡팡!

필립이 옆에서 폭죽을 터트리고 있었다. 하지만 그는 여전히 침대에 앉아서 가만히 있었다. 눈물 때문에 얼굴을 들 수가 없었다.

"루시퍼?"

"……."

"울어요?"

그녀가 케이크를 테이블 위에 놓고는 그의 옆에 앉았다.

"건."

그는 건을 안고는 흐느껴 울기 시작했다. 필립은 축하한다는 소리도 못하고 그대로 퇴장을 했다.

"루시퍼?"

"너무 좋아서 그러는 거야."

그는 솔직하게 말했다. 태어나서 이렇게 기쁜 적은 없었다.

"우리 아기야?"

"네, 우리 아기예요."

"남자래? 여자래?"

"아직 몰라요. 궁금해요?"

"응."

그가 울면서 말하자 건이 웃었다.

"다른 사람들은 당신이 이렇게 감성적인지 몰라서 다행이에요."

"왜?"

"당신은 루시퍼니까. 난 당신 닮은 아들을 낳고 싶어요."

"난 당신 닮은 아들도 좋고 딸도 좋아."

루시퍼가 건을 안고는 입 맞추었다. 그리고 그녀의 배에 손을 가져갔다.

"아가야."

그가 다정하게 말했다. 건은 웃음이 났지만 너무나 진지한 그의 행동에 웃음을 꾹 참았다.

"사랑해."

루시퍼는 사랑한다는 말을 건에게 했다. 그가 싫어하는 말이었다. 그의 마음은 사랑이라는 말로 담아낼 수가 없는 감정이었다.

하지만 오늘은 그 말이라도 해야 했다.

"루시퍼."

"달리 내 마음을 표현할 말이 없어. 사랑해."

"나도 사랑해요."

"난 건이 아픈 줄 알았어. 그리고 집 안에만 있어서 답답해하는 줄 알았어. 그래서 미카엘에게 모델 일을 다시 하고 싶어하는지 물어보라고 했어."

"그래서 아까 그렇게 물었구나."

미카엘과 통화를 한 모양이었다.

"뭐라고 했어?"

"괜찮다고 했죠. 아직 그럴 마음 없다고 했어요."

그가 건을 자신의 품 안에 안았다. 그리고 그녀의 머리를 다정하게 쓰다듬었다.

"이 기분을 어떻게 표현할지 모르겠어."

"저도 아까 임신이라는 말을 듣고 기절하는 줄 알았어요. 난 네 명을 낳고 싶어요. 아들 둘, 딸 둘이요."

"그래."

그의 눈에는 사랑이 가득 담겨 있었다. 루시퍼는 건이 너무나 사랑스러워 보였다. 그의 인생에서 이렇게 그를 행복하게 만들어 준 사람은 건이 처음이었다.

"건, 우리 행복하자."

"네, 우리 행복하게 살아요."

여전히 그의 손은 건의 배에 올려져 있었다.

"너무 납작한데 진짜 아기가 있는 거 맞아?"

"루시퍼!"

건이 그가 좋아하는 표정을 지어주었다. 아주 사랑스럽게 화난 표정이었다.

"사랑해."

"나도 사랑해요."

그들은 침대에 앉아서 한동안 아기용품을 보았다.

"우리 내일 쇼핑할까?"

"아직은요."

"왜?"

"여잔지 남잔지 알고 난 다음에요."

오늘 쇼핑을 해서 안 하려는 것 같았다. 루시퍼는 조금 서운한 마음이 들었다.

"루시퍼, 당신한테 부탁할 건 따로 있어요."

"뭔데?"

"아기 방이요."

그래서 아까 미카엘의 방을 말한 것이다. 그곳이 부부의 침실과도 거리가 가깝고 그리고 방도 넓었다.

"알았어. 당연히 방은 아빠가 만들어줘야지."

"절대로 지금처럼 화려하면 안 돼요."

"아니, 벌써 떠올랐어. 남자아이면 히어로들로 꾸며주고 여자아이면 공주들로 꾸며줄 거야."

"루시퍼, 아기 방은 차분해야 해요."

"아니야."

둘은 벌써부터 육아 스타일이 달랐다. 하지만 루시퍼는 알았다. 그가 그녀에게 철저하게 질 거라는 것을 말이다.

"원하는 디자인을 나에게 말해줘. 아기 방은 내가 직접 만들어주고 싶어. 아기 침대하고."

"좋아요."

그녀가 처음으로 좋다는 말을 했다. 건이 환하게 웃을 수만 있다면 그는 악마에게 영혼이라도 팔고 싶은 느낌이었다.

"미카엘."

[어, 내가 얘기했는데 싫데.]

"알아."

[둘이 말했어?]

"그게 중요한 게 아니고."

[아까는 그게 중요하다더니.]

"우리 건이가 아기를 가졌어."

[뭐? 아기? 꺅!]

미카엘이 너무나 좋아했다.

[우리 건이가 큰일 했네. 곧 좋은 소식이 올 줄 알았어. 우리 건이는 못하는 일이 없어.]

미카엘이 수다스럽게 말했다.

[건이 좀 바꿔봐.]

건에게 수화기를 넘겼다. 미카엘은 건에게 축하한다고 말했다. 목소리가 어찌나 큰지 그에게도 들렸다. 미카엘의 전화를 끊은 루시퍼는 한참 동안 건을 안고 있었다.

"내가 잘할게."

이러고 있으니 세상을 다 얻은 기분이었다. 그의 눈앞에 아기용품들과 풍선들이 아름답게 놓여 있었다.

"내가 당신을 짝사랑한 건 진짜 잘한 일인 것 같아요."

"나도 일기장을 보게 된 건 행운인 것 같아."

그들은 그렇게 한동안 서로를 마주 보며 행복한 미소를 지었다.

건의 비밀 일기

겉으로 보기엔 평화로운 대저택이었다. 푸른 하늘에 시원스레 탁 트인 이곳은 필립이 이제까지 일한 저택 중에서 가장 화려한 곳이었다. 하지만 보여지는 게 다는 아니었다. 대부분 대저택에 사는 사람들은 나이 많은 기업의 회장님들이 많은데 이곳엔 젊디 젊은 패션계의 스타가 살았다.

20대 초반의 쌍둥이 형제가 이 대저택의 주인이었다. 필립은 집사 생활을 오래해서 그런지 차분하고 정돈이 된 걸 원하는데, 이 집은 뭔가 방방 떠 있고 정돈이 안 된 그런 느낌이었다.

그래서 그만둘까 여러 번 고민했지만 생각보다 이곳 주인들은 아주 좋은 사람들이었다. 하지만 이 집의 복병은 따로 있었다. 이 집에 유일한 여자인 건이라는 동양인 아이였다.

넓은 정원 잔디밭에 덩그러니 누워 있는 건을 필립은 오늘도 걱정스럽게 바라보고 있었다.

"이제는 너무 힘이 들어요."

다섯 번째 흑인 유모가 손을 털고는 그만두겠다고 말하고 있었다.

"사춘기라서 그러니 유모가 이해를……."

"아무리 사춘기라도 그렇죠. 이건 아니에요."

필립이 아무리 말려도 유모들은 13살 어린 소녀를 감당하지 못하고 있었다. 필립은 집사 생활만 했지 아이들을 돌본 적이 없었다. 그래서 유모를 고용했는데 유모들이 건을 견디지 못하고 떠나고 있었다.

"아이에게 상처가 될 텐데……."

필립은 걱정이 되었다. 필립은 결혼을 했지만 아이가 없었다. 아니, 아이가 있었는데 죽었다. 지우고 싶은 기억이기 때문에 그는 아이에 대한 모든 기억을 싹 지워 버렸다. 5살 나이에 아이는 갑자기 그의 곁을 떠났다.

예쁘고 건강하던 그의 딸은 자동차 사고로 허망하게 죽었고 그의 부인과 그때부터 별거 아닌 별거에 들어갔었다.

"13살……."

만약 살아 있다면 이 나이였다. 그의 딸도 건이처럼 저렇게 말을 안 들었을까? 그랬을 수도 아닐 수도 있었다.

필립은 누워 있는 건이를 무시하고 자신의 일을 하기 위해 집 안으로 들어갔다. 굉장히 유명한 모델의 집에 집사로 들어온 지 두 달쨉데 아직 이 집의 실제 주인인 루시퍼의 얼굴도 보지 못했다. 루시퍼는 아주 바쁜 사람이었다.

하지만 일하는 사람들이 주인을 바라보는 첫 번째 척도는 월급이었다. 솔직히 필립이 망설이는 건 어마어마한 월급 때문이기도 했다. 이 집의 쌍둥이 주인들은 그래서 좋은 사람들이었다.

미카엘 주인님은 몇 번 보았다. 그 사람은 진짜 천사 같은 사람이었다. 하지만 일에 있어선 그 누구보다 꼼꼼하다는 걸 느끼고 있었다.

저녁 시간이 다 되어갈 무렵 아주 비싼 고급 차가 집 안으로 들어왔다. 그가 여태까지 본 차 중에 가장 비쌀 것 같았다. 돈을 얼마나 벌기에 이런 고급 주택에 저런 슈퍼카를 몰까 그는 궁금해지기 시작했다.

차 안에서는 루시퍼만 내린 게 아니었다. TV에서 본 것 같은 여자가 그의 옆에 바짝 달라붙어 있었다. 필립은 얼른 그를 마중하기 위해 앞으로 갔다. 술 냄새가 진동하고 있었다.

"어서 오십시오."

"아, 필립?"

"네, 필립입니다. 앞으로 잘 부탁드립니다. 주인님."

"호호호, 주인님? 요술 램프의 지니야?"

옆에 여자가 그를 비웃고 있었다.

"닥쳐."

"왜 그래요? 농담인데……."

여자가 단번에 꼬리를 내렸다.

루시퍼는 여자를 좀 막 대하는 느낌이었다. 그래도 여자는 그가 좋다고 매달려 있었다. 그들이 집 안으로 들어가고 필립은 뭔가 이상한 느낌을 받았다. 하루 종일 무기력하게 있던 건이 기둥 뒤에서 몰래 루시퍼와 여자를 무섭게 째려보고 있었다.

이상한 일이었다. 뭐든 관심 없어 하던 아이가 이상하게 루시퍼에겐 관심이 많아 보였다. 그리고 그런 행동들은 계속되고 있었다. 루시퍼가 집에 머무는 동안 건은 거의 비밀스럽게 루시퍼를 보고 있었다.

그러다가도 루시퍼와 마주치면 아주 잡아먹을 듯이 그에게 버릇없이 굴었다. 루시퍼는 이미 아이의 그런 행동에 두 손 두 발을 다 든 것 같았다.

그런데 그런 건의 행동이 왠지 마음이 아픈 필립이었다.

"공주님."

"……."

필립은 그녀를 공주님이라고 불렀다. 예쁘게 생기기도 했지만 솔직하게는 그가 자신의 딸을 그렇게 불렀기 때문이었다. 딸이 죽은 후에 처음으로 쓴 애칭이었다. 다른 사람들이 너무 미워하니 자신은 좀 따뜻하게 대해주고 싶었다.

"이거."

시내에 필요한 물건을 구매하러 갔다가 너무 예뻐서 산 디즈니 공주 다이어리였다. 디즈니의 공주들이 다 그려진 예쁜 다이어리와 펜을 그녀에게 건넨 필립이었다.

"이거 왜 주는 거예요?"

아이는 그의 선물을 좋아하는 게 아니라 오히려 경계했다.

"예뻐서요."

"제가…… 요?"

"아니, 다이어리가."

그녀가 피식 웃었다.

"우리 공주님은 당연히 예쁘죠."

"왜 주는데요?"

이런 선물을 받아본 적이 없는 아인 것 같았다. 미카엘이 비싼 건 많이 사주었지만 이런 소녀 취향은 아니었다. 무조건 고가의 비싼 물건만 사준 것이었다.

"선물은 친하게 지내자는 아부에서 시작하는 거죠. 아주 사악하죠?"

"아니에요."

건은 말수가 적어서 그렇지 나쁜 아이는 아니었다. 그녀가 다이어리를 받으려고 하자 그가 빠르게 머리 위로 다이어리를 올렸다.

"그런데 이걸 받는데 조건이 있어요. 우리 사이좋게 지내요."

"……."

말은 없었지만 싫은 눈치는 아니었다. 그래서 필립이 손을 내밀었다.

"그럼 거래가 완료됐으니까. 악수."

그의 손을 건이 잡았다. 그리고 둘은 친구가 되었다. 유모도 필요치 않았다. 건은 착한 아이였다. 그런 건에게 마음이 가는 건 당연했다. 필립은 어느 순간부터 건을 딸처럼 생각하게 되었다.

딸이 죽은 이후에 닫힌 마음을 건이 열어주고 있었다. 모든 게 무난한 건에게 가장 예민한 건 루시퍼에 관한 것이었다.

착한 건이 루시퍼 앞에선 굉장히 날카로웠다. 그리고 그가 여자를 데려오면 그 증세가 더 심했다. 왜 그러는지 알 것 같았지만 필립은 말하지 않았다. 말을 하고 싶으면 건이 먼저 말할 것이기 때문이었다.

그렇게 건이 예쁜 아가씨로 성장을 해갔지만, 성인이 되어서도 건은 여전히 루시퍼를 좋아했다.

옆에서 이 모든 사실을 알고 있는 사람으로서 건을 볼 때면 너무나 안쓰러웠다. 그러다가 배관이 고장 나는 바람에 건의 방에 홍수가 났고 그는 우연찮게 건의 일기장을 보게 되었다. 그리고 건의 절절한 마음을 확실히 알게 되었다.

그런데 문제는 루시퍼였다. 그는 건을 얄밉게 생각하는 듯했다. 아주 만날 때마다 앙숙도 그런 앙숙이 없었다.

이렇게 하다가는 건의 마음이 빛도 못 보고 사장되게 생겼다. 어느 날 건이 술에 취해서 그에게 울면서 루시퍼가 좋다고 고백을 했었다. 이제는 더 이상 방관자가 될 순 없었다. 물론 건이 모델로 승승장구했지만 루시퍼가 쳐다볼 만큼은 아니었다.

"건을 위해서 하는 거야."

그는 생각하고 또 생각해서 일기장을 훔쳐 루시퍼가 볼 수 있도록 했다. 루시퍼는 한 번이라고 생각하겠지만 필립은 여러 번 건의 일기장을 복도에 놓아두었었다.

루시퍼가 못 봐서 그렇지 말이다. 속으로 얼마나 루시퍼를 욕했는지 모른다. 그거 하나 제대로 못 본다고 말이다.

그렇게 우여곡절 끝에 건의 일기장이 그의 손에 들어갔다. 그리고 필립은 느낄 수 있었다. 루시퍼가 건을 예사롭게 보지 않고 있다는 것을 말이다.

그가 일기장을 본 이후로 루시퍼의 눈길은 자연스럽게 건을 향해 있었고 필립은 흐뭇하게 그들을 보았다. 그리고 뉴욕에 있을 때도 루시퍼에 관한 이야기는 가정부로부터 보고를 받았다. 100% 성공을 확신한 필립이었다.

그리고 마침내 루시퍼와 건은 결혼하게 되었다. 결혼식 날 필립은 얼마나 울었는지 모른다. 이제는 건에게 행복만 있을 것 같았다.

그런데 얼마 전부터 아주 난감한 일이 벌어지고 있었다. 자꾸만 건이 그에게 일기장에 대해 물었다. 그는 아니라고는 말했지만 건의 의심 어린 눈초리가 아주 마음에 걸렸다.

"필립, 오늘 바빠요?"

"왜요?"

"시내에 같이 가주면 안돼요?"

배가 만삭이 된 건이 그에게 부탁을 했다.

"당연히 가드려야죠. 병원 날짜는 아닌데……."

"뭐 살 게 있어서요."

"네, 가긴 가는데 아기용품은 이제 둘 곳이 없습니다."

"아기용품 아니에요."

아니긴, 필립은 속으로 이렇게 생각했다. 부부가 사다 놓은 아기용품은 집 안을 가득 채우고 있었다.

필립이 직접 차를 몰고 시내로 향했다. 건과 같이 그가 들어선 곳은 아주 유명한 양복점이었다. 루시퍼의 슈트를 맞추려는 모양이었다. 여기는 부자들만 입을 수 있는 브랜드였다.

"어서 오십시오."

건을 알아본 점원이 정중하게 인사를 했다.

"잘 지냈죠?"

"네. 좀 보려고요."

그러면서 그를 살짝 점원의 앞으로 밀었다.

"이분 거 맞출 거예요."

"건."

너무 놀란 나머지 필립이 건을 불렀다.

"두 벌 살 거예요. 짙은 색밖에 없으니까. 요즘 유행하는 밝은색으로 해주세요."

"건, 난 받을 수 없어요."

필립은 거절했다. 이유 없이 받을 수는 없었다.

"빨리해 주세요."

점원 3명이 그에게 붙어 억지로 치수를 재기 시작했다.

"그런데 사모님, 이분은 누구세요?"

"아버지요."

건의 말에 필립의 눈에 눈물이 고였다.

"건."

목이 메어왔다.

"일기장을 몰래 남에게 읽게 한 아주 못된 분이지만 그 덕에 전 사랑에 빠졌죠."

건이 무심한 듯 점원을 보며 말했다. 건이 일기장에 대해 알고 있었다.

"왜 그러셨어요?"

점원이 그를 보고 물었다.

"아니, 그게⋯⋯."

할 말이 없었다.

"감사해요. 그리고 늦게 알아채서 죄송하고요."

"건⋯⋯."

"다른 건 필요 없어요. 이제 저희 곁에 평생 있어주시기만 하면 돼요."

이렇게 말을 하며 그를 안아주었다. 그녀의 배가 그에게 닿았다. 필립의 눈에서 계속해서 행복의 눈물이 흘렀다. 그리고 건에게 고마운 마음이 들었다.

"평생 곁에 있을게요."

건이 그를 보며 웃었다. 그의 딸이라고 말한 건이었다. 그들은 그날 오후를 행복하게 보냈다. 그리고 필립은 알았다. 앞으로도 그들은 모두 행복하리라는 것을 말이다.

　배가 자꾸 아파왔다. 예정일은 일주일이나 남았는데 이상했다. 막달이라서 그런지 배가 자주 뭉치기는 했지만 오늘은 그런 느낌이 아니었다. 뭔지 설명하긴 어려워도 특별한 아픔이었다. 매일 그녀의 곁에 있던 루시퍼가 오늘은 특별한 분을 만나기 위해 뉴욕으로 갔다. 그가 존경하는 작가와의 만남이었다.

　글을 쓰면서 항상 말하던 작가라서 건도 그의 3박4일 일정의 뉴욕 방문을 막을 수가 없었다. 그리고 그가 말했었다. 이제 아기가 태어나면 어디 움직일 수도 없으니 태어나기 전에 다녀오고 싶다고 말이다.

　"이러면 안 돼 아기야. 아빠는 내일모레 온다고."

　그런데 이상하게 분위기가 심상치 않았다. 화장실에 자꾸만 가고 싶었다.

　"필립!"

　건은 필립을 호출했다. 만일의 사태에 대비해서 며칠 전에 루시퍼가 비상벨을 그녀가 갈 만한 모든 곳에 설치했다. 그때는 유별나다고 했는데 막상 이렇게 되고 보니 루시퍼의 생각이 옳았다는 걸 깨닫고 있었다.

　"건!"

필립이 빠르게 달려왔다.

"괜찮아요?"

"아직은 참을 만한데 움직이니까 배가 더 뭉쳐서요."

"의사 선생님 부를까요?"

"일단 통화부터 해봐주실래요? 아…… 배야."

갑작스런 고통에 건은 두려움을 느꼈다. 하지만 집에서 아이를 출산하기 위해 루시퍼와 그동안 많은 교육을 받았는데 지금 그녀의 신랑이 곁에 없었다. 연락을 취하기에도 애매한 상황이었다. 만약에 아이가 나오는 게 아니라면 그가 어렵게 잡은 기회가 날아갈 수도 있었다.

"루시퍼 님께 알릴……."

"아…… 아뇨."

"건, 아이가……."

"제발 그에게 온 기회를 놓치지 않게 해줘요."

필립의 표정이 어두웠다. 그도 루시퍼가 왜 뉴욕에 갔는지 이유를 알기 때문이었다.

"일단은 의사 선생님께 전화할게요."

"아…… 네."

진통인지 그냥 뭉침인지 기분 나쁜 고통이 온 다음에는 잠시 동안 평안했다. 그사이 필립은 의사 선생님께 전화를 걸었고 의사 선생님이 집으로 오는 중이라고 했다.

"필립, 무서워요."

"괜찮을 겁니다."

그가 건의 손을 꼭 잡아주었다. 아버지가 있다면 이렇게 딸을 응원해 줬을 것 같다는 생각이 들었다.

"필…… 립."

그가 갑자기 일어나더니 평소에 그녀가 태교를 위해 듣던 모차르트 음악을 틀었다.

"마음 편하게 가져야 아기도 편해요."

이럴 때 필립은 완벽한 엄마였다.

"그런데 유모도 내일이나 돼야 오는데 걱정입니다."

루시퍼가 여유 있게 하자는 걸 그녀가 날짜에 딱 맞춰서 준비를 했다. 이렇게 될 줄은 꿈에도 몰랐다.

"필립, 선생님은요?"

"다 오셨답니다."

벨이 요란하게 울리고 있었다.

"잠깐만요."

필립 말고도 일을 도와주는 분들이 10명이나 상주해 있었지만 다들 출산하고는 무관한 사람들이었다. 그때 의사 선생님이 들어오셨다.

"언제부터 진통이 시작됐죠?"

"배가 뭉치는 느낌은 오늘 오전부터고요. 지금처럼 아픈 건 한 시간쯤 됐어요."

"양수는요?"

"아직 안 터졌어요."

의사가 그녀의 상태를 살피더니 같이 온 간호사에게 뭐라고 말했다.

"진통이 시작된 것 같아요."

"아…… 네."

갑자기 이가 부딪치며 한기를 느꼈다. 날씨가 추운 것도 아닌데 겁이 나니까 몸에서 반응이 오는 것 같았다.

필립은 잠시 나갔다가 들어와서 계속해서 그녀의 곁을 지켰다.

"얼굴도 모르는 엄마가 보고 싶어요."

"……"

그녀가 농담처럼 던진 말을 필립은 심각한 표정으로 받아들였다. 그도 그녀에게 엄마가 있으면 얼마나 좋을까 하는 표정이었다.

"지금은 필립이 내 아빠예요."

"오늘은 그냥 엄마로 하죠. 아빠보다 엄마가 더 안심되잖아요."

"알았어요."

필립도 그녀의 긴장을 풀어주기 위해 농담을 던졌다. 하지만 건은 알았다. 이게 외로운 출산이 되리라는 것을 말이다.

그녀의 옆에 커다란 욕조가 준비되었다. 그녀는 수중분만을 위해 그간 많은 준비를 했었다.

"양수가 터지고 진통이 심해지면 그때 들어갈게요."

의사의 말에 건은 그동안 연습해 온 호흡법을 다시 한 번 더 연습했다. 아직은 그렇게 심한 게 아니라서 괜찮았다. 의사와 간호사가 함께 있으니 어느 정도 안심이 되었다.

윙~

루시퍼의 전화였다.

"여보세요?"

[잘 있나 해서.]

밖인지 아주 소란스러웠다.

"네, 그럼요."

갑자기 눈물이 왈칵 쏟아져 나올 것만 같았다.

[나도 작가님 만나고 돌아가는 길이야.]

"밥은 먹었어요?"

[응, 간단하게.]

배에서 고통이 밀려와 아무렇지 않게 통화하기가 힘이 들었다.

"루시퍼 뭐 좀 하다가 전화를 받아서요. 나중에 할게요."

[알았어.]

"보고 싶어요."

[나도, 사랑해.]

"저도 사랑해요."

그는 아무렇지 않게 전화를 끊었다. 건은 너무 두려워 의사를 보며 물었다.

"아이는 괜찮겠죠?"

"물론 괜찮을 겁니다. 그리고 저희가 있으니 안심하세요."

"많이 아플까요?"

"몸을 이완하면 조금 덜 아플 수 있어요."

아프다는 말과 같았다. 무섭고 두려웠다. 시간이 흐르고 양수도 터지고 진통이 점점 더 심해지고 있었다.

옆에선 이제 출산 준비에 들어갔다. 고무로 된 특수욕조에 물이 받아지고 있었다.

"괜찮을 겁니다."

"아아아……."

의사에 말에 답조차 할 수 없을 정도로 배가 아파왔다. 벌써 8시간째 진통을 겪고 있었다. 준비된 분만복을 갈아입고는 물속으로 들어가려는 순간 루시퍼가 거짓말처럼 방문 앞에 있었다.

"루시퍼!"

"건!"

루시퍼를 보는 순간 건은 눈물이 터져 버렸다. 그가 그녀에게로 달려오더니 단숨에 그의 품에 안았다.

"한시도 긴장을 늦추지 못하게 만드는 여자야."

"루시퍼……."

"필립의 전화를 받자마자 왔어."

"작가님은……."

그가 기회를 놓치는 건 싫었다.

"같이 모시고 왔어."

"루시퍼."

"아기가 나오니 저희 집으로 가시면 안 되겠냐고 졸랐지."

"아아아……."

진통이 다시 시작되었다.

"선생님."

이번엔 루시퍼가 놀란 얼굴이었다.

"옷 갈아입고 오세요."

루시퍼도 분만용 옷으로 갈아입었다. 루시퍼는 그녀를 뒤에서 안은 채로 욕조 안에 앉았다.

"진통이 오면 호흡하시면 돼요."

"네."

"후~ 후."

건은 연습한 대로 루시퍼와 함께 호흡을 시작했다. 루시퍼가 있으니 고통이 느껴져도 무섭지는 않았다. 신기한 일이었다.

루시퍼가 그녀의 정수리에 입을 맞추었다.

"건은 잘할 수 있어."

"루시퍼."

배보다 허리가 더 아파왔다. 의사 선생님의 지시에 따라 호흡도 하고 이완도 하니 고통이 조금은 덜했다.

"아기 머리가 보여요. 조금만 더."

"으으악! 아아……. 악!"

"……."

루시퍼는 그녀의 뒤에서 계속 손을 잡아주었다.

"으으윽!"

계속해서 몇 번을 힘을 주자 뭔가 쑥 하고 아주 시원하게 나왔다.

"아드님입니다."

그리고 잠시 후에 아기의 우렁찬 울음소리가 집 안에 울리고 있었다.

"응애~!"

모두가 산모인 그녀와 루시퍼에게 수고했다는 말을 했고 필립은 감격에 겨워 대성통곡을 하고 있었다. 아이가 그녀의 가슴에 놓여지고 첫 수유를 했다.

"우리 아가예요."

"루시퍼 주니어."

"4.2kg입니다. 아빠를 닮아서 아주 우량아예요."

의사의 말에 루시퍼는 아주 기뻐했다.

"산모가 고생 많았어요. 초산인데도 아주 잘했어요."

기구들을 정리하며 의사가 말했다. 아기는 오늘 하루 필립이 볼 뻔했는데 다행히 내일 오신다는 유모를 급하게 부르는데 성공했다. 확실히 돈이면 뭐든 가능한 것 같았다. 너무 지친 건은 그대로 잠이 들어버렸다.

오늘 그래도 루시퍼가 와줘서 너무나 고마웠다. 잠든 건의 입에 미소가 그려지고 있었다.

별들이 쏟아지고 있었다. 이곳의 별들은 아주 숨이 막히게 촘촘하게 하늘에 뿌려져 있었다. 오랜만에 루시퍼의 정원에 많은 사람들이 모여 있었다. 오늘은 루시퍼의 생일이자 미카엘의 생일이었다.

둘이 한꺼번에 생일을 치르는 거라 양쪽 부인들이 준비할 것이 많았다.

"주니어는요?"

"필립하고 놀고 있어요."

"엔젤은요?"

"주니어 옆에 있죠."

루시퍼의 아들 주니어와 미카엘의 아들 엔젤은 만나기만 하면 쌍둥이처럼 붙어 다녔다. 아빠들의 어릴 적 모습과 똑같은 아이들이었다. 직접 구운 생일 케이크를 꺼내 든 건은 마지막으로 초를 꽂고 있었다.

"로라는 둘째 안 가져요? 벌써 아이들이 3살인데……."

"나도 건처럼 바로 낳을 걸 그랬다는 생각을 해요. 미카엘이 엠마만 보면 완전 기절을 해서요."

"루시퍼도 요즘 엠마 옆에서 안 떨어져요."

엠마는 태어난 지 100일째 되는 건과 루시퍼의 딸이었다. 검은 머리에 초록색 눈을 가진, 아직 아기인데도 범상치 않은 미모를 가진 아이였다.

"몸은 완전히 회복된 거예요?"

"네."

"이번엔 다들 걱정이 이만저만이 아니었어요."

"알아요."

그녀는 처음에 자연분만으로 엠마를 낳다가 목에 탯줄을 감고 있어서 결국 응급 수술로 엠마를 낳았다. 그래서인지 자연분만을 한 주니어 때보다 몸의 회복이 늦어졌다. 거의 병원에서 살았던 것 같았다.

루시퍼의 맘고생이 컸다. 그래서 이번엔 루시퍼의 생일을 성대하게 해주는 것이었다. 미안함 때문이었다.

"우리 나갈까요?"

사각형의 케이크에 루시퍼와 미카엘의 피규어를 꽂아두고 그 주위에 촛불을 켰다.

"완전 멋져요. 건이 솜씨가 좋네요."

칭찬에 인색한 로라가 오늘은 아낌없이 칭찬을 하고 있었다. 그만큼 모든 준비가 완벽했다. 캐리어에 케이크를 싣고 그녀와 로라가 정원으로 나왔다.

"생일 축하합니다……."

축하곡이 울려 퍼지고 루시퍼는 감동 어린 표정으로 그녀를 맞이했다.

"고마워."

"소원 빌고 촛불 꺼요."

루시퍼와 미카엘이 동시에 촛불을 껐다. 사람들의 박수와 함성이 터졌다. 루시퍼는 그녀의 허리를 끌어당겨 짙은 입맞춤을 했다.

"사랑해요."

"나도 사랑해."

그가 웃으며 주위를 살폈다.

"주니어와 엔젤은?"

"필립하고 있어요."

"괜찮을까?"

"필립의 주름이 하나 더 느는 거죠."

아이들은 천하무적의 에너자이저들이었다.

"그렇겠네. 그런데 오늘은 왜 이렇게 예쁘지?"

"고마워요."

그들은 3개월간 섹스를 하지 못했다. 엠마가 태어나고 건의 몸이 안 좋았기 때문이었다. 루시퍼는 지금 아주 굶주려 있는 상황이었다. 그걸 누구보다 잘 아는 건이었다. 어제 의사 선생님으로부터 섹스를 해도 괜찮다는 말을 들었다.

하지만 어제는 참았다. 다 오늘을 위해서였다.

"표정 그렇게 짓지 마."

"왜요?"

"먹고 싶어."

그가 이렇게 말하고는 그녀의 곁을 떠나 사람들 사이로 사라졌다. 오랜만에 모인 친구들은 루시퍼를 늦은 시간까지 놓아주지 않았다. 그들이 다 가고 나자 12시가 훌쩍 넘은 시간이었다.

"피곤하지? 오늘 너무 고생했어."

루시퍼가 그녀의 어깨를 주물러 주며 말했다.

"괜찮아요. 당신은요?"

"나야, 약간 취한 거 빼면 괜찮아."

"우리 좀 걸을까요?"

"그래."

그들은 별들을 보며 늦은 밤을 즐기고 있었다.

"난 저 편백나무 미로에 한번 들어가 보고 싶어요."

"저기 안 들어가 봤어?"

"네, 혼자서 들어가긴 무섭잖아요."

"하긴."

건이 야릇한 미소를 지으며 그의 손을 잡고 편백나무 미로로 향했다.

"밤에는 나도 처음 들어가 봐. 못 나오면 어쩌려고."

"그럼 그 안에서 자면 되죠."

검은 슈트를 입은 루시퍼는 밤이 되자 마왕의 면모를 그대로 과시하고 있었다. 편백나무 미로로 들어간 건은 입구에서 멈춰 섰다.

"왜? 무서운 거야?"

"아뇨, 키스해 줘요."

그가 그녀의 바람과는 다르게 사람들 앞에서처럼 살짝 입을 맞추는 정도에서 끝을 냈다.

"내가 매력이 없어요?"

실망한 건이었다.

"아이를 둘 낳은 아줌마는 없겠죠?"

그녀가 도발을 했지만 그는 더 이상의 스킨십은 하지 않았다.

"오늘은 날 죽이려고 작정을 했어."

"왜요?"

"가슴이 훤히 드러나는 도발적인 원피스에 이렇게 은밀한 장소까지……. 이러면 내가 더 이상은 참기 힘들어."

그가 참고 있다고 말했다. 그녀가 그의 손을 잡고는 더 깊숙이 미로 안으로 들어갔다.

"진짜 못 나와."

"못 나오면 어때요."

"날 고문하는군. 어떻게 아무것도 안 하고 건과 있어?"

그가 약간 화를 내는 것 같았다.

"오늘은 내 생일이라고."

진자 화가 난 목소리였다.

"잠깐만요."

그녀가 그의 눈을 양손으로 가렸다. 그녀의 갑작스런 행동에 루시퍼는 살짝 놀란 것 같았다.

"내 생일 선물이에요. 짜잔!"

미로 안에 어제부터 그녀가 준비해 놓은 매트와 이불이 놓여 있었고 그 옆에는 와인과 과일이 놓여 있었다.

"어때요? 멋지죠? 그리고 이건 마지막 선물이에요."

그녀가 그의 앞에서 옷을 벗었다. 드레스가 도발적인 이유는 쉽게 벗을 수 있는 디자인을 골랐기 때문이었다.

"건……."

"의사 선생님이 이제 괜찮데요……."

그녀의 말이 끝이 나기가 무섭게 달려든 루시퍼였다.

"으으음."

그의 거친 키스를 받으며 그녀는 매트 쪽으로 끌려가고 있었다. 그의 혀가 그녀의 목구멍 안까지 밀고 들어왔다. 그녀를 매트에 눕히고 그는 거칠게 욕설을 내뱉으며 옷을 벗었다. 옷이 생각대로 잘 벗겨지지 않았기 때문이었다. 그는 순식간에 나신이 되어 그녀를 덮쳤다.

"한계에 다다랐어."

"알아요."

"아니, 건은 몰라. 난 3개월 동안은 죽은 사람이었어. 다시는 아이들은 낳지 않을 거야. 아들, 딸. 둘이면 됐지."

"그래요."

그녀는 4명은 낳고 싶었는데 이번에 너무 고생을 해서 포기하기로 했다. 그의 손이 거칠게 그녀의 가슴을 잡았다. 그리고 유두를 손가락으로 거칠게 문질렀다.

"아아앙…… 아앙."

그녀의 입에서도 신음 소리가 끊이지 않았다.

"얼마나 먹고 싶었는지 알아?"

탐스러운 포도 알 같은 유두를 입안에 넣고 빨기 시작한 루시퍼였다. 루시퍼의 자극적인 혀 놀림에 건의 몸은 활처럼 휘었다.

"사랑해요."

"으으윽."

루시퍼는 오늘 온전히 그녀의 몸에 빠져 있었다. 그의 혀가 건의 구석구석을 핥아 내려갔다. 온몸이 찌릿한 전기가 흐르듯이 부르르 떨렸다. 그의 혀가 더 깊은 곳에 닿기를 바라는 건이었다.

그녀의 마음을 알았는지 그가 점점 더 아래로 탐욕스런 혀를 내리고 있었다. 그녀의 움푹한 배꼽에 혀를 넣더니 만족스럽지 않은지 으르렁거리며 여성을 한꺼번에 삼켜 버렸다.

"쪽쪽…… 쪽……."

그가 음탕한 소리를 내며 그녀의 여성을 빨아들이고 있었다.

"아아앗!"

그가 주는 쾌감에 건은 미친 듯이 빠져들고 있었다. 정신을 차릴 수가 없었다.

"루시퍼……."

"건……."

그는 혀를 세워 그녀의 질 안에 밀어 넣었다.

"아으!"

그녀의 몸부림에도 그의 혀는 아주 깊은 곳까지 그녀의 모든 걸 점령하고 있었다.

"헉헉, 오늘은 거칠지도 몰라."

"아……. 바라던 바예요."

그가 건의 무릎을 세우더니 중간에 자리를 잡았다. 그리고는 페니스로 그녀의 젖은 여성을 문지르기 시작했다.

"헉, 루시퍼!"

몸이 부르르 떨렸다. 아직 그녀의 몸에 들어가지 않았는데도 이런데, 들어갔을 때의 쾌감이 어땠는지 건은 옛 기억을 떠올리고 있었다. 하지만 아무것도 떠오르지 않았다. 그때도 좋았지만 지금이 더 좋기 때문이었다.

"아악……."

그때 그가 페니스를 그녀의 안으로 밀어 넣었다.

"아파……."

오랜만에 해서 그런지 그의 거대한 페니스를 처음 받아들인 것처럼 고통이 밀려왔다. 건의 여성이 찢어질 것같이 아팠다. 하지만 그것도 잠시 그녀는 질이 찌릿해지는 느낌을 받았다. 그가 움직일 때마다 저도 모르게 허리를 움직이고 있는 건이었다.

그의 등에서부터 허리 라인을 타고 완전히 차돌같이 단단한 그의 엉덩이까지 건은 미친 듯이 그를 어루만졌다. 그도 굶주렸지만 건도 마찬가지였다.

"루시퍼……."

그는 미친 듯이 엉덩이를 움직이며 그녀의 깊은 곳까지 자신의 페니스를 넣었다. 건은 미칠 것 같았다.

"헉헉헉, 건아."

그의 몸이 땀으로 번들거리기 시작했다. 그의 가슴을 어루만지는 건의 손바닥이 축축해질 정도였다.

"아아아…… 아앗!"

미친 듯이 그가 피스톤 운동을 하고 있었다. 그동안 참았던 욕망을 한꺼번에 터트리고 있었다.

"아아……. 루시퍼."

그녀의 몸이 루시퍼의 허리 짓 때문에 위아래로 격하게 움직이기 시작했다.

"으으윽."

그의 입에서도 신음이 터져 나왔다. 미친 듯이 움직이던 그가 동작을 멈추자 그녀의 질 안이 따뜻해지기 시작했다. 그녀의 질이 그의 분신들로 가득 차 있었다.

"건……."

그가 그녀의 이마에 입을 맞추었다.

"루시퍼, 사랑해요."

그가 그녀의 몸 위로 그대로 부서져 내렸다. 그렇게 한참을 있던 그가 자리에서 일어나 와인을 잔에 따랐다.

"내 생애 최고의 생일 선물이었어."

"정말요?"

건이 상체를 일으켜 그가 주는 와인 잔을 받았다.

"너무 감동했어."

"루시퍼, 저도 좋았어요."

그들은 매트에 누워서 와인을 마셨다. 하늘의 별들을 이불 삼아 그들은 사랑을 속삭이고 있었다.

"난 행운아인 것 같아."

"저도요."

그들의 입술이 다시 하나가 되었다. 하늘의 별들도 그들의 사랑을 예쁘게 봐주고 있는지 오늘따라 유난히 반짝였다.

"우리 아기 만들까요?"

"뭐? 아니."

그가 단호하게 거절했다. 그의 모습에서 이번에 많이 힘들었구나 라는 생각이 들었다.

"농담이에요."

"그런 농담은 하지도 마."

"나 부탁이 있어요."

"뭔데?"

"우리 루시퍼하고 엠마와 같이 가족 화보를 아주 멋지게 찍고 싶어요."

"좋아."

"매년이요. 아이들이 자라는 모습을 남기고 싶거든요."

그가 웃었다. 승낙의 표현이었다.

"작가는 유이토 어때요?"

"안 돼."

"왜요?"

"너무 야릇하게 찍어."

그들은 한참을 사진작가 문제로 옥신각신했다. 하지만 결론은 언제나 건의 승리였다. 이렇게 이야기를 나누다 보니 밤이 깊었고 루시퍼는 잠이 들었다. 건도 눈꺼풀이 무거워지기 시작했다.

"언제나 행복하게 해주세요."

건은 잠이 들기 전에 이렇게 소원을 빌었다.

··· THE END ···